叶芝家书

Letters to His Son W.B. Yeats and Others

John Butler Yeats

〔爱尔兰〕约翰·巴特勒·叶芝 著

叶安宁 译

人民文学出版社

图书在版编目(CIP)数据

叶芝家书/(爱尔兰)约翰·巴特勒·叶芝著;叶安宁译. —北京:人民文学出版社,2017
ISBN 978-7-02-013521-9

Ⅰ.①叶… Ⅱ.①约… ②叶… Ⅲ.①书信集-爱尔兰-现代 Ⅳ.①I562.65

中国版本图书馆CIP数据核字(2017)第270733号

责任编辑 **甘 慧 何家炜**
装帧设计 **高静芳**

出版发行 **人民文学出版社**
社 址 **北京市朝内大街166号**
邮 编 **100705**
网 址 **http://www.rw-cn.com**

印 刷 **上海利丰雅高印刷有限公司**
经 销 **全国新华书店等**

字 数 **180千字**
开 本 **889×1194毫米 1/32**
印 张 **12 插页 5**
版 次 **2018年2月北京第1版**
印 次 **2018年2月第1次印刷**

书 号 **978-7-02-013521-9**
定 价 **88.00元**

如有印装质量问题,请与本社图书销售中心调换。电话:010-65233595

童年时代的 W.B. 叶芝

J.B. 叶芝作于 1874 年前后，铅笔素描；迈克尔·B. 叶芝收藏。

J.B. 叶芝

J.B. 叶芝作于 1875 年前后，铅笔自画像；迈克尔·B. 叶芝收藏。

威廉·莫里斯在当代俱乐部

J.B. 叶芝作于 1886 年 4 月，卡纸铅笔画；爱尔兰国家美术馆收藏。

约翰·奥里尔瑞在当代俱乐部

J.B. 叶芝作于 1894 年前后，卡纸铅笔画；爱尔兰国家美术馆收藏。

青年时代的 W.B. 叶芝

J.B. 叶芝作于 1886 年 1 月，铅笔画；迈克尔 · B. 叶芝收藏。

伊丽莎白·叶芝（洛莉）画像

J.B. 叶芝作于 1898 年 10 月 6 日，铅笔素描；迈克尔·B. 叶芝收藏。

约翰·米灵顿·辛格

J.B. 叶芝作于 1905 年 4 月，铅笔肖像画；迈克尔·B. 叶芝收藏。

乔治·海德-李斯（W.B. 叶芝夫人）
J.B. 叶芝作于 1920 年 2 月，铅笔肖像画；迈克尔·B. 叶芝收藏。

/ 目录

序　言

约翰·麦克加恩[①]

约翰·巴特勒·叶芝[②]1839年诞生于爱尔兰北部的当郡[③]。他的父亲和祖父均为爱尔兰圣公会的教区长。叶芝家族曾是都柏林的亚麻制品商。本杰明·叶芝与玛丽·巴特勒联姻之后，巴特勒的姓氏变成叶芝后人名字的一部分。这门婚事提升了叶芝家族的社会地位，之后还为他们带来了一定家产。他们的儿子约翰牧师迎娶爱丽丝·泰勒后，叶芝一家和都柏林城堡[④]中那些管理爱尔兰事务的权势赫赫的官员们过从甚密。J.B.叶芝的父亲威廉就是在都柏林城堡的一个房间里呱呱坠地的，时为1806年。

约翰牧师和他的儿子威廉都属于性情随和之人，他们悃诚亲切，交游甚广。作为斯莱戈郡[⑤]德拉姆克利夫的教区长，约翰受到全体乡人的爱戴，不论这些乡人信奉的是天主教还是新

① 约翰·麦克加恩（John McGahern，1934—2006），爱尔兰作家。

② 约翰·巴特勒·叶芝（John Butler Yeats），本书中均以J.B.叶芝出现。

③ 当郡（County Down），现属英国北爱尔兰。

④ 都柏林城堡（Dublin Castle），都柏林一处诺曼式建筑，1922年之前是英国在爱尔兰当局的行政驻地。

⑤ 斯莱戈郡（County Sligo），爱尔兰郡名，在康诺特省。下文中的德拉姆克利夫（Drumcliffe）是它的一个乡。

教。据说他在德拉姆克利夫教区长府邸将要进入某个房间时，会将手中的一串钥匙晃得嗒嗒作响，免使女仆们落在说不清道不明的处境里。他还让人在宅邸造了个秘密抽屉专门藏酒，不让他妻子发现；他去世时留下一张相当数量的酒账单，是他儿子威廉及时付清的。

儿子和父亲极为相似。一次他从都柏林回德拉姆克利夫家中探亲，看见年轻时代骑着狩猎的一匹心爱的马沦落到为宅邸拉草皮之用——那时他已是个成年人了，竟然坐在路边抹起了眼泪。J.B. 叶芝在他的书信里，尤其在晚年的书信里，喜欢称颂“叶芝家人温厚淳和及友爱的美德”，即指他的父亲和祖父。威廉迎娶的珍妮·科比特亦是名门之女，她出身英裔爱尔兰家庭，家族不仅拥有土地，还有军队背景。这之后，科比特也成为了叶芝家子女名字的一部分。

有很多年时间，J.B. 叶芝是家中唯一的孩子，他吸引着叶芝夫妇的关注，也是他们轩渠笑悦的主要来源；而且在这些年里，他获得了某种在爱尔兰人的性格中颇为罕见的品质，即相信人们的良善和仁慈，这也是日后伴随他漫长一生的基本信念。他在早年就显出某种绘画的天分，父亲对此也鼓励有加。他几乎没有受到过任何呵斥。“那个年代父母如果对他们的孩子粗声粗气地说话，会被视作非常失礼的行为，”他后来回忆道，“所以在我们的成长过程中，约束我们的与其说是良好的道德规范，毋宁说是良好的行为规范。”

他的父亲显然是一位集魅力、学养、智性和慈爱为一身的人物；他有一种能力，而这种能力巨细靡遗地传给了他的儿子，即让人们对他们感觉更好。这种无私的部分形成原因是他认为英裔爱尔兰人和社会上绝大多数人的地位是齐平的，或说是更优越的；他还认为“英格兰没有绅士”。他的父亲和祖父供职的爱尔兰圣公会是最古早的英裔爱尔兰定居者的教会。它也是乔纳森·斯威夫特①，奥利弗·哥尔德斯密斯②和劳伦斯·斯特恩③所属的教会。叶芝一家和他们的天主教邻居们——理论上的宿敌——一直和睦相处，他们对阴沉着脸的长老会的牧师们（这些人是晚近才到爱尔兰的）反倒始终敬而远之。叶芝一家还有一个特点，他们不把英国人认为是美德的“出人头地”放在眼里。如果说 J.B. 叶芝很大程度地继承了长辈们那种使周围人感觉良好的禀赋，那他在继承他们蔑视追求飞黄腾达的世俗观念上更是有过之而无不及：这导致他日后的谋生之路举步维艰。

在他接续父亲和祖父进入三一学院④之前，J.B. 叶芝先后在离利物浦不远的西弗斯的公学和马恩岛⑤上的阿索尔高中就

---

① 乔纳森·斯威夫特（Jonathan Swift，1667—1745），英裔爱尔兰作家，讽刺散文作家。

② 奥利弗·哥尔德斯密斯（Oliver Goldsmith，1730—1774），英裔爱尔兰散文家、诗人、小说家、剧作家。

③ 劳伦斯·斯特恩（Laurence Sterne，1713—1768），英裔爱尔兰小说家、幽默作家。

④ 三一学院（Trinity College），即都柏林大学，创建于 1591 年。

⑤ 马恩岛（Isle of Man），不列颠群岛岛屿，位于爱尔兰海，1828 年起为英国领地。

读。这些学校严苛的清规戒律，加之动辄以鞭刑管教的方式，对从小在宽和的基督教氛围中长大的 J.B. 叶芝不啻当头一棒，但他很快便适应了，保持着轻快的心情，未几即受到老师和同学们的青睐。有一对从斯莱戈来的兄弟查尔斯和乔治·波勒克斯芬①同 J.B. 叶芝一起上阿索尔高中。这两兄弟反应慢，脾气大，在学校里不受待见，但他们有着某种动物般的威风。即便男教师也放弃对他们管束。“他们不属于那类容忍冒犯的人。”两兄弟的父亲查尔斯·波勒克斯芬是一个面粉磨坊主和谷物发运人，他唯一感兴趣的就是积累财富，提高其家庭的社会地位。这两个家庭本来在斯莱戈是根本不可能见面的。叶芝家族的关系涉及民事、军事、基督教会方面，波勒克斯芬的活动领域则在商业。在马恩岛的学校里，孩子们因有地域渊源，相互吸引却也很自然，但像查尔斯·波勒克斯芬和 J.B. 叶芝这两类风格迥异的人能成为密友，实在有点出人意表。叶芝一家向来人缘好，受欢迎。波勒克斯芬一家则难以讨好，但查尔斯·波勒克斯芬对 J.B. 叶芝所施展的魅力却始终未曾退却。这段交谊还导致叶芝娶了查尔斯的妹妹苏珊。

在阿索尔高中之外，因了父亲的社会地位，J.B. 叶芝得以出入都柏林最好的社交圈。他跟着父母一起常常成为威廉·王尔德爵士家宴的座上宾，一如若干年后，他的儿子 W.B. 叶芝将成为其子奥斯卡·王尔德在其伦敦寓所家宴的座上宾。这两

---

① 波勒克斯芬（Pollexfen），J.B. 叶芝妻子的娘家姓。

个家庭又是冉冉上升的政治新星艾萨克·巴特[①]的朋友。在准备进入三一学院就读时，J.B. 叶芝有过一段广泛阅读的自由时光。那几年他住在舅舅罗伯特·科比特舒适的桑迪芒特城堡，部分原因是可以省下在三一学院的宿舍费用。他的父母这些年陆续生了好几个孩子，物业抵押得到的收入已经很难负担全家的开支；这是英裔爱尔兰家庭面临的普遍困境。J.B. 叶芝对三一学院并未培养出什么好感（三一学院当时是地处爱尔兰的一个英国分支机构），当然三一学院也说不上待见他，但在学院就读的那些年，他成功地吸引了学院中最有才智的一批人。他们一直都是他的朋友，且在他后来的生活中也常尽力帮他，虽然并无实际助益。

一直以来，J.B. 叶芝都经常和父亲讨论神学。而今在奥古斯特·孔德[②]、达尔文以及约翰·斯图亚特·穆勒[③]等人影响下（他评论穆勒是“不戴孔雀羽翎的人”），他向父亲询问其信仰的基础。当他父亲回应说他是从约瑟夫·巴特勒[④]的《宗教类比》一书中找到信仰所需的全部证据时，做儿子的感到不可思议：一本书怎么能对人产生如此大的影响力，尤其是这个人

---

① 艾萨克·巴特（Isaac Butt，1813—1879），爱尔兰律师、民族主义领袖。自治协会创始人和第一任会长，大不列颠自治同盟主席。

② 奥古斯特·孔德（Auguste Comte，1798—1857），法国哲学家、社会学和实证主义的创始人。

③ 约翰·斯图亚特·穆勒（John Stuart Mill，1806—1873），英国哲学家、经济学家、政治评论家。

④ 约瑟夫·巴特勒（Joseph Butler，1692—1752），英国圣公会布里斯托教区主教、伦理学家。《宗教类比》（*Analogy of Religion*），作于 1736 年。

还属于有知识而无偏见的人。他自己去读了这本书，得出的结论却是基督教无非“神话和寓言”。正如他几十年后写的那样：“我恰逢其时地认识了自然法则，于是对一种个人的上帝的兴趣荡然无存，对我而言，它只不过是一篇被恐惧想象裹挟的神话。”这件事妨碍了 J.B. 叶芝子承父业，或追随他的三一学院的朋友约翰·道顿[①]进入教会工作。道顿后来成了爱丁堡主教。

毕业考试过后，他的老师敦促他继续研究形而上学和逻辑学，J.B. 叶芝本人却执意当一名出庭律师，但即便他在论辩时有着言辞流畅、善于说服别人的优势，这个职业对他来说也是完全不相适的。J.B. 叶芝的一生都有着一种违背他自己最佳利益行事的倾向，此刻的这个决定亦可能与他当时与苏珊·波勒克斯芬突然订婚不无关系。

1862 年 9 月的一天，J.B. 叶芝造访了查尔斯·波勒克斯芬在斯莱戈的家。他陶醉在优美的环境和老同学异乎寻常的健谈和兴奋之中。这次会面他结识了苏珊，两周后他们就订婚了。她美貌非凡，但沉默寡言，孤僻阴郁，性格像足了波勒克斯芬家的人。除了自然的两性相悦因素外，J.B. 叶芝与苏珊的联姻就如同他与她哥哥的友谊一样，令人觉得极为不靠谱。波勒克斯芬一家鄙视文学艺术，但叶芝家族的地位还是足以打动他们，他们也看好这个年轻人的前途，遂同意了这门亲事。

---

① 约翰·道顿（John Dowden，1840—1910），爱尔兰神职人员、基督教历史学家，1886 年被选为英国圣公会爱丁堡教区主教；爱德华·道顿之兄。

回到都柏林，J.B. 叶芝开始了他在国王律师协会[①]的法律学业，但他没有放弃素描，且花在和三一学院老朋友聚会的时间多过花在攻读法律条文上的时间。也就是在这段日子，他的父亲突然逝世，他变成了一家之主和质押了物业的地主。但无论当时还是之后的岁月，他都全然无心打理家产，将收租和管理不动产的事务统统交由他人负责，直到这些家产丧失殆尽。

次年九月，在相识整一年后，他和苏珊·波勒克斯芬在斯莱戈的圣约翰教堂完婚。新人将家安在都柏林。J.B. 叶芝这时苦修法律，被选为学生律师社团评审员，并以这个身份在大法官[②]和一众极为出色的法官和出庭律师面前作过一次才华横溢的演讲，题目是“一个律师辩论社团的真正目的”(发现真理)。这次演讲辞旨如此优雅，表现手法如此纯熟，既不带个人偏见，又能让听众感受到他的魅力和激情，以至于没有一个人察觉到他演讲内容中的那种颠覆性的实质，即他全面攻击了律师协会的基本原则，从而隐性地动摇了整个法律行业的基础。演讲在最有影响力的多个圈子中备受好评。他两个月后获得律师准入资格，看来一份尊贵而体面的职业正在向他招手。殊不知没有比这更南辕北辙的了。他对法律产生了幻灭之感。此时他和苏珊已经有了两个孩子（日后成为诗人的 W.B. 叶芝和他的妹妹莉丽），但他只是在庭审时画人物速写，而不去接

① 国王律师协会（the King's Inns），全称国王荣誉律师协会（the Honorable Society of King's Inns），1541 年成立，是爱尔兰出庭律师的准入机构。

② 大法官（Lord Chancellor），1922 年前爱尔兰的最高司法职务。

报酬高的法律案子。他仍与三一学院的知识界老友频繁会面，而苏珊打心眼里不喜欢这些人。

到了 1867 年，J.B. 叶芝不顾妻子及其家庭剑拔弩张的反对，放弃了在都柏林的房子，将她和孩子送回了斯莱戈的娘家，直到他确定了去伦敦的希瑟利美术学校[①]学习绘画并被学校录取，才把妻儿接到伦敦同住。

他很享受在希瑟利学习的日子。在那儿他花了很长时间以学徒的身份进行绘画训练，而他本想花更长时间，但架不住来自妻子及其斯莱戈娘家的压力，他们得要他证明艺术是有利可图的。他认为如果不需要挣钱养家的话，他的画功画技本可以研修到炉火纯青的水平的。这份情愫甚至几十年后到了纽约他还难以释怀。他永远以那种最根本的方式把自己看作一个初学者，这点终其漫长一生都未改变。他更希望留在希瑟利和志趣相投的同伴们一起作画切磋，而不是四处寻找作画的佣金。他和塞缪尔·巴特勒[②]一道学习过，并与内特尔希普[③]、埃利斯[④]、乔治·威尔逊[⑤]等人结为好友，这些人卓有才华，却都说不上

---

① 希瑟利美术学校（Heatherley Art School，正式校名 the Heatherley School of Fine Art），建于 1845 年，为伦敦最早的美术专科学校。

② 塞缪尔·巴特勒（Samuel Butler，1835—1902），英国小说家、随笔作家和批评家，曾在希瑟利美术学校学习绘画。

③ 约翰·屈维特·内特尔希普（John Trivett Nettleship，1841—1902），英国艺术家，擅动物画。

④ 爱德温·埃利斯（Edwin Ellis，1848—1916），英国诗人、插图画家，J.B. 叶芝多年的朋友，他和 W.B. 叶芝一起编纂过三卷的威廉·布莱克诗选。

⑤ 乔治·威尔逊（George Wilson，1848—1890），苏格兰画家。

有多么成功。J.B. 叶芝还和内特尔希普、威尔逊和埃利斯一起成立了一个名为“兄弟会”的社团，致力研究一些模糊、高雅的艺术理念。

当时他在菲茨罗伊路上租了一所房子，一起生活的有他的妻子和两个孩子，还有妻子带来帮忙和作伴的一个妹妹。苏珊这时怀上了第三个孩子，而在伦敦的这些年，孩子的数目增加到了五个——先添了一个女儿洛莉，跟着是一个年幼便夭折的儿子罗伯特，再后来是长大后成为画家的杰克·叶芝。苏珊·叶芝怀念斯莱戈和大海，她厌恶伦敦和她丈夫的知识界朋友。如果说她丈夫处理职业和不动产的经验和技能少得可怜，那么她在处理家务上的经验和技能只堪说是五十步笑百步，而且她的自闭倾向日益严重。每年有好几个月她带孩子们在斯莱戈度过。那儿有众多家佣可供差遣，还有年轻阿姨们一起哄孩子，斯莱戈的生活在所有孩子们的成长中都留下了重要的烙印。这段时间里 J.B. 叶芝还与三一学院的老友、未来的主教约翰·道顿去过荷兰，游历那里的美术馆。在荷兰，由于他的暗褐色皮肤和黝黑好看的容貌，他总是被误认作意大利人。

菲茨罗伊路上的房子租约到期后，J.B. 叶芝先搬到了伦敦北区，后又搬去了贝德福德公园[①]附近，那儿有着一个艺术家和波希米亚式的社群。正是在这个地方，他开始了对他的长子的教育，而父子在思想上和强大意志上的较量则延续到了他生

① 贝德福德公园（Bedford Park），伦敦城西的一个区。

命的终点。他也从早期画作中所受到浪漫的前拉斐尔派画家的影响中摆脱出来，尝试绘制眼前所见之景物。他的职业仍无起色。这几乎可以全部归咎于他自身的个性。

当他的作品展出时，也曾吸引过一些风云人物。罗伯特·布朗宁[①]和罗塞蒂[②]都访问过他[③]，但不知出于什么连他本人也难以言喻的原因，他竟然不回访他们。性格上的不稳定使他难以在一张画布上完成一幅作品：他总是改了又改，一直改到面目全非。他的儿子在《童年和青年之遐思》[④]中回忆他小时候被人称作那个画家——那个每天把前一天画的颜料刮掉重画的画家——的儿子。

他热衷于表现坐在他面前等待入画的人物的性格特征——他是一个极富同情心的听者——而且他只画那些入他法眼的人物。他还将肖像白送被画者，从来都不好意思就完成的画作索要全部的润资。这一点几乎使得他的老同学爱德华·道顿[⑤]烦恼不已。当时道顿已经在三一学院任职英语教授，他本人是个诗人，也是雪莱传记的作者。他按润例一百镑委托 J.B. 叶芝绘

---

① 罗伯特·布朗宁（Robert Browning，1812—1889），英国诗人。

② 但丁·加布里埃·罗塞蒂（Dante Gabriel Rossetti，1828—1882），英国画家，诗人。

③ 罗塞蒂派人送信邀请叶芝上门，但叶芝拖延未予答复（见《浪父》第 76 页）。（《浪父》参见本序言稍后的注释。）

④《童年和青年之遐思》（*Reverie over Childhood and Youth*），W.B. 叶芝 1935 年出版的《自传》中的第一部分。

⑤ 爱德华·道顿（Edward Dowden，1843—1913），爱尔兰评论家、传记作家、诗人；约翰·道顿之弟。

制一幅肖像画，画成之后，他竟然试图少收这笔润资。道顿只能给他修书一封：“我必须反对你我之间表现出的这种对买卖双方的真实关系的蒙昧无知。让我提示你一下，卖方总是应该报一个尽可能高的价钱，这样他可以获得最高的收益；而买方则会杀他的价，还到一个尽可能的最低价。你我二人看来恰在反其道而行之。”但 J.B. 叶芝这种不谙生意经的性格在日后愈演愈烈。

按说只要稍有一点儿审慎理财的行为，靠着不动产收入，他的家庭没有理由不能过上宽裕的生活，可 J.B. 叶芝天生不会精打细算。1882 年 J.B. 叶芝突然决定迁回都柏林居住，那时距他离开都柏林怀着一腔希望去伦敦已经过去了整整十五年，他的收入由于做了更多不动产抵押而日渐缩水。长期居住伦敦的另一个后果是：当他返回都柏林时，他成了一个坚定的爱尔兰民族主义者，他对整个英国阶级体系强烈不满，尤其看不惯他称之为“地位优越者的鼻息”。

叶芝家租下了在霍斯[①]的一所房子，靠海，苏珊为此略显高兴。开始时 J.B. 叶芝在约克街上一幢十八世纪的房屋里有个画室，很快它就成了都柏林艺术和哲学的中心。后来他又搬去另一处在史蒂芬绿地[②]的画室。在平时的工作日里，父亲和儿子 W.B. 叶芝都会从霍斯乘火车到都柏林，父子在画室里共用早餐，然后儿子去上学。他们在一起谈论的话题从来都是莎士

① 霍斯（Howth），都柏林郊区的一个乡村，在都柏林湾的北面。

② 史蒂芬绿地（Stephen’s Green），即圣史蒂芬绿地，都柏林市中心的公园。

比亚、布莱克、巴尔扎克，诗歌和诗人的本质，还有那些 J.B. 叶芝一向不以为然的东西：肤浅的信仰，为观念而作的艺术或诗，逻辑学家的成就。儿子的许多重要观点都源自他父亲，而其中一部分是循着反对的路径形成的。后来儿子的兴趣转向了神秘主义和宗教，从家书中也有诸多反映。

这段时期他画了一幅题为“鸟市”的小小的杰作。据说他常在寒冷的天气中将街上的报童请进画室坐在壁炉旁边当模特儿，而他则在画室远远的一角作画。他一直都勤奋地工作，但一如既往，几乎展示不出他的成品。他画了很多肖像，可惜名声始终未能远扬，一部分原因可以归咎于他的润例定得太过低廉。另外，他那种天马行空式的谈话也时常使他那些相对富有而传统的被画者感到不自在，无论这些画中人是天主教的背景还是新教的背景。他认为罗马天主教“益心不益脑”。他和许多他那个阶层的爱尔兰人一样，相信“如果爱尔兰人都是新教徒的话，他们早就摆脱英国的专制了”。他还将天主教义看作一种“欺诈——但它是一种华丽的欺诈，由当时最聪明和最高贵的人精心炮制而成”；作为比对，新教教义是“直白而笨拙的，但好处是鼓励思想自由和诚实的思考”。

在另一些艺术家中间，他有着极好的口碑。有些人，比如萨拉·珀瑟[①]—— J.B. 叶芝很喜欢她的作品，也喜欢与之对话，有时他们在他的画室围着火炉用一根铁扦烤鲱鱼——就曾设法

① 萨拉·珀瑟（Sarah Purser，1848—1943），爱尔兰艺术家。

帮助过他，但无功而返。他承认他的问题根深蒂固，不是改变现实中的操作就能解决的："我性格中的弱点源于对任何追逐名利的成功的怀疑。这是一种非常严重的缺陷，虽然我也常常引以为憾，可就是无法克服这种心态。"

叶芝家从霍斯的房子又搬到了拉斯加[①]的小房子，一家人谁都不喜欢这个地方。从沉重的不动产抵押中得到的可用资金越来越少。J.B. 叶芝得出结论，在都柏林以肖像画家为业是不可能养活家人的，到了 1887 年夏天，他再次出发前往伦敦。这次家人没有阻挠。所有不切实际的理想和希望都被暂时束之高阁。在伦敦，他决定为了养家不管什么苦活儿难活儿都去做。

接下来的几年是他所有经历中最困难的一段日子，个中苦涩直到晚年都可以从他的书信中明显感觉得出来。他的确揽到了一些活儿，比如为笛福的绘图版作黑白插画，这种工作他是羞于接受的，而且也不足以使他的经济状况有任何改观。他回到伦敦不久，苏珊·叶芝就遭遇了第一次中风，一直到 1900 年去世她都不曾康复。她的儿子写道："我母亲病得太久，生命褪色太久，以至于她的最后消失对我们的生活没有造成任何可以觉察到的变化。"J.B. 叶芝依然在作画，但那些被画的对象几乎都是穷人。有一幅画的报酬是一辆老旧的自行车。就在一家人常得诉诸穷困潦倒的文人雅士的各种托词勉强度日的时

---

① 拉斯加（Rathgar），都柏林以南近郊小镇，

候，这位父亲的艺术家名气已开始被他的两个儿子超越。两个儿子在规划自己的职业生涯中，全都以一种精明而冷静的生意人态度面世，这不足为怪，因为在他们的成长岁月里，身边有这么个反面教材足够使他们引以为戒了。

当然也有慰藉之处。J.B. 叶芝一直维持着和老朋友的情谊。而且，虽说他在世俗生活中败下阵来，他的性格却能不断吸引有激情的新朋友。所有描述在贝德福德公园中度过的时辰莫不在传递那种提振精神的氛围，高质量的谈话，启智的辩论，迷人的魅力；但这些文字背后所隐藏的却是另一番光景。莉丽在绣花车间工作，绣花厂是威廉·莫里斯①的脾气火爆而霸道的女儿梅·莫里斯经营的。莉丽离开绣花厂头半年时间内都一直不敢相信世界上还有星期六和星期日这回事。而精力旺盛、性格又不太平的洛莉则在通过教人如何使用画笔挣钱。她还写了几本关于画法的书，这些书销路不错，收益颇丰。

看着他两个女儿辛苦工作，J.B. 叶芝愈发感到自己生活技能的欠缺。他在晚年与威利②的一次争吵中痛苦地说出这段情感：如果不是因为他自己可悲的养家无方，以及她们为帮助铺平兄弟们的早期职业道路所作出的牺牲，她们本应享受着那些同等出身和才华的年轻女性所拥有的正常期望。类似的自我责备也同样反映在他对未给苏珊·叶芝提供更好的生活、对她罹

---

① 威廉·莫里斯（William Morris，1834—1896），英国纺织设计师、诗人、小说家。

② 威利（Willie），W.B. 叶芝的昵称。

患病疾和早逝所表示的痛惜："如果我当时有钱，你的母亲就不会得病，现在都还能活着——这个念头一直缠绕着我——我本应该想方设法做任何事去满足她的——但有了钱就不会有艺术了。"

在她去世后不久，他的不动产就进行了清算，偿付了所有抵押后居然还有一笔 869 镑的进账。他的女儿莉丽记录了当他收到律师信时的那种错愕："任何别的人都应该对自己的进账了如指掌的。"他的诗人儿子写得则更有些扑朔迷离："我父亲结清了所有债务，这时他大概感到与昔日的自我判若两人。"他拿了这笔剩下的钱去巴黎待了两周；大家对他此举都无异议。

近花甲之年 J.B. 叶芝获得了生平重要赞助人中的第一笔赞助。与 W.B. 叶芝共举爱尔兰文学复兴运动的格雷戈里夫人[①]委托做父亲的为儿子画一幅素描。她对画作印象甚佳，遂再委托他为该复兴运动的杰出人物作铅笔素描。格雷戈里夫人认为铅笔素描画更能体现他的技巧，因为被画对象只需坐下一次便能完成，也不容易翻来覆去地改动，对 J.B. 叶芝而言，避免改动就意味着不会最终毁掉画作。而且素描可以让他将注意力完全集中在被画者的脸上，这本来就是他的兴趣所在。她的这一举措既给了他自尊又给了他收入，还创建了一种模式，使她的外

① 格雷戈里夫人（Lady Gregory，1852—1932），爱尔兰剧作家，曾在 19 世纪后期爱尔兰文学复兴运动中发挥重大作用。

甥休·莱恩[①]和那位著名的美国律师及赞助人约翰·奎因[②]可以沿用。结果他的铅笔画作大放异彩，成就了整个人物系列。

J.B. 叶芝造访格雷戈里夫人在库勒公园[③]的家则没那么成功。他仍旧一贯地陶醉在自我感受中，把那个地方走了个遍，却不遵循用餐时间和其他安排。“我觉得他可能是请来家里的客人中最令人头疼的了，”格雷戈里夫人曾对那位多年后在纽约有过短暂恋情的约翰·奎因这么说，“空间和时间对他都不起作用，他只管我行我素，希望满满地开始作画，也抱着同样的希望糟蹋一幅画；他总是站在锦绣前程的边缘。”她对他的内务习惯的看法也好不到哪儿去。他的换洗衣物和袜子东扔西放，只有画笔、油料和调色板是整洁的。

在都柏林，萨拉·珀瑟早就对这位老友的画作频遭冷遇和他自身的不作为耿耿于怀。她一直在敦促 J.B. 叶芝为 1901 年爱尔兰皇家艺术学院展览送交肖像画。而当这些画作被学院拒绝时，她怒不可遏。凭着一股由此激发起的巨大热情，她决定自费组织一个以 J.B. 叶芝作品为主的画展，外加另一位她推崇却同样遇冷的画家纳撒尼尔·霍恩[④]的作品。珀瑟女士夜以继日地工作：她说服 J.B. 叶芝画作收藏家们出借他们拥有的素描、肖像画、水彩画、蜡笔画、粉笔画和油画供展览之用，共

---

① 休·莱恩（Hugh Lane，1875—1915），爱尔兰画商、收藏家、美术馆经理。

② 约翰·奎因（John Quinn，1870—1924），爱尔兰裔美国人，律师、收藏家。

③ 库勒公园（Coole Park），爱尔兰康诺特省戈尔韦郡的一处自然保护区。

④ 参见第七十七封信的注释。

计 44 幅。J.B. 叶芝自己却袖手旁观。他几乎没有在画展上现身，只是最后一刻才从伦敦搬回都柏林。他的历次搬迁都是随性而起，没有周详计划。这次搬迁更是毫无计划可言。此次离开伦敦之后，他就再没见过他在贝德福德的房子了。

画展取得了巨大成功，不但吸引了大批观众，而且这些观众都有相当高的水准；可谓好评如潮。直到六十二岁他才第一次建立起名望。按说从这样的地位往后，换一个人的话早就吃喝不愁，安度尊贵的晚年生活了，但 J.B. 叶芝终其一生都未能摆脱贫困。休·莱恩——这位事业斐然的艺术经纪人，都柏林城市美术馆[①]就是以他命名的，后在路西塔尼亚号[②]沉船事件中英年早逝，其“莱恩遗产”还在伦敦和都柏林之间引起不小摩擦——曾经答应只要叶芝画出的肖像，无论润格，他都照单全收，但后来休·莱恩也不得不撤回他的这一提议，实在是因为 J.B. 叶芝的那些冥顽的“痼疾”，尤其是他无休止的修改导致画作损毁，以及他为那些富有而不得闲的人物画像时耗费了他们多到不合理的时间。画展的报道传到了纽约的约翰·奎因那里，他给画家写了封提供润金的信。奎因在 J.B. 叶芝的余生中维持着一个给他提供各种帮助的源头。

就艺术生活而言，现在的都柏林开启了一段令 J.B. 叶芝一家极为亢奋地投入的时光。他的两个女儿从伦敦搬回都柏林，

---

① 都柏林城市美术馆（Dublin City Gallery），又名休·莱恩美术馆（Hugh Lane Gallery），在都柏林帕奈尔广场。

② 参见第一百十三封信中的注释。

开设了敦爱玛绣品厂和印刷厂（后更名为夸拉印刷厂）①。他的儿子则创立了国家剧院②。J.B. 叶芝倾情参与了这些艺术活动，不仅在这些活动中为演出的剧中人物作素描，还在阿比舞台上与“花花公子骚乱”③中的示威者对峙。W.B. 叶芝后来在《美好崇高的事物》中回忆道：

> 美好崇高的事物；奥里尔瑞尊贵的头；
> 我父亲立于阿比舞台，眼前的人群沸反盈天。
> “这片圣徒林立的大地”，等到喝彩声渐渐平缓，
> “而圣徒却是一尊尊石膏”，他将优雅而狡黠的头甩向肩后。

在本书信集中，J.B. 叶芝对此亦有记载，还谈了发生的一切如何背离了艺术的初衷。

就居家生活而言，一家人又开始了一次卜居，这次是在特

---

① 敦爱玛印刷厂（Dun Emer Press），叶芝姐妹于 1902—1908 年在都柏林敦德兰与埃弗林·格里森小姐共同开办的私人印刷厂（莉丽负责绣品业务，洛莉负责印刷业务），1908 年后叶芝姐妹与格里森的业务分开，遂改名为夸拉印刷厂（Cuala Press）。

② 国家剧院（the National Theatre），即爱尔兰国家剧院（the National Theatre of Ireland），亦名阿比剧院（Abbey Theatre），1904 年由爱尔兰文学复兴运动主要成员共同创立，其前身为格雷戈里夫人、爱德华·马丁、W.B. 叶芝等人于 1899 年创立的爱尔兰文学剧院。

③ 花花公子骚乱（the *Playboy* riots），一场因上演爱尔兰剧作家约翰·米灵顿·辛格的三幕剧《西方世界的花花公子》而于 1907 年 1 月在都柏林阿比剧院引发的骚乱，爱尔兰民族主义抗议者认为该剧有损爱尔兰社会风尚。《西方世界的花花公子》的剧情可参见第七十七封信的注释。

伦纽尔[①]。画家父亲和洛莉会从家一路步行五英里到史蒂芬绿地的画室，洛莉是一个容易激动的孩子，动辄与人抬杠。她在爱情中一度受挫失望，父亲和全家人一样，都发现和她那种绷紧神经的痛苦对话是一件折磨人的事儿。他们两人经常是一块儿出门，没走几步就会为去画室哪条线路更短这样的事争执起来。两人谁也不能说服谁，遂分道扬镳。他总是先到。据说他一路上大部分时间都在跑。

1907 年，他六十八岁。这一年 J.B. 叶芝最后一次离开都柏林后就再未返回，就像他当年离开伦敦一样率性。之前他从未去过意大利，休·莱恩于是想了个名目帮他解决旅行费用。赞助人出手倒面带欢喜，无奈 J.B. 叶芝不领情，他不习惯别人安排好了计划自己按部就班，不论这种安排多么合情合理。恰在这段时间，莉丽将作为敦爱玛公司的代表去纽约参加商品交易会，于是 J.B. 叶芝决定用别人给他去意大利的旅费和女儿同去纽约。奎因和他以前的一些相知也在纽约。在那儿或能接到一些作画的委托，也可能为自己的晚年生活找到东山再起的机遇。

奎因得知这个消息大为光火，他给 J.B. 叶芝写信指责他这时来纽约是选择了一个最糟糕的时间。J.B. 叶芝对此警告置若罔闻。在他的画室，还躺着各种未完成的画作，和未完成的剧作文稿，他的一支支画笔和一管管颜料都整齐地码放着，等

① 特伦纽尔（Terenure），都柏林近郊住宅区。

着下一次使用。他本来要在次年 3 月 4 日那天在都柏林作一个演讲的，他连这个演讲时间都没推迟，认定自己准能在此前回来。他在利物浦上的船，送行的人中作为老朋友的利物浦大学英语教授奥利弗 · 艾尔顿[①]有这样的一段记载：

> 1907 年 12 月，他由叶芝小姐陪伴到利物浦和我们住在一起，他兴致很高，因为他们手持前往纽约的船票；但他也隐约流露出一种忧虑不安。因为各方费尽口舌都是不主张他出这趟门的；之后他也一直承受着返回的压力和诱惑，但最终他还是抵制住了，他拒绝改变主意像鸟一样回飞。我认为他首先是出于种族本能的驱动，这是一股推力，使他放弃故土——当时仍在外国统治下，内斗不断，记忆惨痛，而且生存压力一直让他喘不过气来。另一种冲动，我觉得，是他永不消退的好奇心，这是一股阻力，他心心念念地向往新生活——它能为他带来观察饮食男女的新视野和新的行为方式；或许还有新的希望，或许还有适合艺术家的谋生手段。这种希望，正如他所有的来信显露的，可以说已经超预期地实现了。……我们站在浮桥码头上看着他和他女儿启航，我妻子说："他永远不会回来了。"他向我们挥手道别，戴的软帽和白胡子一点一点没了踪影。他也在凝视我们，几年后他在信中这么写："我

① 奥利弗 · 艾尔顿（Oliver Elton，1861—1945），英国利物浦大学英语教授，著有《英国文学纵览》6 卷和传记等。

希望艾尔顿太太别来无恙。在利物浦的薄雾中最后消失在远处的，是她帽子上那簇羽翎装饰。”

奎因在纽约的码头上迎接他们。尽管他竭力劝阻 J.B. 叶芝来纽约，但他依然在接下来的几周热情地招待了他们。这是 J.B. 叶芝一生中心情最舒畅的一段日子。在麦迪逊广场公园的爱尔兰展览会上莉丽每天都在出售她的商品，她父亲则在寻求委托作画的机会。他又一次相信幸运在召唤着他，却又一次发现受欢迎的是他的谈话而非艺术。如同以前发生的情形，他对自己的生计毫无章法。奎因发现他故态复萌，将肖像素描随意送给他喜欢的人，分文不取。“当然一旦这种状况传开，”奎因啧有烦言地写道，“其他人就会效尤，也希望用同样方式获得画像。”莉丽以丰厚的利润售罄了她所有的敦爱玛产品。她想回国，但父亲拒绝同行。她不断推迟船期，希望父亲最终会在纽约呆腻而回心转意。但这希望很是渺茫。“离开纽约就像离开一个巨大的集市，任何时候幸运都可能降临。”经过无数次拖延，莉丽捱到 6 月 6 日，最后被迫只身返航。父女二人此生再没有见面。她没再回纽约，而他的“意大利”之旅一直持续了超过十四年之久。我们能读到这大量的信札，亦主要拜此次他与家人和好友的别离所赐。

J.B. 叶芝对纽约的热望倒从未真正消减，但囊中羞涩这件尴尬的事儿一如既往地如影随形。他的确通过作素描和肖像画得到一些润金，他还去各种协会团体开讲座或演讲，以及为各种杂志撰写各类主题的稿件，这些都能给他带来一定报酬，但仍旧入不敷出。随着他慢慢建立起自己的朋友圈，他疏远了奎因介绍给他的大款人家，在被迫搬离第四十四街上的画室之后，他在二十九街西上的一处提供膳食的出租房里安顿下来，该物业由三位姓裴蒂帕斯的来自布列塔尼的姐妹打理。她们以伙食精良和一丝不苟的诚实培养起了自己的声誉。但凡有人对她们开出的账单有争议，都会被认为有损她们的名誉而再无缘做她们的房客。姐妹们同意他租用楼上的一个房间，这时他已经在姐妹们经营的饭堂用餐长达一年，姐妹们很清楚，不管他的赊账金额升至多高，那位有钱的律师奎因先生总会帮他的客户结清账款。他的要求也简单：豌豆汤，红酒，加上和人聊天。“人需要说话就像鸟需要鸣叫那么自然。”那些被吸引来和他交谈的作家和知识分子中有两位美国画家，一位是罗伯特·亨利[①]，他是“垃圾箱画派”[②]的创始人之一，另一位是约翰·斯隆[③]，他成了J.B.叶芝的亲密朋友。

撇开J.B.叶芝自己的说辞，他的确有许多成功的机遇，但导致他不断失败的——如果称得上失败的话——依然是过去深植于他本人性格中的那些因素。奎因对J.B.叶芝提起他在考

① 罗伯特·亨利（Robert Henri，1865—1929），美国画家、教师。“八人画派”成员之一。

② 垃圾箱画派（Ashcan School），20世纪初以纽约为基地的一群美国现实主义画家，其中的主要人物世称“八人画派”。

③ 约翰·斯隆（John Sloan，1871—1951），美国画家、蚀刻师。“八人画派”成员之一。

虑请罗斯福总统坐下为其画一幅肖像（他曾说服罗斯福总统参加了在1913年2月举办的名噪一时的军械库展览会[①]，使得展览会增色不少，虽然罗斯福总统对展览会上的多数展品反感不已，尤其是马塞尔·杜尚的展品）。奎因觉得如果J.B. 叶芝能够成功为总统画成一幅肖像的话，将来各式各样的获利大门都会向这位年迈的艺术家敞开；但奎因最后打消了这个念头，因为他看到J.B. 叶芝为多萝西·柯蒂斯（奎因当时的情人）作一幅处理细腻的肖像时不断破坏画作，甚至在付清画资、签上画家大名后，J.B. 叶芝还在修改。火冒三丈的奎因几乎动手夺下这位败事有余的画家的画笔，J.B. 叶芝因奎因的举动也同样恼羞成怒。我们可以相当肯定地推测，即便他努力成功地画了一幅总统肖像，他也不能从中谋取丝毫增益，这从萨拉·珀瑟为他在都柏林成功举办画展后他的作为中已经窥得一斑了。

在纽约，就像在其他任何地方，他自有一套属于他自己的可爱活法。他画素描，也作油画；每天他都步行很多路，揣着特别的袖珍版莎士比亚在途上阅读。他常常心血来潮地搭上一班渡轮，渡轮停靠在哪儿他就在哪儿逛。他还和画家约翰·斯隆参加过棒球赛。晚间他偶尔也会客串讲坛，收取微薄的酬金，但他几乎每个晚上都和朋友圈里的人在裴蒂帕斯饭堂里吃

① 军械库展览会（Armory Show），正式名称为国际现代艺术展览会，1913年2月17日至3月15日在纽约市第69兵团军械库举行，其中约有三分之一为欧洲现代派画家的作品，对美国艺术的发展具有决定性意义，亦成为美国现代艺术藏品的基础。

饭神聊。各方都还在时常尝试让他返回都柏林。有时他甚至暗示说他决定了叶落归根：铁下心来在纽约终老毕竟有些不近人情；但另一方面他假装自己在度假，只不过这个假期一再延长，终有一天会结束，这么想的话他觉得自己是完全自由的。每一天他都过得很充实，他正置身于一场宏大的嘉年华。

那时约翰·奎因和 W.B. 叶芝的关系已经疏远，亦是因为多萝西·柯蒂斯（其画像遭到 J.B. 叶芝不停修改以至于最终作废）之故，所以莉丽·叶芝出面同意奎因的看法，即再给她父亲任何大笔金钱都于事无补。他几周内就会将钱花光，又回到老的套路上。奎因决定试一个万全之计，既保全老艺术家的面子，又使他能够还清债务，并有足够的钱买一张回都柏林的船票以及在都柏林能体面生活一段日子。1911 年 2 月 3 日晚，在约翰·斯隆的见证下，他给予 J.B. 叶芝一份作画的委托，委托他作一幅油画的自画像，无论他开价多少奎因都准备接受；这是距 J.B. 叶芝去世之日倒推整整十一年的时间。J.B. 叶芝当然欣喜若狂。虽然最初提出的只是画一个头像，很快作品就变成了与实物等比的全身像。从他的信札中人们可以断续瞥见这幅画的创作过程，这幅油画几能成为受托作画持续时间最长之一的作品载入史册，它也如丰碑般印证了 J.B. 叶芝一生笃信的理念：事物在不断变化，没有什么是真正可以画上句号的。

随着 J.B. 叶芝的经济状况不断恶化，他不得不开口向他的诗人儿子求助。儿子的赞助来得很是苛刻，这也是可以理解的。关于老人生活窘境的风言风语在都柏林的圈子里蔓延。

1914年W.B.叶芝在他的美国巡回讲座之一开始之时落脚纽约，约翰·斯隆的那位好心但酗酒厉害的妻子多莉·斯隆决计向他们朋友的儿子讨个说法。她敲开旅馆房门，当他让她进门后，她随即向他抱怨说他父亲的健康大有问题，不名一文，做儿子的理应承担起帮助父亲的义务云云。他一言不发，以他高大的身材俯视这位小个子女人。据说他向她鞠躬并引她走到门口，自始至终只说了四个字："日安，夫人。"

这次访问多少使诗人受到触动。他对父亲的态度发生了明显转变。对这一转变J.B.叶芝喜出望外，他不想再冒险使关系逆转，所以他对所负债务这种殊能引起不快之事闭口不提。和往常一样他只希望享受新的好境遇。他参加了W.B.叶芝为诗歌协会所作的一场演讲，由他的莫逆之交珍妮·罗伯特·福斯特[①]陪同。随后威利在裴蒂帕斯饭堂度过了三个晚上，几位女士还试图教他跳舞。看着这位身材高大、有着贵族气息但又五音不全的诗人学跳交谊舞一定是个有趣的场面。做父亲的一直等到儿子的行程充分展开，才鼓起勇气向他写信提出债务之事。W.B.叶芝爽快地回应了，给父亲开了一张支票，付清了他欠裴蒂帕斯的大部分赊账。在此期间，他和奎因平息了两人之间的不和，就在诗人再次回到纽约时，他们就如何照顾他父亲达成了共识。

很多年以来，奎因除了收集画作，还一直在收集文学手

① 珍妮·罗伯特·福斯特（Jeanne Robert Foster，1879—1970），美国诗人。

稿。现在他同意购买 W.B. 叶芝的所有手稿并将钱款汇入一个信托账户。J.B. 叶芝不能动用这个账户中的任何钱款。但他对裴蒂帕斯姐妹的赊账累计到一定金额，便可以从这笔钱中抵扣。以这种方式大家希望 J.B. 叶芝能够清醒地看到他在现实生活中发生的食宿开支。W.B. 叶芝在回到都柏林后曾写信给他父亲，说愿意帮他付清所有欠债并买一张船票让他回国。他答应父亲说如果在都柏林待满一季后，如果他真的愿意，他还可以再回纽约。但老狐狸可没这么轻易落入圈套。他拒绝说："不成。如果我回国，那就一了百了了。"

奎因继续向 J.B. 叶芝订购素描，并以现金支付。他也继续看重两人关系，不时请他聚餐和度周末。有一个周末聚会时，他给 J.B. 叶芝一本詹姆斯·乔伊斯的《都柏林人》让他阅读。J.B. 叶芝读了一半就把书还了。"老天爷，真悲惨。人们其实都知道，都柏林的确有那种地方和那种人，可是人们从来都不愿意真正面对他们。"话虽这么说，他承认这是一本"了不起的书"。1915 年，他在第六大街上溜达时被汽车撞倒；——他的走路方式，按奎因的形容，"就像皇帝在御苑闲庭信步"。J.B. 叶芝秉承他的一贯作派，对自己的伤势轻描淡写，其实他伤得远比他跟裴蒂帕斯姐妹装的更严重。他又跟女儿写信，滔滔不绝地说他得知他的账单已经有人付了，于是在饭堂请他所有朋友喝很时髦的饮料，他自己也喝了三杯苏格兰威士忌——仿佛更加坐实别人不让他管钱的确是一项英明决策——"丰裕使人敞开心扉和放松舌头"。

人们希望他写一本回忆录，他为此承受着巨大压力，但最终只是写出了一个谁也不想看的剧本。在此期间他的自画像还在修改，“这幅画我得一直画下去，它会越改越好，永不完工”，他的这番大话当然绝不能传到奎因的耳朵里。过了两个月，他竟然说他又“重新开始”了。W.B. 叶芝很晚才和乔治·海德-李斯[①]结婚，为父的大大欢喜了一场。W.B. 叶芝伉俪访问纽约，他更是倾倒于诗人儿子娶到的年轻聪慧的妻子，而随后孙辈的出世又使老人兴奋了一阵。他的一生都欣羡婚礼，赞同其乐融融的大家庭的观念。

1918 年末，全美国都在庆祝停战时，J.B. 叶芝患了肺炎，差一点就在自己房间里咽了气。奎因闻讯后，速派自己的一名私人医生赶到 J.B. 叶芝的住处，并下令将病人由专门护士护理住院。可是这位年届七十九岁的艺术家一听自由受到威胁，死活不肯去医院，没有半点通融。奎因不得已，只能雇了一位叫芬奇-史密斯小姐的护士去看护他。奎因发现他的住所简直令人不堪忍受，之后便再没登门。但他还是给老人的心腹朋友珍妮·罗伯特·福斯特写了信，请她多去关心病情。因为固执的画家和请来的护士之间摩擦不断，这场病生得闹腾不已。他坚持管护士叫“猩猩”，经常在她出门后就将房门反锁，不让她入屋。但护士也不是省油的灯，每次看到他洗完手后在床单上而不是在她用别针固定在床单上的毛巾擦手时，她就打他。奎

① 乔治·海德-李斯（George Hyde-Lees，1892—1968），W.B. 叶芝的妻子，原名乔琪·海德-李斯（Georgie Hyde-Lees）。

因的同情心是向着护士的。当 J.B. 叶芝的病情开始逐渐康复时，奎因建议他和芬奇-史密斯护士一起去乡间休养一段时间。J.B. 叶芝回说他宁愿跟一只真的猩猩一起旅行，也不愿跟那个凶巴巴的女人待在一起。且听奎因如何回应：

> 当然，倘若你脑子里有什么现成的曼妙女子愿意陪你，或某个前任歌姬舞姬，或某种另类的前任沙龙招待，那些具有你硬要在一个护士身上寻找此等气质的人，倘若真有这么一位女子愿意陪你，要么不计报酬，那意味着因为爱而陪你，要么她的报酬不高于我现在支付给护士的每周 35 美元的金额，而且这位女子能向我提供一份情理上令人满意的卫生合格且称职的证明，我倒也同意不妨请她陪你。
>
> 但是话说回来，清洁和歌舞招待似乎不总被相提并论，卫生员和歌舞演员在我看来也不是什么近义词。有护理知识的人和口吐珠玑的人通常不穿着同一套女性制服。

J.B. 叶芝不得不承认这封措辞风趣的信使他绝倒，但他仍然拒去乡间。他对这封信感到可笑，可和奎因后来收到他的一封来信相比，简直就是小巫见大巫。1921 年 5 月这位画家就已经超过十年的委托作画之事修书报告道："它充溢在我的生命里。我没一刻闲着，没一刻不在思考。它对我来说变成了一场旷日持久的狂欢，它令我陶醉的程度堪比吉本的《罗马帝国衰亡史》，我想我和它干上也有同样多的年头了。今天早上，我刮去了所有的颜料，但是现在看起来很有希望。”

虽然头脑依然敏锐如初，但J.B. 叶芝的健康却在日益恶化。最后一批信件充满了他对自己正在快速走向生命终点的意识。他既有的礼貌和涵养使他从不公开谈论这一点或对此产生任何抱怨。奎因也选择不向他的子女汇报他的病情真相，直到J.B. 叶芝去世之后，他才在给他们的一封信中生动而带感情地描述了这么一个场景：

> 有个星期天他在我的公寓，我目睹了令人难过的一幕，…… 我的电话在一个房间里，我去那个房间接电话。就在我讲电话时，他经过走廊，去客厅尽头的厕所。我讲完电话出来，他恰好经过走廊回来。他的嘴唇潮红，我以为他发烧了，但我闻到了杂酚油的味道，这才意识到他刚服用了……看得出他刚才有过一次不小的休克，但我此时最好什么都别说。“我说奎因，我现在得走了。”他向我告别。我又留他再坐一会儿，陪他继续说话，不让他在休克发作之后就这样离去。我们后来坐着抽烟说话一个多小时有……
>
> 我后来在厕所的坐便器上发现了血迹，他已经很小心地擦去了大部分血迹，但还是没有全部擦干净。这是一件令人痛心的事，因为他从来不说，勇敢地独自承受。我知道出血意味着什么。

如果这个时候 J.B. 叶芝撒手归去，对他而言倒可能不失为一件厚道事儿，这样他就可以避开阅读《四年》(他儿子出版的自传之一）的不快了。那些文字描写了在贝德福德公园几年间的生活——正是这位父亲的职业生涯中最潦倒的日子。J.B. 叶芝这次受到了极大伤害。痛苦的记忆挥之不去——那是他性格缺陷和不成大器的记忆，是他疏离而傲慢的儿子看不起他的记忆，在儿子眼中，他作为男人和艺术家都是失败的。他尤其觉得两个女儿被迫承受的牺牲更大。在给威利的这封信中，他将多年的克制抛诸脑后：

> 至于莉丽和洛莉，她们那时是如此忙于生计以至于来不及对任何事“感到愤怒”。莉丽在莫里斯的厂里天天起早贪黑地干活，洛莉马不停蹄地到处上插图课，一年挣到将近三百镑，有一年的收入还超出了三百镑，她们两人将挣来的钱全都花在家用上。她们除了工作，还承担了所有的家务，应付各种事情，照看生病的母亲，——所有这一切剥夺了她们享受同年龄同阶层的其他女孩子正在享受的韶光。她们因为有一个挣不到足够钱养家糊口的父亲而被迫接受这一惩罚，这个父亲除了一个爱尔兰地主的名头外一无所是。我希望“愤怒的家庭”只是你的一时笔误。我认为当时你本人的确觉得我们的生活有着某种家境低下的烙印，但她们可没在意。女人在意什么？

威利不为所动，J.B. 叶芝不得不抵抗着新一轮强迫他回都柏林的努力，这次大家的态度比以往都更一致和坚决。W.B. 叶芝给奎因的一封信里已经毫不掩饰他对父亲的不满，最近的这次争吵和他为促使父亲回国所作的种种徒劳努力使他们的关系雪上加霜：

> 妨碍他完成画作的，导致他职业坎坷的，其实都源于他的意志薄弱。他甚至容不得别人身上体现出的坚强意志。这也是过去他和我之间造成争执的原因，在我看来那些在艺术和生活中获得成功的必备素质，在他眼中不是“自我主义”或“自私自利”，就是“冷酷无情”。我当时不得不离开这个家，在外无知无助地闯荡，现实需要使我更接近有支配力的男人，比如亨利和莫里斯，我不喜欢与父亲的朋友们为伍，甚至和别具一格富有同情心的约克·鲍威尔也少有往来。我发现，即使在过去几个月的通信中，他对我始终耿耿于怀。

这种差异，因其根植于性格深处，从生活观念开始就起了冲突，本质上是难以调和的。对 J.B. 叶芝而言，“意志薄弱”是一个侮辱性的表述，他只不过不愿意在社会上顺着飞黄腾达的杆儿往上爬，不愿意放弃自己秉持的生活理念，去屈服于英国人和波勒克斯芬追求的“平步青云”的做人原则而已。可是对 W.B. 叶芝而言，做一个纯粹私人的艺术家这种空想是匪夷所思。他写过一出戏剧《灵魂的净化》[①]，舞台上只有父与子两个角色，但两人应然的角色是完全颠倒的。在质朴至简的象征和布景下，这出戏剧有点像后来《等待戈多》的先声。《灵魂的净化》取材于斯莱戈的鬼故事，它涵盖了不断萦绕在 W.B. 叶芝脑中的诸多念头。一部内容丰富、表现力强烈的戏剧的功能有如很多面折射的镜子，而这部《灵魂的净化》中每一句台词都充满对立的戏剧效果，这才是令人拍案叫绝的。

尽管 J.B. 叶芝承受着来自各方敦促他返回都柏林的压力，他就是以不变应万变。奎因在写给 W.B. 叶芝的最后一封关于他们努力劝其父回家的信中，回溯了他们之前的通信，听起来令人不禁莞尔："这一次他作出的决定可不能再称之为'意志薄弱'了吧。这就是意志的力量，简直坚不可摧。"而 J.B. 叶芝倒是将他自己留守纽约的行为美化成他的"老当益壮"。

他一如既往地画素描，读书，写信，会朋友，但他待在房间里的时间还是比过去多了。他只回避一个人，这就是奎因，或许是怕听他讲他应该如何如何，或许是更怕把他捉将医生那里。他尝试最后画一次珍妮·罗伯特·福斯特，希望画出她的本质："再给我一次机会留住我的灵魂和你的脸。两者都将永存世间。"他在画肖像时从来都喜欢和被画者侃侃而谈，这次他也边画边和福斯特太太神聊：

① 《灵魂的净化》(*Purgatory*)，W.B. 叶芝创作的独幕剧，1938 年在阿比剧院首演。

> 他问她是否相信人在初死之后还能知道死是怎么回事。她答说虽然自己很少想这个话题，她还是感到“有把握”会知道。他回道：“说起来，威利对这个话题最有发言权了。”停了片刻，他又道：“老天爷，我也愿意相信。”“为什么呢？”她问。“因为我想参加自己的葬礼呀，”他随后“兴高采烈地”描绘道，“对呀，这够光怪陆离的，可我喜欢，看看自己，看看别人，听他们说些什么。我得带个写生本，把看到的一切都速写下来。想想竟有人会拥有这么一个写生本——记录的是朋友们在自己葬礼上的故事。我对所有这一切都太好奇了！老天爷！我觉得这简直太有趣了。我还可能为自己画上一幅素描！”

几天后，他死在裴蒂帕斯楼上的房间里。十一年前不多不少的同一天，他接受了绘制一幅自画像的委托，如今这幅自画像人物的目光正从墙上俯视着面前这具无生命的躯体。按照他的理念，凡事都未有尽期，因为一切都在不断变化中，不能简单说结束或没有结束。1922 年 2 月 3 日这一天，这位艺术家本人和他所作的画像都只是双双“停了下来”。

* * *

J.B. 叶芝热爱书信。在纽约的那些岁月，除了莎士比亚和蒙田，其他常置手边的读物就算得上是兰姆[①]和济慈[②]的书信选集了。济慈的“消极感受力”观念——人有一种能力处于不确定、神秘、怀疑的状态中，而非心急慌忙追寻事实和理由——肯定在 J.B. 叶芝心中产生过特别共鸣。他在世时曾两次亲见他自己的信札汇集成书。这两次出版给他带来极大的愉悦，也伴随少许的惶惑。第一次是由埃兹拉·庞德在 1917 年出版的，立刻引起轰动。不消说，书信作者本人只提供了原件，其他一概不闻不问：他甚至连供校对的样稿都懒得看，直到付梓后的成书在手，才开始抱怨一个误植的字，那是庞德简慢的编辑造成的。整个选集弥漫着说教的腔调，一眼就能看出其更接近庞德的风格而非 J.B. 叶芝的风格，这是因为庞德从书信中选用了很多短小的摘录。公允地补充几点，庞德在选用时已经充分考虑了 J.B. 叶芝那种生怕冒犯别人的过度紧张，而庞德所作的魅力四射的序言也显出一种从未有过的谦虚。再说，如果不是得益于庞德善于宣传推广的天赋，这些书信是几乎不可能受到如此欢迎的。还有人说动当时尚未名声大噪的 T.S. 艾略特在《自我主义者》[③]上发了一篇文字：

> J.B. 叶芝先生乃温文儒雅之士，其内心拥有一个悠然

---

① 查尔斯·兰姆（Charles Lamb，1775—1834），英国散文作家、文学评论家。

② 约翰·济慈（John Keats，1795—1821），英国浪漫主义抒情诗人。下文的“消极感受力”（negative capability）是济慈在书信中提到的一个概念。

③《自我主义者》（*Egoist*），一译《利己主义者》，是 1914—1919 年在伦敦出版的文学期刊。

> 的王国。悠然，对叶芝先生而言意味着即便不是为了出版也必须写得精致；他的写作体现了尊严、从容与含蓄。而写信之于他更散发着言者的优雅和谦恭，以及深处的孤独；这意味着恪守几个重要的观点，而非不停地在新奇事物中先声夺人。……
>
> 也许正是因为纽约在这位作家周围制造了孤独的气氛，反倒使他大受裨益。如果纽约也愿意对叶芝先生洗耳恭听，它也会因此受益，但美国人可能只会成功地捂住耳朵。……
>
> 叶芝先生之论诗比我遇到的任何非诗人都更有见地，他的见解甚至超过了我遇到的大部分声名在外的诗人。

1920年，阿比剧院的经理、剧作家勒诺克斯·鲁宾逊[①]编辑出版J.B.叶芝的第二次书信集，它远不像庞德的版本摘录得那么窄；因它选用的书信基本都是完整的，或选用了书信中的大部分内容，所以更能全面反映J.B.叶芝的个性。此书较庞德选编的版本更具可读性，很快便销售一空。“我对自己的书有一种愚蠢的偏好，”J.B.叶芝在给女儿的信中写道，“我留了一本在手边经常拿出来读，仍感到非常有启发。斯威夫特亦承认对自己的作品有类似的感受。”在裴蒂帕斯的饭堂里，买了他的书前来求签字的朋友们还获得在扉页上奉送的简笔素描。

---

① 勒诺克斯·鲁宾逊（Lennox Robinson，1886—1958），爱尔兰剧作家、戏剧导演。

这些书信直到1944年才又再版。时任费伯–费伯出版社[①]编辑部主任的艾略特做了一个更为综合的选集，请那位为W.B.叶芝、穆尔[②]和唐克斯[③]作传的著名传记作家约瑟夫·霍恩[④]编辑并撰写了一篇回忆录，书中还包括J.B.叶芝的朋友奥利弗·艾尔顿写的一篇序言。我们现在读到的这本书就是以该版为蓝本选编而成。我本想在这本书中收录几封选自威廉·M.墨菲1972年编辑的《贝德福德公园来鸿》中的书信，尤其是J.B.叶芝写给萨拉·珀瑟的两封信，但又觉得它们恐怕只会更尖锐地佐证已经昭然若揭的事实。就我自己这篇为本书信选集的背景所勾勒出的作者生平的介绍而言，要特别鸣谢威廉·M.墨菲内容丰富且充满同情心的J.B.叶芝传记《浪父》（康奈尔大学出版社，1978）[⑤]。

我年轻的时候，J.B.叶芝在都柏林仍是一个备受怀念的人物，他有时被人们以疼爱的口吻说成是那个“离家出走挣钱还债的老头儿”。当时还有在世的人能够回忆起他的睿智谈吐。偶尔也会听到有人引用他的片言只语，其中有一句——“那些对威利的时髦打扮啧有微词的人应该记得，每当威利坐下来写

---

① 费伯–费伯出版社（Faber and Faber），1929年成立于英国的独立出版社。

② 乔治·穆尔（George Moore，1852—1933），爱尔兰小说家、文人。

③ 亨利·唐克斯（Henry Tonks，1862—1937），英国外科医生、漫画家。

④ 约瑟夫·霍恩（Joseph Hone，1882—1959），爱尔兰作家、文学批评家，W.B.叶芝的传记作者。

⑤《浪父》（或译《挥霍的父亲》）（*Prodigal Father*），《贝德福德公园来鸿》（*Letters from Bedford Park*），前者为威廉·M.墨菲（William M. Murphy）所著，后者为威廉·M.墨菲编注。

诗时，他都总要戴上他的大礼帽。”——我在印刷文字里对这句话遍寻不得，虽然在一封日期为 1921 年 6 月 30 日写给医生的信里有一句意思类似而比较客气的阐发。我怀疑，像他生活的大部分情景，某句话在活跃的气氛中慷而慨之地四处发散，不会再刻意推广或留存，直到有一天它以新的、有亮点的思想被更为清晰地重新说出。在那些日子，他的受推崇的肖像画挂在国家和城市美术馆，妙语连珠的书信也可以在图书馆和善本书店里找到，大家认为他的天分比他一直以来想方设法在画布上展示的或印刷的要更多些。就算表达方式超过了真正的内容，他也从来不会被人指责为风头主义。

这些书信多年来给我很大乐趣。它们可以是八卦的，深刻的，焦躁的，迷人的，偏执的，幽默的，智慧的，天真的，矛盾的，热情的。它们总是直截了当，从不偏离当时引人瞩目的问题太远，这是因为他对这些关乎艺术和思想的本质问题有着无限的好奇心：何为善，何为善这个概念的本质，尤其是何为至善，或原动力？

我觉得，我们可以窥其堂奥地发现这些书信的魅力与这位异禀之人的品性密不可分，后者被证明导致了他的灾难性的职业生涯。现实往往处于他梦想的实现中，却总距其梦想的实现有着咫尺之遥。

> 我的看法是我们总在做梦——以不同形式、不同影响力呈现的桌椅，妇孺，妻子，红颜，街上的行人，都是梦

> 的起点。…… 梦寐远离实况，但清醒时的梦与实况有着千丝万缕的联系；因为实况催生我们的梦境，为梦境添加养料，如果我们足智多谋并天生感觉敏锐，我们就能极为接近现实。

而且情意只能直接从记忆深处迸发出来：

> 如此说来个性中一个最具影响力和最复杂的部分就是情意，而且情意只能直接从记忆深处迸发出来。为此，不论在观念上还是现实中，新的东西都不能成为诗的主题，虽然你可能将新的东西在修辞中描述得天花乱坠——但华丽修辞是表达别人的情感的，诗则表达诗人自己的情感。

在废止时间和建立记忆这件事情上，J.B. 叶芝的书信可谓直达情意之精髓。

英文版说明

这本书缘起约瑟·科尔蒂书局的伯特朗·费劳德邀我介绍一部法国读者尚不熟悉的我自己的文学作品到法国，我便借机将这些书信介绍了过去，在我所作的长序中我希望将背景也阐述清楚了。鉴于约翰·巴特勒·叶芝在法国，除了研究他的专家外，可谓完全无人知晓，我只保留霍恩版本中我认为对介绍他而言最重要、最有趣、最相关的部分。待到后来决定要出这个英文版时，我看不出有什么理由要去改变已选的篇目，因为时至今日约翰·巴特勒·叶芝在这里也几乎同样不为人知了。在此我以深切的缅怀之情感谢里丁大学已故教授唐纳德(D.J.)·戈登给予的赞助，以及他对这些书信和其他专题讨论时所发表的真知灼见——讨论在他的里丁的家中进行，他以二十五英镑从丹尼尔·考克瑞手中买下的约翰·巴特勒·叶芝为辛格作的真迹就挂在门厅里。我还要感谢凯文·巴里教授和杰拉德·达维博士帮我通读这篇长序并提出非常有益的建议。对于这个版本，我同样要感谢的是费伯–费伯的约翰·波德利，如无他对这批书信的热爱和有关它们那个世界的丰厚知识，此书就不像现在看到的这样了。

约翰·麦克加恩

中译本说明

版本

本书是约翰·巴特勒·叶芝于1869—1922年间给儿子威廉·巴特勒·叶芝和其他人的信札，由约瑟夫·霍恩（Joseph Hone）编辑，约翰·麦克加恩（John McGahern）删节并作序，原书由费伯–费伯出版社出版。

注释

原书的注释标识为“原注”，同一原注下译者作进一步的注释标识为“译注”。其他未标识的注释均为译注。译注主要参考《不列颠百科全书》(国际中文版)(北京，中国大百科全书出版社，1999）和维基百科英文网站，极个别人名的注释参考了其他网站。原文人物只有姓而无名的，在译注中加上“或指”字样，以示这是译者根据最接近的可能性还原的人物。部分注释和翻译中的表达参考了威廉·M. 墨菲的《浪父》一书内容。

落款

信的落款分两大类，一是给家人和亲密朋友的，均以Yours affectionately 或 Yrs affectly 此等问候语落款署名，中文一律译作“你的亲爱的”；另一类属于较为正式的书信，以 Yours very truly 等问候语（签字）署名，中文一律译作“顺颂时祺”，不再作具体区分。后一类信文在语气上也相应选用接近书信体的词语迻译。

标点符号

原书信行文中作语气停顿之用的横杠符号（比中文破折号短，两头空格），因与汉字排版不甚兼容，一律以破折号代之，并在不影响语义和阅读的情况下酌情取消这类横杠符号。

方括号有些属原文所有（如人物说明、脱漏字、字迹不可辨等），有些是译者为使翻译语句通顺所加；而原文有些语法勘误的方括号在翻译中一律按原文译出，不另作标识。

文中省略号极有可能是麦克加恩对原词语、句子或段落所作的删略，全部予以保留，并视情在省略号前后加逗号或句号。

原文中有别于正体的斜体字（当为加重语气之意），中文用楷体表示。

叶安宁

/ 第一封信

致 W.B. 叶芝

贝德福德公园，布伦海姆路 3 号

1898 年 9 月 16 日

……。约克·鲍威尔[①]见到了奥斯卡[②]的某个热络的朋友。奥斯卡现在巴黎，无法工作——不知是内心抵触，还是精神垮了；而且他身陷债务，入不敷出。他的朋友对他都忠心耿耿。他们试过每周支付一笔金额维持他的进账，但这令他备受折磨——可怜的人儿。——

我过去一直认为鲍威尔在奥斯卡的事情上太过铁石心肠；他现在终于显现出了他的满腔慈悲。只是在鲍威尔看来有个问题迟早要面对："去找太太[③]。"

可怜的妻子陪着作了牺牲——恼怒，疲惫，还让人感到很愚蠢——种种不堪可想而知。她纯粹的女性魅力在奥斯卡眼里一文不值——他的可怕的激情在别处燃烧。

无论如何，我很高兴鲍威尔对他表现出了同情，好像还不

---

① 弗莱德里克·约克·鲍威尔（Frederick York Powell，1850—1904），英国历史学家。

② 指奥斯卡·王尔德。

③ 原文为法语。

止同情。他最近在法国，对没能亲自去巴黎看望奥斯卡感到懊丧不已。

我还不错——很有信心——可惜现在是淡季，难有任何作品成交。如果想到贺拉斯·普伦基特的肖像[①]可能带来什么机会，我应该感到心更定才对。很好奇不知他周围的人是否喜欢这幅画。……

---

① 叶芝为普伦基特画了一幅肖像画；当时普伦基特作为爱尔兰改革家的威望正在上升。——原注

贺拉斯·普伦基特（Horace Plunkett，1854—1932），英裔爱尔兰农业合作改革先驱，爱尔兰统一党国会议员。——译注

/ 第二封信

致 W.B. 叶芝

西区，贝德福德公园，布伦海姆路 3 号

1899 年 5 月 30 日

我亲爱的威利——很高兴听闻历史学会正在酝酿的辩论之事。虽说我从未参加过这个学会，可我还常惦记着它，且我清楚记得它过去隔三岔五举办的那些辩论是如何在学院中产生重要影响的。莱基[①]是那时当仁不让的演讲常客。我只选修了大学本科的哲学课，因有某种印象，那些头脑冷静的腓力士人[②]全都挤在历史课里。……

我见到托德亨特[③]，他对你的戏剧在舞台上演出效果如此之好显然有些意外。他说你的演讲给蒂勒尔[④]留下极为深刻的印象。

---

① 或指威廉·爱德华·哈特普尔·莱基（William Edward Hartpole Lecky，1838—1903），英裔爱尔兰历史学家，政治理论家。都柏林三一学院毕业。

② 腓力士人（Philistine），转义为平庸之辈，市侩，门外汉。

③ 或指约翰·托德亨特（John Todhunter，1839—1916），爱尔兰医生、作家。

④ R.Y. 蒂勒尔，小有名气的希腊语学者。此处提及的剧作是《凯瑟琳伯爵夫人》（*The Countess Cathleen*），这出剧 5 月初在都柏林作为爱尔兰文学剧院（the Irish Literary Theatre）的揭幕剧目上演。W.B. 叶芝在宴会上的演讲因乔治·穆尔的《欢迎与告别》(*Hail and Farewell*）一书中有一页的记载而成为不朽之作。在 W.B. 叶芝的《人物》(*Dramatis Personae*）的描述中，蒂勒尔被刻画成一个“醉醺醺的统一党人”。——原注

罗伯特·耶瓦尔顿·蒂勒尔（Robert Yelverton Tyrrell，1844—1914）都柏林三一学院希腊文钦定讲座教授。——译注

想来在历史学会上腓力士人很可能集结起来发动一场攻击，那倒是给了你一个更好的机会。

我还见了爱默瑞太太[①]。她竟武断地说和伦敦相比，都柏林见不到一个美女，或美女的数量少得可怜。她的算术大有问题。你看到伦敦美女如云，那是因为伦敦人口基数大的缘故。同理，当你情绪恶劣时，你眼中看到的女孩多半不堪入目。真要比较的话，应该将伦敦和都柏林在家庭会客时和社交场合中出现的女孩比——那种阶层相当的情形下，两地美女的数目其实不相上下。

别忘了告诉我历史学会的辩论举办得如何。

马丁[②]在这儿的时候聊起过让我重画他在戈尔韦[③]的肖像。如果你觉得有机会［请为说项］，我希望能尽快开始。

我今年的所有时间，包括去年，都一门心思花在画肖像上，相信这是我的一条救赎之道。——（别忘了从1890年到1897年间我都没有碰过一支油画笔，总的来说，不像珀瑟小姐和其他人，关于油画我从来就没遇到过什么天赐良机。）

我画的亚什·金肖像两个上午就完工了，惟妙惟肖，很成

---

① 弗洛伦丝·法尔（Florence Farr），在《凯瑟琳伯爵夫人》一剧中担任主演。——原注

爱默瑞太太（Mrs Emery，1860—1917），即弗洛伦丝·法尔，娘家姓爱默瑞，英国西区剧院主要女演员。——译注

② 爱德华·马丁，爱尔兰戏剧家，当时是W.B.叶芝和乔治·穆尔的盟友。——原注

爱德华·马丁（Edward Martyn，1859—1923），爱尔兰剧作家，新芬党首任主席。——译注

③ 戈尔韦（Galway），爱尔兰西部港口城市，戈尔韦郡郡府所在地。

功；苏珊·米切尔[①]和金太太的肖像也封笔了。亚什·金一家还说到让我画他弟弟和弟媳——我恳求他促成这件事，哪怕给我一张照片我也可以临摹的。我过去常常照着摄影临画，既可以画彩色的，也可以画黑白的。……

我很有把握画好马丁的肖像，而且不会占用他的一点儿时间。……现在每一阵拂面而来的风都飘过他的气息。……

摄影照片正在取代黑白素描，它和素描相比价格便宜太多，故受那些没有情趣的人追捧。伍伦告诉我，每个人都在抱怨工作机会越来越少，他把怨气都撒在克莱蒙特·肖特[②]身上。……

祝你垂钓每有收获——你的亲爱的——J.B. 叶芝

① 苏珊·米切尔（Susan Mitchell，1866—1926），爱尔兰作家、诗人。

② 克莱蒙特·肖特（Clement Shorter，1857—1926），英国新闻记者、文学评论家。

/ 第三封信

致 W.B. 叶芝

布伦海姆路

未具日期（1899 年）

……。没有一处宝地适合我邀请一个潜在的金主光顾的——除了这个我觉得极其不趁手的工作场所。某种要命的优柔寡断使我没能买下埃利斯的房子——这会儿，我只能聊以自慰地想离市中心再近一点的画室是真正的解决方案吧。去年我清偿了四百多镑的旧债——但愿我有可能留下这四百镑。

昨夜我做了个奇妙的梦——好像在听我父亲作一场精彩的布道——他和我随后在一个地面有起伏的废弃花园里散步，我兴奋地恭贺他讲得好，他只是淡淡回应“构思得很松散”。我记得我不断试图去拿住他的手稿，想借此一睹他的笔迹，这笔迹我已多年无缘寓目却又一直盼望亲见——我父亲是一位能够激发他人强烈情感的人。之后又出现了许多场景，使我乐不自禁。好似某种不断分解的画面，欢欣喜悦接踵而至。最后一切一切都烟消云散，在一张不起眼的纸片上我看到这么一些字，“苹果树一直是免费享用的”——似乎又回到了我父亲布道的重要结论——这文字摘自某本现代书或《泰晤士报》。有梦如此不啻为某种吉兆。

我在构思一幅画，主题是“人生盛宴”——先以黑白素描打一个稿，也许有人会向我订制这幅绘画。我会要五十镑的润金。

洛莉身体不错，生活也都挺好。她和麦克马洪太太一起去了法国的迪埃普附近——说是为了画风景和练法语。

这恐怕是我目前为止写给你的最长的信了。——你的亲爱的—— J.B. 叶芝

又及：梦醒时分，我反复咀嚼“苹果树一直是免费享用的”之含义，仿佛仍然处于半梦半醒的状态，梦变成了现实的一部分，最后得出结论，这里说的苹果树和长在伊甸园里的苹果树是同一棵；对我而言这是某种深切而美丽的启示。

欣克森太太[①]给我寄了一方小报，刊登了关于你的剧目演出成功的新闻。

---

① 女诗人凯瑟琳·泰南（Katharine Tynan）。——原注

欣克森太太（Mrs Hinkson，1859—1931），爱尔兰出生的小说家和诗人。原名凯瑟琳·泰南，嫁与英国作家和律师亨利·阿尔伯特·欣克森。——译注

/ 第四封信

致 W.B. 叶芝

西区，贝德福德公园，布伦海姆路 3 号

1900 年 12 月 20 日

我亲爱的威利——抱歉又来扰渎清神——但我不承想 B. 欧布莱恩[①]竟能坐得比我期望的一个小时还要久——看到他乐意赐我这么多时间，我的无私精神（如果你愿意这么说）便打起了折扣，殊难拒绝这个创造佳作的良机。(其实在他坐着的整个过程中，较早的时候画得就已经够好的了。）而我没有接受他再约一天的建议，因为凭经验我很清楚这些素描得一鼓作气完成——再约一天又得另起炉灶。

……。关于《希律王》[史蒂芬·菲利普斯[②]的流行诗剧]，其中诗人的脚本、台词本身等，我和你的观点完全一致，但该戏的舞台部分，你认为平庸，我却还是觉得有机会，虽然全都没有体现出来，但仍是有机会。

---

① 伦敦爱尔兰文学协会（the London Irish Literary Society）干事，帕奈尔（Parnell）传记的作者。——原注

② 史蒂芬·菲利普斯（Stephen Phillips，1864—1915），英国诗人，戏剧家。《希律王》(*Herod*）是他创作的剧作，1900 年出品。

我认为里德[1]堪称腓力士人中翘楚；但凡过眼之景色，他都无一例外地将它画得通俗流畅，却又画出如此的空间和高度——（他的作品即便在这种情况下也只是耀眼的平庸之作）——所以从他画室里走出一个取到真经的学生，可能是所有风景画家中的一代宗师也未可知。

当晚观看那部剧，它的华丽辞藻对我并没有产生什么感染力，但它对人物角色分组归类这一项倒做得感染力十足，我很讶异演员们没有创造出某段对白使得他们自己热血沸腾和让观众热血沸腾。

这番话无非是说以本人卑微的见解，舞台及其传统仍是有其价值的。

我饶有兴致地在读《幽冥的水域》[2]。别忘了寄一份给：

W. 斯蒂文斯[3]

诺福克山庄

伍德福德，埃克塞斯

并记得在书上题字签名。他是一个心胸开阔的人，是我见到的所有人中最擅长吸收各种观点的。这位老伙计很有实力和专注

① 或指本杰明·威廉·里德（Benjamin William Leader，1831—1923），英国风景画家。

②《幽冥的水域》（*The Shadowy Waters*），W.B. 叶芝在 1900 年 9 月写的一首诗。

③《闲暇报》（*The Leisure Hour*）的编辑，该报是第一份刊登 W.B. 叶芝抒情诗的英国报纸。—— 原注

力，他的接受力堪比约克·鲍威尔。——你的亲爱的—— J.B. 叶芝

很久以前我就将里德称为众望所归的艺术家。

/ 第五封信

致 W.B. 叶芝

"烟斗"[①]是贝德福德公园的俱乐部，奥利弗·艾尔顿和约克·鲍威尔都是其成员。约翰·奥里尔瑞[②]这位老芬尼亚会员[③]刚访问了伦敦，这在他一生中是屈指可数的。

贝德福德公园，布伦海姆路 3 号

（1901 年）

奥里尔瑞本周日在这里，精神矍铄。"烟斗"里的人都很欣慰——他在整个交谈过程中极为机警，避免危险话题。他不失为一个有着蛇一样智慧的人。我几次涉及有争端的话题，但他们都充耳不闻。奥里尔瑞告诉我，身处这场战争，他已经二十年没有这么高兴了。他的气色比刚到那会儿好得多。看得出来，可怜的老兄，他一直在控制着少喝威士忌。这位仁兄开

---

① 烟斗（the Calumets）俱乐部，1879 年 5 月 3 日成立于贝德福德公园的聚谈型俱乐部。

② 约翰·奥里尔瑞（John O'Leary，1830—1907），爱尔兰民族主义者，芬尼亚组织领袖人物之一。

③ 芬尼亚会员（Fenian），指 1858 年前后成立于纽约的爱尔兰争取民族独立的反英秘密组织的成员。

始借酒浇愁也是因为生活中苦闷的情形太磨人之故！

下周日我们在布洛格家聚餐，我们准保能见到切斯特顿[①]，他 6 月 24 日就要和布洛格家的一个女儿结婚，我们大概会受邀出席婚礼的。……

托德亨特对我说起他和你在乔治·穆尔家聚过一晚。我试图打听一些具体细节——但他回答我的时候语气乖张，耐人寻味地摆出一副天晓得发生什么事的表情。……

希望我在别的地方能遇到个把支持布尔人[②]的人。在这儿我简直成了众矢之的。……

---

① G.K. 切斯特顿（G.K. Chesterton，1874—1936），英国评论家，神学家，诗人，散文家，小说家。

② 布尔人（Boer），荷兰裔南非人；此时正在进行三年布尔战争。

/ 第六封信

致 W.B. 叶芝

W.B. 叶芝和乔治·穆尔在一部名为《无人之地》[1]的戏剧中合作。他们之间的争执见于 W.B. 叶芝的《人物》[2]。

都柏林，哈林顿街 43 号

星期日（1901 年）

我亲爱的威利——我昨晚去了穆尔家。未及寒暄他就绘声绘色地告诉我罗素[3]找到了一条中间道路，或不论冠以何名，总之找到了某种解决方案来处理你和他之间的难题。我希望这个方案能奏效。和穆尔吵架肯定是一场灾难。他也许是一坨芥子药膏——不管是什么。我曾经将某些思想上的朋友叫作“刚毛衬衣”朋友。

---

①《无人之地》(*Where There is Nothing*)，W.B. 叶芝创作的剧目。

②《人物》(*Dramatis Personae*)，W.B. 叶芝的四部分自传合集，1936 年出版。

③ AE。——原注

乔治·威廉·罗素（George William Russell，1867—1935），笔名 AE，爱尔兰作家、编辑、评论家、诗人、画家。——译注道格拉斯·海德[①]晚些时间也到场了，穆尔大喜过望地听他讲了关于三一学院理事会和爱尔兰语言的剧作。穆尔强烈反对剧本结尾的最后几个词，暗示了这是一场梦——我也赞同他的异议。D. 海德将故事的雏形设想归功于格雷戈里夫人。他还力挺格雷戈里夫人的书。

穆尔的家总是像火山喷发的现场。如果这种情景一下子变成了气氛沉闷的你好我好，但骨子里却揣着相互不信任，那才叫可悲呢。

我对穆尔说了，我觉得你和任何人合作向来都会是一个错误——因为你混合的个性中有种息事宁人的品质……。——你的亲爱的—— J.B. 叶芝

① 道格拉斯·海德博士，爱尔兰语运动（Irish Language Movement）领袖。——原注

道格拉斯·海德（Douglas Hyde，1860—1949），爱尔兰语学者、作家，1938—1945 年任爱尔兰共和国第一任总统。——译注

/ 第七封信

致 W.B. 叶芝

西区，贝德福德公园，布伦海姆路 3 号

1901 年 10 月 27 日

……。我拖了这么久才复信，想必你在责我没有充分意识到你的剧作[①]在美国获得成功这件事的重要性。其实我是充分意识到的，而且想了很多。我不希望你的剧和布朗宁的剧被人混为一谈，布氏的成功，无论如何总会合理地被疑为“行家的成功”[②]，因为布氏在公众偏好中稳居那样的地位。至于你写的剧，我从未有过半点怀疑。它们是卓著的演技剧，将在经典的演技剧目中找到属于它的一席之地。对一个爱尔兰人来说，写戏剧是再自然不过的事，他对对话的热爱可谓与生俱来，而且他周遭生动活泼、侠义豪情的对话丝毫不比伟大的伊丽莎白时代逊色……

① 《心愿之乡》(*The Land of Heart's Desire*)。——原注

② 原文为法语。

/ 第八封信

致 W.B. 叶芝

都柏林，下利森街 86 号

平安夜（1901 年）

奥里尔瑞一度病得很厉害，无疑你应有所知悉，但在我眼中他的身心状况一如既往。最近我去看过他几次。这则从南非传来的消息准会让他感到振奋，当然也使沙文主义者闻之大动肝火。我倒是常常乐意来这儿避一避那些怒气郁结的好战分子——他们现在有点灰头土脸。

我收到鲍威尔一封精彩的来信，对亨利[1]有着一番辞赡意丰的描述，并从他的独特角度介绍了那篇关于 L. 史蒂文森[2]的奇文。我答应了道顿亦让他一睹为快。

鲍威尔提到他最近曾和你共进午餐。鲍威尔和一群老好人们在这场战争中竟然朝错误方向走得这么远，真是件令人扼腕叹息的事儿。

---

① 或指威廉·恩内斯特·亨利（William Ernest Henley，1849—1903），英国诗人、批评家、编辑。

② 或指罗伯特·路易斯·史蒂文森（Robert Louis Stevenson，1850—1894），苏格兰随笔作者、诗人、小说家、游记作家。

致 W.B. 叶芝

哈林顿街43号

1902年3月21日

……。几天前在读沃尔特·司各特[①]爵士的日记时，触发一个念头，说来也许你会想听听。说起坎贝尔[②]——他写道，[坎贝尔]是个天才，但不知何故他的作为未能满足人们对他的期许——他[司各特]又说这是因他[坎贝尔]优柔寡断，过于顾及自己的名声，更因他是一个“大惩戒家”，[司各特]又加了一句，屡有男学生被鞭笞得呆若木鸡。这三项缺陷似乎都源于一个起因——如果说在一种友好的、不考究哲理的心境下，我把它称之为过度敏感、执行目标制定过高等，如果说在一种公正审慎的思维模式中，我应该管它叫惰情。一个人完成了一件作品，且他对这件作品已经倾注了十足的心思，那么对其进行修饰和美化比另起炉灶从头开始要容易得多——通常情况下，运用批评工具对自己或他人的现成的作品评头论足总是比运用想象从无到有要容易得多。于是我们说都柏林人发现了

① 沃尔特·司各特（Walter Scott，1771—1832），苏格兰小说家、诗人、历史学家、传记作家。

② 或指托马斯·坎贝尔（Thomas Campbell，1777—1844），苏格兰诗人。

艺术天地。占据他们头脑的都是想象力，若作为批评家——他们把自己弄晕的同时会把每个人都弄晕的。

我认为马基有着足够的才情成为“晒谷场”的优秀成员[①]——因为他不但擅长这种批评技巧，而且还会对既成事实进行赞美，满目艳羡地不断称道来自英国的事物。

我对杰克抱以厚望。他似乎有着义无反顾的性格，而且对于自己的声誉有着一种恰如其分的不吝。他的想象力高度活跃——他的判断力则在合宜的静态范围——更绝的是他的生活非常接地气——那种因崇尚惩戒动辄变得呆滞的那位诗人的习气永远不会影响到他。“我爱大自然，其次爱艺术”[②]，此言深得杰克之心。在我看来，有朝一日他会写出分量十足的剧本给世界一个惊喜；现在他在木偶剧院里摆弄他的这些角色，逼着他研究广博的效果。假以时日他总能把握细节的，也能磨出精致的有持久力的对白，这些都不在话下。从大处着眼，这条路子是对的。一个人很容易就迷失在细节里。如果你逮住了狗，那么虱子也跑不掉了。

抱歉发表这番冗长的议论。差不多有几个星期，这些念头老是在我脑子里转悠，挥之不去。

我想再说几句杰克的戏。我认为结构上已经完美或接近完美了。弗朗蒂作为主角演到最后一幕，这时出现了一个剧本中

---

① W.K. 马基（Magee），“约翰·伊格林顿”（John Eglinton），批评家，《论剩余民》（*Essays on the Remnant*）的作者。他经常和 AE 光顾乔治·穆尔的家；W.B. 叶芝曾经描写几个年轻诗人聚在 AE 的四周，有如“AE 的晒谷场”。——原注

② 沃尔特·塞韦奇·兰多的诗句。

从未有过的精心设计的意外，由派恩来取而代之，这一安排我觉得很棒——一部名副其实的诗剧——我每次朗读都得停下来，无法一口气读完。弗朗蒂对着他的南希——在我们面前表现得如此细腻。他们完完全全是发自内心深处的怜悯——然而在草率没有思想的人看来，这就是一场玩乐，没心没肺的嬉闹。我刚才说这部戏几乎是完美的。可它还是有一个缺陷——在第一幕弗朗蒂营救派恩，这个营救行动应该增加一点冒险，或在弗朗蒂的戏份上要使他多花一点努力。弗朗蒂在这一幕应该表现得像一个勇士——一个孤胆英雄，不能有丝毫的矫情——也许杰克的本意亦在于此。总之，我会鼓励从事戏剧写作专业的有志青年研究一下小 J.B. 叶芝的剧本。我说的这些杰克可能会有兴趣参考，你也许可以转达他。[①]

如果我将小说写完，想来也会让你高兴。我将第一部分念给穆尔和马基听，他们的夸奖促使我笔耕不辍。

我在 R.H.A.[②] 的几幅肖像都很成功。听到了许多的恭维但尚无坐下求画的人。我们叶芝家的性格有问题，那些生活在上流社会的人，那些务实稳妥的求画者并不欣赏我们——所以我很可能因此愆尤而无果腹之食。

---

① 杰克·B. 叶芝自己开了一个木偶剧院。——原注

② 皇家爱尔兰学院（Royal Hibernian Academy）。

/ 第十封信

致 W.B. 叶芝

都柏林，哈林顿街 43 号

1902 年 3 月 22 日

我亲爱的威利——你会惊讶地发现接二连三收到我这么多封信，我只是不想让你有错觉，以为我在指责你全然不晓得担心自己的声誉，在这一点上我是绝对不会非难你的。我只是指责你过于爱评论。你是听着评论声长大的。杰克则不然，他在斯莱戈长大，周围的人向来不擅长对任何事发表看法，并认定文化人都是潦倒的家伙。拉丁语、希腊语和学问从来未对杰克产生影响，因为，受主见怜，他从来不曾正眼瞧过这些东西。

我昨晚在罗尔斯顿[①]家晚餐。为什么 T.W.R.[②]如此令人失望？他有艺术气质，有知识分子气质，是一位天生的文人——但他没有渴望，也就是说他没有想象力。每当你向他讲述一些快活的、夸张的念头——他不会以一种期盼和相信的态度跟你一同快乐地分享——他只会以大学或科系生产的某一把英制尺

---

① T.W. 罗尔斯顿，文选《克朗玛克诺思的死者》(*The Dead at Clonmacnois*）的作者，爱尔兰学者，诗人，后任泰晤士报评论员。——原注

托马斯·威廉·罗尔斯顿（Thomas William Rolleston，1857—1920），爱尔兰作家。——译注

② 指 T.R. 罗尔斯顿。

子来衡量，而这把尺子其实是根据错误的原理制造的。事实上，他的思维有点执拗和官僚。在一个像爱尔兰这样的国度，可谓八仙过海各显神通，他眼中看到的却只是一派乱象。

沃克非常满意我在油画板上作的设计，他提出购买这些设计以及油画板。我终究没打算给这位 R.A.[①] 寄任何作品。

今晚我会再去罗尔斯顿家。某位夫人会去他那儿讨论考古学问题。这也是罗尔斯顿所喜欢的。他和约克·鲍威尔这一类人喜欢让我们采集一丁点儿薄荷茴香，而放过律法等更重要的问题。后者才是唤醒各种渴望的东西。采集一丁点儿薄荷茴香难以唤醒沉睡的渴望。罗尔斯顿是诗人之敌，而且他以朋友的面目出现，就更其有害了。如果杰克没有唤醒渴望，那么他在任何情况下都无法感动。这也是他为什么常常能说出明晰通透的话来。

T.W.R. 令人失望的另一个原因——他看上去是一流人物。英俊潇洒，风流倜傥，其实只是尚好的二流人物。我喜欢他的妻子。她和我们是同道。——你的亲爱的—— J.B. 叶芝

① 或指皇家艺术院会员（Royal Academician）。

致 W.B. 叶芝

哈林顿街

星期日（1902 年）

我亲爱的威利——草草给你写一行字，告诉你昨天我见到冈妮小姐[①]了，她急切地希望你过来负责排练事宜。

——这些有实际经验的人往往是对的。

我不认为司各特的本意是说坎贝尔糟蹋了自己的诗句，他是说诗人本人被糟蹋了。当然我也亲见一个诗人糟蹋了自己的诗句，而且还以糟蹋了的形式发表了。[②]

最好的作品有时出自作者对抗他的意向，有时则出自作者屈从他的意向——有如一艘船迎着风的节拍前行。

我的故事完成了，希望有机会读给你听。如果你不喜欢，我恐怕会失望——迄今为止只有苏珊·米切尔和诺曼听我读过——他们的反应都很热烈。

---

① 莫迪·冈妮，后被称作冈妮·麦克布莱德夫人（Madame Gonne MacBride），爱尔兰民族女英雄。她在 W.B. 叶芝的第一部爱国剧《胡里痕的凯瑟琳》（*Kathleen-ni-Hoolihan*）中扮演剧名的角色。——原注

莫迪·冈妮（Maud Gonne，1866—1953），英裔爱尔兰诗人、演员，W.B. 叶芝屡次向她求婚而无果。——译注

② 这里无疑在影射 W.B. 叶芝的修改。——原注

乔治·穆尔前不久听我读过第一部分，赞不绝口——虽然这不像是他平时欣赏的故事类型。——你的亲爱的—— J.B.叶芝

/ 第十二封信

致莉丽·叶芝

乔治·穆尔在艾利广场他家的花园里举行了一场盖尔语的晚会，晚会上演了一出爱尔兰戏剧。剧作者是日后的爱尔兰总统道格拉斯·海德，他在剧中扮演补锅匠的角色，而仙女的角色是由弗拉纳根小姐扮演的，她后来成为德·瓦勒拉夫人[①]。

都柏林

（夏）1902 年

我亲爱的莉丽——　……。昨天是乔治·穆尔的盛大日子。道格拉斯·海德用爱尔兰语写的《补锅匠和仙女》[②]一剧在他的花园上演。观者如潮。蒂勒尔是唯一在场的三一学院院士。看来穆尔对玛哈菲[③]的讨伐并没有波及他的情绪[④]。某小姐

① 弗拉纳根（Jane Flanagan，1878—1975），其丈夫埃蒙·德·瓦勒拉（Éamon de Valera）是爱尔兰著名政治家，1959—1973 年任爱尔兰共和国第三任总统。

②《补锅匠和仙女》(*The Tinker and the Fairy*)。

③ 或指约翰·潘特兰·玛哈菲（John Pentland Mahaffy，1839—1919），爱尔兰古典学者。

④ 穆尔曾经写过一篇针对玛哈菲博士的檄文，后者反对爱尔兰语言复兴。——原注

也在场，气色非凡。她同每个人交谈，忙得不亦乐乎。罗尔斯顿昨天是和我以及苏珊·米切尔一起去的。我给他看了我的作品，我觉得他是颇为赞赏的。他对“夏”的舞会裙服（皮彻夫人的裙服）颇有微词；但很欣赏“春”和“冬”[①]。

演出过程中老天还算赏脸。上午时分有过一场乌云压顶的暴雨，到演出时天已放晴。

节目其实应该在下午三点开始的，那时天色晴好，和暖宜人，本来也是这么安排的。但代表们没有到场（我也没弄清这些代表是何方神圣)。等着等着，天色就转暗了，我们都很是担心，而穆尔，以他的独特风格，不断婉转地作出流露出绝望的姿势。最后，那些家伙们终于驾到，演出开始，虽然每时每刻都会大雨倾盆，我们好歹还是捱到了最后；一度所有的伞全都张开，对那些想看戏的人来说可真够受的。好在这时戏也临近尾声，乐手和歌手（躲在一排树叶的屏障后，观众看不到他们）都在那儿自娱自乐呢。道格拉斯·海德饰演补锅匠，仙女是由一位年轻貌美的女孩——弗拉纳根小姐扮演的。

---

① 这些是指为一个饭店而作的油画，后来在大火中被烧毁。皮彻夫人（Mrs. Pitcher）是莫迪·冈妮·麦克布莱德夫人的一个姐妹。——原注

/ 第十三封信

致 W.B. 叶芝

都柏林，哈林顿街 43 号

1902 年 7 月 11 日

我亲爱的威利——你的书堪称传世之作，是一本很有影响力的书。多年前 L.C. 珀瑟[①]就对我说过此书非常精彩——但另一方面我担心麦登法官[②]会认为这是彻头彻尾的胡言呓语。[③]

这本书你可以从任何地方开始读，如果晚餐就绪或客人驾到，你可以立刻合上。"凯尔特的薄暮"题目很传神，仿佛专给那些生活在薄暮中的人准备的——

我得区别一下"憧憬"和"渴望"之间的关系——渴望展示的是成年人和成熟艺术家的想象力——憧憬则是小孩、农民和头脑简单的乡人的愿望，比如母亲们憧憬她们的孩子长大后将干一番大事，她们的孩子将来会在利菲河[④]上拥有船队，或成为法官，等等。

---

① 路易·克劳德·珀瑟（Louis Claude Purser，1854—1932）：爱尔兰古典学者，萨拉·珀瑟的弟弟。

② 或指道奇森·汉密尔顿·麦登（Dodgson Hamilton Madden，1840—1928）：爱尔兰统一党国会议员，法官。

③《凯尔特的薄暮》（*The Celtic Twilight*）当时已经再版。——原注

④ 利菲河（the Liffey），爱尔兰河流，流经都柏林。

但愿你现在能一睹我在木板上作的画——你会认不出来的。我尝试逐渐加强这些画的效果，使它们能像大幅海报那么夺目——当然我也不敢说真能达此效力——

我附了一封洛莉写的很有意思的信，描写她分别拜访两个截然不同家庭的情形——她目前住在罗素太太家，罗素太太对一位叫作拉桑（或大概这么发音）[1]的人有如亲姐姐，此人出版过一本诗集（写社会之诗）并曾短期担任《每日新闻》的编辑。

——洛莉看似能写出精彩的小说——她思考得不够，缺乏莉丽的文学技巧，但她具备一种活跃的才智，在作品构思上亦有着某种敏锐的天赋；如果她有一个体面的父亲（我是说如果她的父亲能够挣得一份体面的收入），她一定能为自己开辟一条自我选择的职业之路。可惜现在说这些为时已晚。她一直在体会人生这门博大精深的学问，这些知识日后会有用武之地的。

很高兴得悉你手头那些工作的消息，听上去你的摊子铺得很开，却又都能快速齐头并进。

——我又听说乔治·穆尔对培根和莎士比亚的问题来了兴致——想想呵！接着我们就可能听说穆尔乘坐装了发动机的气球升空了。希望下个星期六我能去他那儿坐坐。

很抱歉得知你受眼疾之扰，——我猜除了踏踏实实地休

---

① R.C. 勒曼（Lehmann）。——原注

息，别无更好疗法。也许眼疾使你越来越多地将精力转向诗歌创作。

我在欧格莱蒂[①]的报纸上读到一则由约翰·托德亨特写的关于格雷戈里夫人的书评[②]，意图友善，文采斐然。这多多少少是他自己的专题，但他只写了一篇魅力四射的书评，将自己完全埋没在对这本书的欣赏之中。托德亨特从来不站上“饥饿的跳板”，这真是件令人遗憾的事——他其实真的需要这一类训练。

希望你那儿的天气好，莉丽今天的来信说她那儿刚下了场暴雨。

读这封信和洛莉的信恐怕会使你眼睛愈加劳神了——请转告我对格雷戈里夫人的问候，相信我，你的亲爱的—— J.B. 叶芝

---

① 或指斯坦迪许·欧格莱蒂（Standish O’Grady，1846—1928），爱尔兰作家、记者、历史学家。

② 格雷戈里夫人的《库丘林》(*Cuchulain*)。——原注

/ 第十四封信

致 W.B. 叶芝

都柏林，哈林顿街 43 号

（或于 1903 年）

……。昨晚我去了乔治·穆尔家，——马丁半个小时没聊别的，全在聊你的道德剧[①]。“绝了，一流，戏味儿十足，迄今为止他的最棒的作品，也是他深入了解的题材。”

看着穆尔如坐针毡真是过瘾；艺术家的嫉妒，记得布莱克说过的，就像蜜蜂的蜇刺。他不停地提问，直到他听说这部戏在半小时内就能演完，这才把心放下。

穆尔像个医生，所有的病例都记得清清楚楚，但他没有理论。我和他恰恰相反。他可以成为一个妙手回春的治疗师，而我则可以使医学向前推进。

---

①《沙漏》(*The Hour Glass*)。——原注

致 W.B. 叶芝

史蒂芬绿地 7 号

星期一（1904 年）

我亲爱的威利——我听说辛格[①]正考虑在都柏林永久定居。

如果你能临时借我几镑钱，等到厄尔文为欧格莱蒂的画像（后天就画完）支付我十五镑时我再还你，我会十分感激。

一段时间以来我都在画莱恩小姐[②]的肖像，欲与奥彭[③]一比高下，他的风格是习得的——像个老法师，我的风格自然是现代派和印象派的；但我颇为欣慰地认为我画的肖像更有味道。奥彭非常大气，他也看好我的作品。至少我从旁听到他与［休·］莱恩的谈话后得出这么个印象——当然他是一个冰雪聪明的人，为人也很实在。我听他对珀瑟小姐说，“你得把这事儿当真”——他的前程不可估量。[④]

今天罗素计划外出，去安排敦爱玛［业务重组］事宜，洛莉和莉丽两人合伙，格里森小姐则自己单干——我觉得这样安

---

① 约翰·米灵顿·辛格（一译沁孤）（John Millington Synge，1871—1909），爱尔兰诗剧作家；爱尔兰文学复兴运动的领军人物之一。

② 珊恩夫人（Mrs Shine），休·莱恩的妹妹。——原注

③ 威廉·奥彭（William Orpen，1878—1931），爱尔兰肖像画家。

④ 是年奥彭二十五岁，J.B. 叶芝六十五岁。——原注

排挺不错。我希望乔治[①]会被他们感召做他们的财主。他不会亏本的。我不敢向他或他们提这事儿，——如果有合适机会我还是会提的。

……。我想不久我就会挣到钱的，润金到手指日可待，我还可能考虑将润格提高一点儿，等等。

市政厅［画展］[②]为我鼓了气，和奥彭的竞技也使我精神振作。我希望我画的这幅莱恩小姐肖像得以攀上一个成功的高峰。——你的亲爱的—— J.B. 叶芝

① 乔治·波勒克斯芬。——原注

② 原文 the Guildhall，指市政厅画展（the Guildhall Exhibition），休·莱恩为在美国圣路易斯举办的世博会准备了一批爱尔兰画作，但因故未能参展，后于 1904 年 5 月在伦敦市政厅展览了这批画，共 465 幅，叶芝有 6 幅。（见《浪父》第 271 页）

/ 第十六封信

致 W.B. 叶芝

都柏林，史蒂芬绿地 7 号

1904 年 9 月 22 日

我亲爱的威利——非常感谢。近来忙得焦头烂额，心绪也忧喜参半，以至于拖到这会儿才给你写信。

在我们理解画家这个词的意义上，罗塞蒂从来都不是一个画家；言及技艺，他的秉赋素养、收笔润饰、手法分寸等等，都只是最低水准。

如果内特尔希普意识到自己的局限，如果他放弃和这位画家竞技的所有努力，他早就是一位杰出的大师了，只不过是通过其他途径；无论通过什么途径，但都不是通过绘画的途径——

当然布莱克倒是应该成为画家的；可惜我们都没能发掘出他的真正价值。

显而易见，一个肖像画家是一个技艺匠人——我相信我生来就是个肖像画家（W. 奥斯本[①]常常这么说），但囿于不纯熟的技巧——这一直是我的悲剧。

---

① 沃尔特·弗莱德里克·奥斯本（Walter Frederick Osborne，1859—1903），爱尔兰画家。

我问奥里尔瑞要回了肖像，还在修改，如果你看到这幅肖像，以及我画的莱恩小姐的肖像，你就能体会我和这些模特儿较了那么大劲是多么值得。

可怜的约克·鲍威尔，他生前有限的脑袋里囚禁了一个无限的精灵——长了翅膀的壮志凌云的凯尔特精灵束手就擒，被关进了一个牛津学监[①]的笼子里。我从来不曾在任何有争议的的观点上为达到目的和他进行论辩，我所做的无非是把这个囚禁的精灵放出来。他的拿手好戏离不开那一系列观点——他的沙文主义，他的物质主义，全都受到了牛津加犹太人恶习的沾染和裹挟。他不总是思想家，但他总是艺术家，因此也许可以这么说，他是思想家中最难能可贵的。犹太人占据了英格兰的所有高位……。——你的亲爱的——J.B. 叶芝

① 牛津学监（Oxford Donship），约克·鲍威尔曾任牛津大学历史系钦定讲座教授。

/　第十七封信

致 W.B. 叶芝

此信中 J.B. 叶芝将他的族人和他的姻亲波勒克斯芬的族人进行对比。

都柏林，敦德兰

丘奇镇，格提恩达斯[①]

星期六（1904 年）

我亲爱的威利——世界上最容易出现的事儿莫过于误会了。

我觉得在我们眼中你的表现无可挑剔，此话说过多次，最近又再次给予强调，我们的确都是这么认为的。那天草草涂的几行字是出自一个忧心忡忡的人之手，当时我满脑子都是心烦意乱的事儿。……

…… 在我的家族，上溯几代的所有人都成长于同一种环境中，即顺其自然地生活并完全践行同舟共济、相互爱戴和理解的生活方式；比如我们资助艾伦姑姑，使她将一大家子小孩

① 格提恩达斯（Gurteen Dhas），爱尔兰语，“可爱的小田地”之意，是叶芝女儿为他们在都柏林郊区小镇敦德兰的住所起的诨名。（见《浪父》第 242 页）

抚养成人。在她娘家，我们提供给她的收入持续了约有三十年之久。没人大惊小怪——在斯莱戈没人知晓这件事，特别是波勒克斯芬家的人一个都不知道。

W. 王尔德爵士[①]凡是见面必问起我叔叔，并说："想想汤姆·叶芝[②]竟然葬在了斯莱戈。"汤姆·叶芝之所以葬在斯莱戈，是因为他自父亲去世后，就放弃了自己的事业，直接承担起资助近亲的义务，——按那个年代的规矩妇女是不必养家的；我还可以给你我们家族中类似的许多其他例子。因为你从来都没有接触过我们家族的人，我才这般信手拈来地就这个话题发表我的意见——你也知道，虽然我对波勒克斯芬家人的一些主张不敢恭维，但对他们家族的秉性还是由衷钦佩的。我发现那里的土地肥沃，甚至有些火山的成分，我只是不喜欢那块地里长出的庄稼——说来也怪，在发家致富这件大事上，他们家的人也都没有一个成功的——乔治[③]的确衣食无忧，但这是缘于其他人创造的条件。安德鲁·詹姆逊[④]告诉我乔治对生意一窍不通。他们意在活得更有名堂。

此信又长字又小，得劳你不少眼神，尚希见谅。——你的亲爱的—— J.B. 叶芝

---

① 奥斯卡·王尔德的父亲。——原注

② 托马斯·叶芝，作者的叔叔，数学家。——原注

③ 乔治·波勒克斯芬。——原注

④ 安德鲁·詹姆逊（Andrew Jameson），制酒商。——原注

相信毋需太久你就能听闻我有某些长足进展——我已见过霍尼曼小姐[①]，有四幅铅笔画的润金入账。

① 安妮·伊丽莎白·弗蕾德丽卡·霍尼曼（Annie Elizabeth Fredericka Horniman，1860—1937），英国剧院赞助人和管理人，阿比剧院即由她出资购买都柏林的一处物业改建而成。

/ 第十八封信

致查尔斯·菲茨杰拉德[①]

“为画而进行一场光荣战斗”是休·莱恩发起并推进的一个计划，意在从斯塔茨·福布斯[②]的藏品中为都柏林购买一批精挑细选的图画和素描，作品包括康斯太布尔[③]，米勒[④]和柯罗[⑤]，以及由杜兰德-鲁埃尔先生[⑥]出借的一系列法国晚期画作。由于合作方未能接受莱恩的条件，都柏林最后失去了许多法国晚期画作。

都柏林，史蒂芬绿地7号

1905年1月30日

我亲爱的查理——我认为C. 香农[⑦]作画时老在想他的画和

---

① 查尔斯·菲茨杰拉德（Charles Fitzgerald，1873—1958），生活在纽约的艺术评论家。参见第二十七封信的原注。

② 詹姆斯·斯塔茨·福布斯（James Staats Forbes，1823—1904）苏格兰铁路工程师和经营者，艺术收藏家。

③ 约翰·康斯太布尔（John Constable，1776—1837），英国浪漫派画家。

④ 让-佛朗索瓦·米勒（Jean-François Millet，1814—1875），法国画家，巴比松画派创始人之一。

⑤ 让-巴蒂斯-卡米耶·柯罗（Jean-Baptiste-Camille Corot，1796—1875），法国风景和肖像画家。

⑥ 保罗·杜兰德-鲁埃尔（Paul Durand-Ruel，1831—1922），法国画商。

⑦ 或指查尔斯·哈索伍德·香农（Charles Haslewood Shannon，1863—1937），英国画家。

他的画风，而马奈[①]作画时，眼里只有对象，所有的要旨就是避免——使尽浑身解数地避免去想他的画作——但这两个人的目标都是将画画好。我还可以说斯威夫特教长[②]写作时眼里也总是只有对象，而佩特[③]的方法则与此相反。这一“目光锁定对象”的最初发明人我记不得是谁了，但我觉得这一理念令人肃然起敬地概括了某一类作家和画家。

我们正在这里为画而进行一场光荣战斗，目前为此政治势力尚未介入。看来这是不列颠群岛历史上第一次为画大动干戈，有意思的是这事儿竟然发生在爱尔兰土地上。学院[④]发表了一项宣言，攻击这一批画作，这是一份气度狭隘、手法卑劣的文件，唯一表明的就是学院那种只打算伤害而害怕战斗的行径。他们竟然都认为如果钱花在这些画作上，就不再会购买他们的作品了：他们不明白画作是那种供给越多需求也越大的事物之一——与普通的经济规律是背道而驰的。如果有一个新来的艺术家在这里安营扎寨，我只会感到更有干劲和更受鼓舞。沃尔特·奥斯本的去世无论对我们个人还是对艺术本身都是这些年来我们遭受的最重大的损失。一个优秀的艺术家不由自主地会成为艺术的传道士，而伪劣的艺术家则是我们的天敌。都柏林肖像画家行业被托马斯·琼斯爵士[⑤]弄得大

---

① 爱德华·马奈（Édouard Manet，1832—1883），法国画家。

② 指乔纳森·斯威夫特。

③ 沃尔特·佩特（Walter Pater，1839—1894），英国散文家，文学评论家。

④ 学院（The Academy）或指下文中提到的 R.H.A.（皇家爱尔兰学院）。

⑤ 托马斯·琼斯爵士（Sir Thomas Jones，1823—1893），爱尔兰肖像画家。

伤元气，是奥斯本将它重整旗鼓的。近来我常常希望奥斯本还在 R.H.A.，因为我发现自己在 R.H.A. 变成少数派的孤家寡人了。奥斯本如果路遇不平，会以一种完全不留情面的方式表达他的意见。我料你见到学院的宣言了，如此你可能也见到我以“听取双方之辩”[①] 的名义签署的信。院士们对我颇为着恼，因为我揭穿了告解室里的秘密——这些话解释了该宣言是如何由一个建筑师写成的（T. 德鲁爵士——对画作尤其一窍不通），且他只代表理事会意见。他们说我“不够君子”云云，的确，有的时候人不能只顾做一个谦谦君子，因为一个人行世有比做一个谦谦君子更重要的原则。就在我发现这份宣言对这场购买该批画作的民族运动造成极大伤害时，我意识到忠于优秀画作的义务远高于在 R.H.A. 理事会中的义务。所以我的信照写不误。只是没有署名，这很有点违背我的意愿，此因有人对我说如果不署名，学院可能不致恼羞成怒。不过我的信已经如数瓦解了该宣言的影响。我写给了 D.S. 麦克考尔，同时发了该宣言和我的信，他已经在星期六的报纸上就此事作出了强有力的评论，三份报纸都复述了他的表态。据此我希望学院可以退出这场有如冰岛吟游诗人称之为“江湖传奇”的故事了。

我给你发了个快件，内有我的一封信，我料你爱读的。我希望你会认同我对丑陋的探讨，以及为什么艺术家屡屡不放过

---

① 法律用语：听双方之词，且任何人不得下令不听取证词。

丑陋的题材，还有我分析的为什么英国人对 W. 斯默尔[①]所称之为那种“华而不实的饰物”情有独钟。

我时不时会和 G. 穆尔会面——他的头脑是我见过的最富有激励作用的。因为他总是坚持己见——就像一个生活在某个遥远星球上的人不小心掉在了我们中间，他的观念和我们的观念总是大相径庭。我猜造成这一切的原因是他不曾从学校习得知识，自然界使他觉得一切都是安全的，于是他获得了呈现在他面前的自然之道和某种健全的知性。在大家眼里，他是那种有资格放纵自己，但又不会偷懒或将事情搞砸的人。他的使命是正当的，虽然不见得广受欢迎。他抨击因袭的尊崇和传统，以及通常意义上的那些功名赫赫的人和事。他的钱袋子大概没有因为这些活动而受影响，但我认为即便受了影响他也在所不惜。和休·莱恩为画而战一样，他的那种公正不阿淡然处世的斗士品质是与生俱来的。

至为可惜的是你不能在这里助我们一臂之力。我们现在盯着那些有钱人，阿迪劳恩勋爵[②]，艾弗[③]，法官，等等。我们仰视他们，仿佛他们是春日里的一座座勃朗峰，期盼每一刻都有沙弗林[④]像雪崩一样在我们耳畔隆隆滚下。

---

① 或指威廉·斯默尔（William Small，1843—1929），苏格兰艺术家。

② 阿迪劳恩（Lord Ardilaun），或指亚瑟·吉尼斯（Arthur Guinness，1840—1915），爱尔兰商人、政治家、慈善家。

③ 艾弗（Iveagh），或指爱德华·吉尼斯（Edward Guinness，1847—1927），爱尔兰商人、慈善家。亚瑟·吉尼斯之弟。

④ 英国旧时面值 1 英镑的金币。

如果我们得以将马奈的《巡回音乐家》和夏凡纳[①]的另一件作品（一件已经购得）以及几件同类的颇有些轰动效应的画作收入囊中，都柏林就会变身朝圣之地——我们的后代宁不有荣焉！……。——J.B. 叶芝

① 皮埃尔·皮维·德·夏凡纳（Pierre Puvis de Chavannes，1824—1898），法国画家。

/ 第十九封信

致奥利弗·艾尔顿

本文摘录自奥利弗·艾尔顿所编撰的《费德里克·约克·鲍威尔：他的生平，他的书信和随笔文集》(两卷本)，上册：回忆录和书信，第439—445页（牛津：克拉伦登出版社，1906年）。此摘录经克拉伦登出版社授权同意作为一封书信形式重印。

都柏林（1905年）

约克·鲍威尔是性情中人。“学问见鬼去”，他会这么说。这就是他的价值：他反映的是人性，知识的大门对他敞开无碍。他懂得各种语言和文学，各种派别的绘画，整个领域横亘在他面前，他却只在乎一两个他所钟情的对象。他的整个生活都关乎眼前这几个爱慕的对象：这也是他如此不把自己的学识和智慧当回事儿的原因，不但不当回事儿，更有甚者，他有时会发展到推崇无知的地步。

世间有一种人性，桀骜，微妙，复杂，满足于各种感觉或怠钝的意志力，几能吞噬生活。但在鲍威尔身上，我们看到的人性是率真，激情，自由，追随幸福有如植物向往阳光，这种人性有如潮水——极少是冬日的潮水，常常是夏日的潮水，漫过堤岸，明媚阳光下水花烁然迸溅。随着岁月流逝，他的对手不再横加阻挠，他完全可以一泻千里的。他是一条尼罗河，一心要滋润流经的荒漠——河流在星月的作用力之下，会暗中潜伏着，悄没声息地溢出堤岸，要求一会儿流经这条沟渠，一会儿改道那个豁口——但我从不曾发现他试图影响任何人。他似乎过于羞怯，过于腼腆，过于毕恭毕敬。要说他对任何人信念的干扰，可能还比不上星星的干扰。

他是一个特立独行的人，生活在处处讲德行的英国，他最爱的却是那些有罪的人。在牛津时，他反对以学识和“文化”作为目的，而只是将它们视为自我扩展的工具。他认为世上有太多的事情比成为一个饱读经书的学者要更有意思——比如做一个技术精湛的木匠、渔夫或医生。放眼望去，每个人都在雄心勃勃地干大事，唯独他的愿望只是快乐，而且是他自己定义的快乐。这种快乐并不总能在壁龛密室里找到，却总能在为他人生死相许的全情投入中找到。但这个句子我得撤销。鲍威尔可绝对不会赞同人们对其他人以生死相许。这种表述在他看来简直是大话连篇，因为这于健全人是难以践行的。对此观点我未置可否，但我认为他真的会这么评议。这恰恰是他的显著的性格，一旦对这个人或那个人有了感情，不论一世的旧雨还是几日的新朋——他的全部精力都会悉数倾注到他们身上。当一个朋友需要他的帮忙，他会突然变得身手敏捷，动如脱兔。我对这一幕印象深刻，因为觉得很新奇，在其他人身上亦从未见识。我相信即便面对死神，倘若有一位他喜欢的人求助，他也能鬼使神差地想个法子多活一阵，比如帮他写完推荐信，或签了那张必需的支票，或出于友情为你的书作序，让你的书可以热销。

我觉得在这方面鲍威尔的谦恭有点儿特别，因为他从不将自己的功绩与其他人的功绩相提并论。他只是助人为乐，一心念着他做这一切时的享受，——那些正中下怀的生活和朋友，他得满足他们每一项要求。他不把这看作自己的功劳，反而看作某种幸运的事件，于是他可以张开臂膀将快乐拥入怀中。他对自己这种快乐天赋几乎有些羞赧。有些人一辈子都没能深入生活，对于他们，鲍威尔就像是刚从许多次航行归来的水手，来拜访他在教堂司事的表兄。那些人宁可待在沉闷的王国里，在那儿他们竭力使自己适应恐惧和乏味：而鲍威尔根本无法在恐惧或乏味的生活中待上一小时，哪怕临终前的一小时也不行，他的信常常提到这一点，他对死亡和恐惧都不屑一顾。因此，在我看来他永远是一个生活在病号中的健康人，而且他的健康充满感染力。

你忆起他对任何喜爱的人的种种尊崇，即使是对一个渔夫，对一个孩童。的确，他身上充满了这种三位一体的组合：用情，快乐，尊崇。这三种特质他有了其一，其他两种必然联袂而至。耽于声色或标新立异的文学艺术流派，如果它仅与感官有关，无论它以何等最悲戚的和最华美的艺术技巧绚丽地装扮，都是难以带来快乐的；它的意义永远都与快乐无涉。感官的文学和绝望的文学形影相随，而鲍威尔对朋友们的价值在于他呈现出的是不失真的和不世故的人性——人性的本源中晶莹剔透的淳朴形态；清教徒式的严苛拘谨的正经（那种清规戒律只会培养对自己和他人的猜疑和背叛）或权贵式的虚荣骄横的乖戾，都没有对他造成丝毫污染。他是纯洁快乐的化身；纯洁，因为它出于无私，出于情感喜爱，出于心灵需求，而一种真正的快乐亦出于这些同样的原因。

还要说到这个人了不起的大脑！它使他的魅力臻于完美。这个大脑既强壮雄浑，又优雅得好似女子莞尔；这个大脑思考、发明、获得知识，并将它们储存起来。优雅只是它的一个方面；你还感到安全可靠，因为它总是为你提供动力：在这种力量下，在这种慈爱中，你仿佛背靠大地，你感到快乐安心。我们的生活总是交织着愉悦和痛苦，我们时而笑容可掬，时而眉心紧锁；但鲍威尔对愉悦有着深刻的领悟力，他将愉悦和其对立面分离开来。

他使自己保持愉悦的装备中最重要的部分归功于一种能使精神瞬间高度集中的非凡能力。我们中的大部分人在思考一件事时，多多少少会神游到另一件事。鲍威尔将他的全副精力都集中在一个主题上，在那个飞逝的时刻他是心无旁骛的。专注于花蕊的辛勤的蜜蜂是他才智的真实写照。

带着如此惊人的情趣生活在当下，他只需做个手势，仿佛就能降伏所有的妖魔鬼怪，包括死亡的魔怪和迫在眉睫的明日的魔怪；圣徒们应该乐意与他为伍，因为他的快乐全都来自慈爱、同情和友谊，而他的高贵智性，因为免除了所有恐惧的卑琐，使得与上述情感相得益彰的人生哲学大放异彩。和他在一起，恐惧自会逃离，一如魔鬼见了圣水会走避：你不必在胸前画十字。

鲍威尔本来有可能被某种强烈的意志左右。荒野的花园，每个季节的每一朵花都在怒放，它们争妍斗艳，但很可能一下就变成施工者的堆场，或一间曼彻斯特的工厂加上贫民窟。

在我认识的所有人中，他是最远离浮名的，浮名已然成为个人愿景的一种形式，——也即是说，人们向往某种平步青云、光耀门楣、出人头地。鲍威尔却没有这种个人愿景，因为他根本是一个忘我的人，对自己的现状和将来都不感兴趣。他从不在自己这匹马身上下注。但他爱听赞扬，因为赞扬意味着喜欢。他会靠近那些喜欢他的人，像一个容易害羞的男孩或女孩在陌生人的世界里东张西望寻找一张张友善的脸。我似乎告诉过他，他若去做一名教区牧师，一定超类拔群。我能想象他在西方某个教区的路上马不停蹄地穿梭，溢于言表的是虔心敬意、远见卓识和欢声笑语，他爱善男信女，也爱无论男女中的罪人；他是最狭义的一名赤诚的信徒，所有的信念都会散发出才情的光芒。他眼中的生活，除了隐隐耸现的英国政府和新教，便再没有阴暗的角落。而他之于这两样东西真可谓水火不相容。能使他如鱼得水的倒有可能是天主教，这么说似乎有些出人意表。鲍威尔的推理能力从来都不是他的强项，他很容易把它们藏匿起来，全心全意去开发享用天主教中涉及想象、见识、人性的部分。罪恶部分他很可能忘记了，或原谅了，或甚至（上帝帮他）宽恕了。

我说他不长于推理能力，我只是说他在逻辑方面没有格外天赋而已，那种比较低级的推理形式对受过超级教育的人或对受过不完整教育的人来说都会形成祸端；但他的过人之处是想象的推理能力，而教育，姑妄称之为教育，每时每刻都在人的身上掠夺这种想象的推理能力。我一向认为，人们在交谈中应该避免争论，应该对完全抵牾的观点安之若素，因为如此一来你的想象的推理能力便激活了，有如繁殖力旺盛的西风之于东风相比，——东风扮演的角色使天无颜色，花无芬芳。你知道鲍威尔对争论避之唯恐不速，他会一而再再而三地妥协，直达底线，准备逃之夭夭；其实他是对的。如果他喜欢你的教义，他会优雅地照单全收。如果他不喜欢，他便做个鬼脸，假装咽到肚子里去，不复赘言。争论不是测试真理的方式。沉思，生活阅历，希望，慈善，以及各种情感——这些才是想象的推理能力赖以表达的因素。他不喜欢争论也成为人们愿意和他交往的原因之一。另一个原因则是它的反面：他的脾性中没有一点怨恨或恶毒的因素。无论多么生气，他都不会奋而报复。我们总是向他折服是因为我们对他毋需提防，他既不嫉妒也不羡慕，甚至缺乏一种自爱的好胜本能。

有一幕记忆是我女儿唤醒我的，我已记不得了。1897 年她病愈第一天离开轮椅，她和我在特恩汉姆绿地的大街上走着，迎面撞见鲍威尔。她记得他一个劲儿地围着我们打转，笑吟吟却一言不发。我们经过第一家店铺，他便冲进去买了一个便士的杯子，再经过一家店铺，他又冲进去买了一个便士的绘画明信片，又经过一家店铺，他再次冲进去买了一个便士的玩具，最后在一家花店买了一些花。他就这样把买来的东西一连串地给她。我觉得这太像鲍威尔的性格了；生活中的他真的就是这样；不说话，没有片言只语，只有源源不断的礼物。

我常对他讲，他说话靠的是一种心灵感应。只要看到他的人，听到他的笑，你就发现自己被鲍威尔的学说捕获了。你倒不经常听到他说话的声音；他也说话，但与他的存在相形见绌。他就是我们都在呼吸的空气。他不会真的提出什么理论。他在我脑海里栩栩如生的是将烟斗从嘴角拿下，说“正是”，或“那倒是”，或“我的天，真是这样”，或“我的天，那敢情好”。

他总是觉得他不如朋友，虽然通常他从不评价他自己或别人的道德品质，不像乔治·艾略特和她笔下典型的英国人。他交友不是为了找个人来表示敬仰，而是找个人来让他开心，激发他的同情，也让别人觉得他们自己有人关爱。有人和他打趣：“鲍威尔，我可以确定你不会顶撞一个杀人犯。”鲍威尔回答：“他若真是个好人我就不会。”我觉得莎士比亚也是这一类型。他和鲍威尔一样，也许认为那些道德家才是意在扼杀人性的伪君子。鲍威尔对生活和游戏人生如此热爱，以致有人要改变这一部分他就会大加戒备。那是些可怜的人，像茹素的人或只喝清水的人坐在一桌丰盛的酒席前。我认为正是对人的本性的爱，对游戏人生的爱，把他变成了一个托利[1]分子。但这个托利分子更懂得欣赏广博的生活本身。尔等激进分子看待生活则有点儿醋意。

我听有人评说鲍威尔对理念怀有敌意。这简直岂有此理！他是一个怀揣理想的孩子；只是他的理念全都来自对人性之爱。他到哪里都着眼于具体的情事，那些他可以掌控和倾注爱心的情事，那些可以令他捧腹或发噱的情事。他不在乎知识的美梦。说起他的大英帝国主义，他想的是尽情享受的英国人、爱尔兰人和苏格兰人，先是打仗，而后便在殖民过程中尽情享受。

他的帝国主义对我来说有种不祥之兆：既无怜悯，又无侠义。这是我不能理解的。但在这个问题上，我也只消对他讲一桩事，一个倒霉的后备役苏格兰骑兵应召远赴非洲，留下一个美丽丰满的爱尔兰妻子和两个孩子，还有一个很快也将出世。我很高兴他最终毫发无损地回来了。他妻子一度几乎精神崩溃，幸好夫家的苏格兰族人一起过来照顾她。她是个娴静安详的女人，像一片夏日的海。我还记得对鲍威尔讲述她的遭遇时他的那副表情，一脸严肃，一声不吭。他就像莎士比亚笔下的赫克托耳[2]，“在盛怒之中”，也会“对柔弱的事物心软”。这是赫克托耳武士精神中的一个缺陷。说到鲍威尔的武士精神，这样的缺陷就更多了。

---

① 托利（Tory），极端保守主义者。

② 莎士比亚《特洛伊罗斯与克瑞西达》的剧中人物。

我的内兄乔治·波勒克斯芬，那位占星家，称他为“一位正直到指尖的朱庇特人”，他的意思是不论鲍威尔多么快活，他对自己总是严格要求。他的严格极少施及他人，可能发生的情况是他认为［听者］是很信得过的人，或对某事一时陶醉，诸如对最近这场布尔战争，特别是受害者不在眼皮底下。

在我看来，最愚蠢的念头之一莫过于人们常常习惯寻找一个完人。这是从歌德那里传下来的荒唐事。我们需要的恰是不完美的人。我喜欢各种极致的品质，换句话说每个人都应该是一个旗帜鲜明的人。鲍威尔爱他的朋友是爱到极致的，这才有了种种故事。面面俱到的、循规蹈矩的人自有他们的价值，这点毫无疑问；他们能成为好职员，将日常事务处理得井井有条，等等。

鲍威尔是可爱的，因为他是某种外在的善意的一部分，这种善意的存在因为这类人的存在而得以光大。艾萨克·巴特也有着同样可爱之处——可怜的巴特——他的弱点和他的优点也都那么抢眼。

/ 第二十封信

致 W.B. 叶芝

星期一

都柏林，史蒂芬绿地 7 号

（1906 年）

我亲爱的威利——托宾[①]小姐是位公主，你带她来的那天是个好日子，我想起来为她画了一幅素描——这幅肖像令她开心不已，她竟然付钱要我复制一份，并作为蓝本画一幅油画；我其实不是很想接这个活计，就开了个二十五镑的价，不料她说，这很便宜呀——话说这会儿她已经把钱寄来了。如果巴特有幸去过美国，和一位小眼睛的漂亮女人有过一段情史的话，我怕会将托宾小姐认作他的后代的。……

——我很高兴告诉你约克·鲍威尔说的那段话不是指我。[②]我的误解把艾尔顿着实逗趣了一番——因为他说文中言明这是个英国人，一个地地道道的腓力士人，他说我竟然如此误会简直是老天对我的审判。莉丽和洛莉也早就嘲笑过我的误解了，她们说很显然与我没有半点儿关系。这说明我至今对自己

① 阿格妮斯·托宾（Agnes Tobin），一位加利福尼亚女诗人，W.B. 叶芝和亚瑟·赛蒙斯（Arthur Symons）的朋友。——原注

② 指艾尔顿教授所作的约克·鲍威尔传记中的一个段落。——原注

怀有一种埋藏得很深的意料不到的谦卑感，——我还未得到真正解脱。一个人只要囿于贫困，就像鸟被绳索缚住，那只鸟认为缚住它的绳索很长，有时的确如此；或它压根儿忘了绳索这档子事，于是就想着一飞冲天，结果气恼地发现自己摔了个倒栽葱。

你看见道蒂[①]的诗了么？我觉得这些诗非常好，一点不假。

我把特拉弗斯小姐的书通读了一遍，对道顿竟然欣赏它感到有点意外。当然她偶尔也写出一行漂亮的诗——只是她对这个句子太得意，于是她又止不住再加几行，似乎意在解释、延伸、例证第一行的意思。

如今我认为每一件承载了诸多心血劳作的艺术品都应该留存下来，以速写的形式留存下来。归根结底它必须是第一眼就强烈冲击你的东西。——这是印象主义的含义。

近来我在读莎士比亚的《克丽奥佩特拉》，这部剧有着一种速写的丰盈的思想，因为它就是一幅速写。细节都还没有填入——没有煞费苦心的精工细作。完全是一场狂欢和铺张——而一幅速写的本质就是将大部分细节留白付诸想象，从至高理性说来应该如此，你们诗人创造出巨大的空间，想象力在其中必须孤独地漫游，培养出它极活跃的特性，并完全摆脱了寻求字词或道理的必要性的羁绊。

……。又回到诗意中的观念。诗意中的观念永远不适合明

---

① 或指查尔斯·蒙塔古·道蒂（Charles Montagu Doughty，1843—1926），英国诗人、作家、旅行家。

确表达，只适合含蓄暗示。我这么说是因为我对观点怀有敬畏之心——还因为我觉得观点果真能表达，它就得以一种数学般的精准来表达，而它与雄辩和诗意都不相容。

我为玛丽·德·本森小姐作了一幅水彩写生，她是托宾小姐的朋友，两位女士满意之极——她们倒是很容易讨好的。德·本森小姐还写信来向我询一幅水彩写生的价，我回她说五镑。

我已收到二十镑的哈灵顿①肖像款，余款也应很容易收齐。哈灵顿已经为我尽力了，我觉得他对画像本身或他作为个人尊贵典范的画像是否能一直挂在府邸里根本不在乎。他倒是很在乎我是否能收齐那六十镑钱；…… 都柏林都是这样的。都柏林也在期待它的编剧［写出剧本能让这座城市］认识自己，为这座城市骄傲。

……。我们都在心心念念想着见到杰克和科蒂…… 刚才莉丽和洛莉还在准备去伦敦的售卖。洛莉会过去并住在切斯特顿处。——你的亲爱的—— J.B. 叶芝

---

① 都柏林市长大人（1901—1903）。——原注

提默西·哈灵顿（Timothy Harrington，1851—1910），爱尔兰记者、律师、政治家、议员。——译注

/ 第二十一封信

致 W.B. 叶芝

1906 年，斯温伯恩[①]重印了他加了一篇新序的关于威廉·布莱克的评论文章，此文中他不点名地提到了 1893 年出版的由埃德温 Y. 埃利斯和 W.B. 叶芝苦心孤诣编撰的布莱克诗集。J.B. 叶芝将下文中这个段落形容为“一种极其轻慢无礼和侮蔑的笔法”。下文的复制经威廉·海涅曼公司授权同意：

“虽然我们可以将这个生于斯长于斯的伦敦人［布莱克］看作弥尔顿的一市同胞，我们也可以将他看作莎士比亚的一国同胞，但要解释或臆测为什么一个如此受赞赏和推崇的天才会显示如此积重的瑕疵，且长期因难以言表和难以想象的缺陷遭到诟病，这的确像是一个不容易解释的问题。但是如果我们将他看作一个凯尔特人而不是英国人，我们会发现其实不难理解他的那种令人惊叹的能力从何而来，这里说的是我们在他对像《启示录》这种非常糟糕的原型的拙劣模仿中看到的那种无边无际的空对空的虚假的故作神秘的喋喋不休，而我们不妨合理地将他英语能力中

① 阿尔杰农·查尔斯·斯温伯恩（Algernon Charles Swinburne，1837—1909），英国诗人、剧作家、小说家、评论家。

偶有的高明和严肃的技巧归结于他的英国出身和教养。某个对布莱克进行评注的爱尔兰人，如果我没记错一个无关紧要的事实的话，曾在某处说过某些话，大意是我对布莱克的意义一无所知，当时他正在描写关于那位他认作同胞的诗人［布莱克］的某种间歇性神勇的和梦幻性谵妄的讲话，并试图从中读出某种有条理的和富有想象力的重要性。这倒是可能的，如果他的爱尔兰遗传的精神层面的事实已然成立或能够成立的话，我的确一无所知：出于极妙的理由，他既然变身为一个凯尔特人，那么他一时半会可能不值得花力气去破译了——或起码不值得属于可能倾向将理性和想象取代狂热和幻觉的一个种族中的任何学生去认真对待。但在这种情况下，必须欣慰和感激地承认，他的敏感的和善于抓握的智能，由于凯尔特人对此智能的稀缺，反而巧妙地凸显了其偶然的灵光一现和随性而至的洞见，而这将他瞬间提升到一位深刻和自由的思想家以及一名真正和不朽的诗人的高度。”（斯温伯恩《威廉·布莱克》序言第6—7页，1906）

都柏林，史蒂芬绿地7号

1906年7月2日

我亲爱的威利——你看了这个星期的《雅典娜神庙》[①]了

①《雅典娜神庙》（*Athcnaeum*），1828—1921年间在伦敦出版的文学杂志。

么？那里有些话是从斯温伯恩的一本关于布莱克的书的序言里引用的。它以一种极其轻慢无礼和侮蔑的笔法提到你。

这不值得生气或回复——它只是令我感到十分恶心。

拜伦的低俗的衣钵传到了斯温伯恩身上，这是一种贵族的傲慢无礼。

布莱克常常是怒气十足的。他确实会任由激愤的岩浆一壁喷涌而下——但他从来不会自我贬抑到使用蓄意的恶毒侮慢，无论是惊世骇俗的恶毒或是小打小闹的恶毒，而这个，像出自斯温伯恩的其他行径，充其量也就是小打小闹的恶毒而已。而布莱克是一个强有力的诗人。

三十多年前我听说斯温伯恩的不少故事——其中有一个是关于他对马志尼[①]背诵他作的颂诗，常常涕泗横流。能够激动不安地哭泣倒正合我对他那种抒情主义的预期。我还听闻他曾在交谈中说他和雪莱是仅有的伟大诗人，因为只有他们两人才是绅士。这又一次符合预期——然而要成为一个诗人，绝非一个贵族混混儿就够本的，即便你加修了希腊语和拉丁语，拥有牛津的教育和语言的天赋，像大海那么强大富足。依靠这些能力你可能成为一个抒情诗人，赋予一点音乐语言随便什么都能造就那一类诗人。

而成为一个诗人，以这个词真正意义和伟大意义上的解释，则需要更多品质。一个人很有可能只会抒情而没有诗

---

① 朱塞佩·马志尼（Giuseppe Mazzini，1805—1872），意大利作家、政治家，意大利统一运动重要人物。1837 年后常住伦敦。

意——做一个诗人必须首先学会做一个人。旺盛的生命力，丰富的体验，即兴的冲动，一如托尔斯泰、莎士比亚或但丁所经历的努力和磨难，——这一切都是必不可少的。

那天早晨，我从梦中醒来，尚在半梦半醒之间，情不自禁大声说了几遍——

“一个人只能画他体验的生活！”

对斯温伯恩而言，他从来都生活在一个谄媚者的圈子里，他是那个特殊门类的生物，仿佛他是《泰晤士报》雇用的一个才华横溢的作家，时时得拍着哄着才肯为编辑效劳。他的根没有扎在任何地方，他长在一片轻质土上。……

你和埃利斯为布莱克做的事，可能比他一辈子为任何人做过的都多。

他批评凯尔特运动将狂热和幻觉放在理性和想象的位置，这我倒觉得是一个真实的批评——但它的真实在我看来充其量是因为这个特点很显著罢了。不过说这个特点为凯尔特人独有也不尽然——爱尔兰人都有这个特点，因为他们比较原始，又因教会希望他们保持这种原始状态，无论如何教会在爱尔兰的表现形式是存在狂热和幻觉的。

兰多[①]是一位贵族诗人，但从未写下一行鄙薄的字句——他对同侪恭敬，对地位在下的人更加恭敬——而对那些地位在上者或那些自以为高人一等的人，他只是显出淡淡的礼貌，保

---

① 沃尔特·塞韦奇·兰多（Walter Savage Landor，1775—1864），英国作家、诗人。

持一定的戒备。

洛莉在伦敦干得不错——但她们在敦爱玛公司的业务令她心力交瘁。保持业务正常运营必须付出巨大精力，其实如果她们再多一点资本，我相信就能一顺百顺。她们的奉献是非凡的。

我此间的画作大有改善——我觉得不久就应该收获盛名，还有 …… 润金。

回信谈谈你对斯温伯恩这个小人[①]的看法吧——人们把他供如王室公爵——一点儿都批评不得。——你的亲爱的——J.B. 叶芝

[W.B. 叶芝对此信的回复：关于斯温伯恩的来信收悉，至为铭感。迄今我未看到他的批评文字，只有大概是引自《素描》[②]的颇为荒谬的一句话。我没有去找《雅典娜神庙》，因为我没有回应的意图。在布莱克书中提到他的段落出自埃利斯之手，行文完全中肯礼貌。我对斯温伯恩的态度毫不意外，因为现实中一个人殊难改变比他长一辈人的立场。…… 我在给安德鲁 · 朗[③]寄去我的第一本书时，他也完全谈不上礼貌，他在评论吟诗俱乐部之书[④]时甚至可以说非常不礼貌。两年后他写了

① 此或为双关，盖因斯温伯恩身材比较矮小。

②《素描》(the *Sketch*)，英国 1893—1959 年间每周出版的画报。

③ 安德鲁 · 朗 (Andrew Lang，1844—1912)，苏格兰诗人、小说家、文学评论家。

④ 吟诗俱乐部 (Rhymers'Club) 为 W.B. 叶芝和欧内斯特 · 莱斯于 1890 年在伦敦创立，出版过两卷诗集。

一封很大度的道歉文章。他给自己找的托辞是觉得评价新作很困难，当他第一次读魏尔伦[1]的诗时，觉得还比不上人们在乡村报纸看到的诗人水平。]

① 保罗·魏尔伦（Paul Verlaine，1844—1896），法国象征派诗人。

/ 第二十二封信

致 W.B. 叶芝

又及：写这封信时思考得很仓促。

1906 年 7 月 5 日

都柏林，史蒂芬绿地 7 号

我亲爱的威利——你对帕特·坎贝尔夫人是怎么考虑的？我知道回答这个问题有点难。无疑最理想的是将剧目放在爱尔兰剧院，我们尤其是你总是应该按理想的方案去做——这可能也是一个谨慎的方案。这个剧院是爱尔兰民族运动的一个很重要的产物，我们都在参与这项事业——拿出你最好的剧目会使你在和诸如约翰·奎因等人打交道时有可能进入获得财富和威望的通道，而且这也是有尊严的事情。

在将剧目给予帕特·坎贝尔夫人或其他名角这件事情上，重要性反而没这么大。这只是件一己之利的事，当然这么做也无可厚非，特别是在你作为一个囊中羞涩的诗人的情况下。①

---

① W.B. 叶芝希望促成帕特里克·坎贝尔夫人出演他的戏剧《黛特》(*Deirdre*)，1906 年 12 月首演。——原注

帕特里克·坎贝尔夫人（Mrs Patrick Campbell，1865—1940），英国舞台剧演员。——译注

我只是觉得无论你作什么决定，都不应该草率，不应该忘记你在爱尔兰运动中是一位公众人物——也是该运动项下所有文学和哲学运动的领军人物，你在此间的影响力对你而言应该比其他事来得重要，弥足珍贵——甚至对其他人而言也是更重要的。

刚刚入选蒂龙[①] [郡议会] 的年轻的凯特尔[②] 是怎么建议你的呢？（欧德汉姆告诉我竞争的另一方已经在全力准备庆祝一个盛大胜利的活动了。）

你认为我分析的新教的不可知论和天主教的不可知论的区别有没有道理？而莎士比亚是从天主教一支变化而来的？

天主教的不可知论充满自我认识、自我尊重，它让人自己和自己讲道理，而不是和别人讲道理，而这种说理精神的结果就是谦逊和同情，和对人类灵魂的深层探索。

新教的不可知论则把人的眼光转向外部，审视别人的所作所为，他们的说理充满激辩，非要和不同意见者争个面红耳赤，而他们判断一种行为只看法规，无视行为者的动机。没有谦逊，没有同情，没有宽宥的意愿——因为没有对自己良心的追寻。一个人如果认为自己不值得宽恕，就会认为他人亦不值得宽恕。

新教使人热衷外在事物，也使人傲慢和自满，你懂贝尔法

---

① 蒂龙（Tyrone），北爱尔兰 1973 年前的郡。

② 或指托马斯·迈克尔·凯特尔（Thomas Michael Kettle，1880—1916）：爱尔兰政治家、律师、记者、作家及诗人。

斯特人的露齿一笑的。

不可知论意味着最终是以理服人的。而讲理的方法则有新教的讲理和天主教的讲理之分。

还有莎士比亚对自恋的态度也是颇令人玩味的，我发现按他的说法自恋是积重难返的恶习，而诗人和情人都是自恋的，——他的天主教自我批评倾向让他对自恋奋起挑战。（我不知道天主教对这个话题是否有什么特别的说法。）另外，科伦[①]曾和我说过莎士比亚很清楚自恋使人孤独。我们从个别记载可以看出莎士比亚是很受他人爱戴的，他也很喜欢他的朋友，想象不出相反的情形会是怎样。否则他怎么可能写出他的戏剧来呢？——你的亲爱的—— J.B. 叶芝

① 帕德里克·科伦（Padraic Colum，1881—1972），爱尔兰作家。

/ 第二十三封信

致 W.B. 叶芝

史蒂芬绿地 7 号

未具日期（1906 年）

我亲爱的威利——我又给你写信了，希望你不要觉得我这个做家长的变得太过絮絮叨叨——当我说做一个诗人必须首先学会做一个人时，我的意思和那个英国腓力士人所说的完全不是一回事——我只是说所有的诗性都是从人性中编织出来的；以此目的计，兰姆或哥尔德斯密斯与大师级的约翰逊博士相比，在素质上更胜一筹，虽然后者做人也很成功。英国人羡慕的强大意志云云，说白了奉行的就是实利主义、发财致富和建立帝国的那部分信条。

……。如果苏格拉底碰巧去到古罗马，可能就会有苏格拉底论强大意志的一番对话。如果我对苏格拉底了解得多一些，如果我是一个机智的人，我就会设计一场对话出来。

我刚收到佩吉特[①]的一封信，一封珍贵而有特色的信。《画报》[②]辞退了所有决定此后与之摄影合作的艺术家。佩吉特极为

---

① 或指亨利·马里奥特·佩吉特（Henry Marriott Paget，1856—1936），英国插图画家。

②《画报》(*The Graphic*)，1869 年创办的英国画报周刊，1932 年后停刊。

沮丧，但我看出他自己振作起来是为了承担赡养他兄弟亚瑟的妻子和孩子的义务。……

……。正是像佩吉特、约克·鲍威尔和奥利弗·艾尔顿这样几个英国人，保护着英格兰不被万能的神摧毁——佩吉特的兄弟们[①]目前都算比他成功了，却不能帮助亚瑟的家庭，或许是经济萧条冲击了他们各自人口众多且孩子年幼的家庭。

……。我厌憎斯温伯恩这一类人。——一个人大概先得丧失灵魂而后才能拯救它罢——这是告诫艺术家和诗人的话。他的人性如果由一种不同品质的生活训练培养，他的诗文就不会如此浮夸、晦涩和单调。会写诗文的人毕竟是少数，我们放任自己去抬举他们——久而久之他们就不再接受必需的规范了。

我把斯温伯恩归入轻慢之人，不仅是因为轻慢的恶意，而且还因为其特有的某种自满，这是知识教养不足和低级骄矜的确凿标志，即便他拥有某一类读者从而以为获得一张迈向成功的快速通行证，这类读者亦为我们所不喜。随便挑一行斯温伯恩的诗，四之有三弥漫着一股新闻腔——读起来总有一种像读大报的味道。要是他写得稍微易读一些，他倒会变成时尚俱乐部里的宠儿。

当然我不否认他有天赋或他曾写过不错的东西。——你的亲爱的—— J.B. 叶芝

---

① 亨利·马里奥特·佩吉特的一个弟弟西德尼·爱德华·佩吉特是英国著名插图画家，为柯南·道尔的福尔摩斯故事绘制了大量插图；另一个弟弟沃尔特·斯坦利·佩吉特也是插图画家。

/ 第二十四封信

致 W.B. 叶芝

在伊丽莎白·叶芝[①]小姐对印刷机的经营方式上，W.B. 叶芝和他妹妹之间一直有着意见分歧。事情发展到 W.B. 叶芝试图拒绝出版一本 AE 的诗辑，理由是 AE 选的这批诗太糟糕。J.B. 叶芝在这封信和下封信中都是支持女儿的。

星期五

都柏林，史蒂芬绿地 7 号（1906 年）

……。洛莉有勇气，而勇气对于旁观者来说，[不论旁观者的立场] 中立与否，总显得轻率冲动，往往也的确如此，但命运之神是位女性，她是青睐勇敢的。

就你信中言及的其他问题，看来你已经将自己摒弃在必要的亲情圈子之外，难道你连男人对女人的爱也排斥么？这是在奉行超人理论么？果真如此，你的这种半人半神的作派也只是教条的半神罢了。

---

① 即洛莉，她的正式名字是伊丽莎白·科比特·叶芝（Elizabeth Corbet Yeats）。

你的说辞很苍白——你远比自己想象的要更靠近人性。你希望做个哲人，而实际上是个诗人——和约翰·莫利[①]相反，他实际上是个哲学家，却一心要当政治家。莫利是从来不会激动的，除了某种宠物综合征紧急爆发。

与尼采的理论相恰的大男人只是大男人中的一类，那种粗陋的蛮夫。要作的努力是如何摆脱他们，他们总是站在事物中不得体的一面，浅陋的一面。……

罗伯特今天早上来过。我希望他能把事情报告得准确。我着实非常忧虑，精神却出奇地好——但我担心我在浪费你的时间，对一个将慈悲抛诸脑后的人而言，我这种带有个人感情色彩的声明不值一提。——你的亲爱的—— J.B. 叶芝

我在家从不把你的信给她们看。女性总是倾向于将别人表达的每一个意思都看成是最终意思——我觉得你现在说的或将要说的，如果还有的话，都未必是你要表达的最终意思。道顿诠释歌德的那一套说辞，即一个男人当成为一个全能的人，在你脑子里挥之不去。那是狮头羊身蛇尾的神话幻想怪物——一个人只能成为有一技之长的专家而已。

① 约翰·莫利（John Morley，1838—1923），英国自由派政治家、作家、编辑。

/ 第二十五封信

致W.B.叶芝

史蒂芬绿地7号

1906年8月6日

莉丽眼前看到的，是她们不得不任劳任怨像奴仆般沉闷地干活，她觉得所得报酬和付出相比微不足道；而且她们的一切努力最后都付诸东流，这不但有可能，甚至可能性还很大；她还看到你现在生活得不错，做着自己想做的事——无论公众场合和私人场合都得到大家器重。每个人都唯恐帮你帮得不够，想着怎么把你的道路铺得更平。即便看我，也觉得我这份手艺虽然收入菲薄，但至少每天过得开开心心。

你在那所英国学校是否待得太久了，你对妇女是否真有一点儿轻视的念头？如果你冒出这种念头的话，那都有损你作为一个男人和诗人的声誉——但凡你的灵魂中藏有一丝一毫这种可憎的念头，它就会在书信的字里行间不由自主流露出，不管你表面把它们写得多么彬彬有礼和通情达理，它会在第一时间被人发现。我觉得新教徒就是试图使妇女感到“适得其所”的始作俑者，将苦役强加在她们身上。中世纪对她们也颇为忧惧，但对她们还没有使用严酷的方法。

约克·鲍威尔的态度是中世纪的，他是忧惧的，说他是中世纪的态度还有一层原因，他认为知识是某种次要的东西，当妇女崇拜知识，他就反对她们，——因为他认为她们抛弃了无论对女人和男人而言都是最本真的典范，即珍视每个不同个性的人靠自己的眼睛观看而获得的洞察力，这种能力在妇女身上尤为突出，因为与另外那个性别的人相比，她们更多地远离了有害的教育。靠逻辑、哲学和理性阐释过活的人最终会饿死在他们最优秀的那部分思维中。

天才即个性——我总说要是莎士比亚具有强大的意志，他就很可能苦苦读书去做一个三一学院院士，如此一来这个世界就没有莎士比亚了。

诗不是由知识人写的，而是由具有极目天地的能力的人写的。

我扯远了，回到开始的主题，我们怎么能使敦爱玛印刷厂成功——我同意你的观点，它要成功就必须打造成一个类似文学公国这样的一块领地，而臻此目的，你和洛莉必须和解，重归于好。

我还觉得你应该非常尊重罗素［AE］和马基[①]——毕竟一位了解自己作品的作家，应该受到别人的移樽就教；此外还有她的自尊，在任何业务中自尊总是起着某些作用的。你应该恪守仅限于提供建议的规矩，否则你会把所有事都弄得一团

① “约翰·伊格林顿”，爱尔兰散文家。——原注
参见第九封信的原注。——译注

糟。[①]——你的亲爱的—— J.B. 叶芝

我认为从新教徒的立场出发，他们号称重视和充分利用知识，这是再自然不过的事，我们的宗教总是自命在代言科学真理。

① 在后来得信中，叶芝感谢他的儿子“接受了我写的这段有价值的话”。——原注

致露丝·哈特[1]

敦德兰，丘奇镇

格提恩达斯

1907 年 9 月 18 日

您馈赠的兰姆书信这份精彩的礼物让我经历从未有过的喜出望外。我想起来就觉得快乐——事实上我们整个家庭都沉浸在快乐中。莉丽负责裁页，她花了三个小时才做完，她发现有太多段落想大声读给我们听。

近来我在读福楼拜的书信，他的信和兰姆的信对比强烈，可谓趣味横生。兰姆是十八世纪的作派，以随遇而安和幽默的态度对待生活，而福楼拜对生活则充满愤懑，怨怼十足。兰姆大概憎恶各式各样的改革家。我有不少十八世纪出生的亲戚，这些人我都历历在目——阅读兰姆就像又一次与这些人作伴。当然我这么作比较有将伟人和普通人相提并论之嫌，虽然我的亲戚从不醉酒，按时去教堂，也从不违反社会法规，但兰姆比他们又胜一筹，我亲戚的生活中没有书本，虽然不乏智慧和幽默，但他们中没有诞生才子，而他们的宗教认为，如果一个人

---

① J.B. 叶芝的朋友乔治·哈特的女儿。——原注

出身在一个正派的族群中间，那么上帝是不会判他有罪的。其他人则需要积德才能获得拯救。

我昨天见到小霍恩，对他没来参加婚礼好生责怪了一通。我对他描述了在场的满堂佳丽，想着让他听了直呼后悔。

这场婚礼是我所参加过的最喜庆最亮丽最愉快的婚礼——您的父母和那些漂亮女孩，所有的构成要素都那么完美，那么叹为观止。至于埃塞尔，她似乎立刻就上手了，仿佛她已经拿了满屋子的钥匙。这小小的专横是她善意的一个妙处，很讨喜哩。我从来都没感到这么开心，仿佛置身阆苑仙境。莉丽和我都陶醉不已。

我们这里最新的消息是莉丽在圣诞节后就动身去纽约，那儿有些销售活动。她情绪十分高涨，正在做各种周密细致的安排——而我也许反倒有点没想清楚，所有计划都八字还没一撇。——你的亲爱的—— J.B. 叶芝

/ 第二十七封信

致 W.B. 叶芝

此信写于叶芝和他女儿莉丽抵达纽约大约五个月后。

纽约，第 12 街西 14

萨尔玛甘迪俱乐部

1908 年 5 月 9 日

我亲爱的威利——几天前我见到奥尔加·内瑟索尔[①]和一位年轻的女士费尔德小姐，她们既同时对我说起，又分别对我说起她们对你所写的那些让年轻的罗斯坦[②]痴迷的诗歌极度赞赏。罗斯坦懂英法两种语言，正在翻译他父亲的作品。她们说他只要有人愿意听你的诗，他就会大声地朗读，一读就是好几个小时。我想你听了以后也许会感到有意思。

到了这儿之后，我有了长足的进步——实实在在的成功——我相信如果我再大胆一点，比如租一个画室，那很快就会有全职工作了。

---

① 奥尔加·内瑟索尔（Olga Nethersole，1867—1951），英国女演员。

② 或指莫里斯·罗斯坦（Maurice Rostand，1891—1968），法国作家。其父爱德蒙·罗斯坦（Edmond Rostand，1868—1918）为法国剧作家、诗人。

我作了几场演讲，发现自己居然是个挺不错的演说家，这不但令别人惊讶，我自己也感到意外。什么时候见到你，我得用一种最夸饰的方式向你炫耀一下当时的情形。

莉丽近来很是犯愁——感觉告诉她该回家了，但她对离开纽约这个使她有生以来第一次获得个人成功的地方充满惆怅，而且她极不愿意独自返回，把我撂在这儿。我对去留仍摇摆不定。她看到我正朝成功方向发展（还不能算已经成功，因为我现在的素描才卖十五美元——约合三镑——一幅），却还是要我跟她回去。我觉得我应该留下，那么一来她就得和我一起留下了。如果我同意回家，她准保拔腿就跑，——这弄得我左右为难。离开纽约就像离开一个巨大的集市，任何时候幸运都可能降临。人人都问为什么不去新港[①]，所有的时尚都如水赴壑。有时我夜里睡得很香，梦见吉星佳运，有时则辗转反侧，达旦难眠。莉丽说但愿她有一个善于规划的父亲——我又何尝不希望呢——但我怎么规划？我像以色列的孩子，生来就无规划可言——只能相信耶和华，相信第二天清晨遍地流淌着神赐的甘露。……

我很确信有朝一日你会来美国逗留一段比较长的时间。除了爱尔兰这儿就是你的故乡。世界上只有这个地方你能找到归宿。

你认为这儿的艺术家都工于展示他们的技艺，其实并非如

① 新港（Newport），在美国新泽西州泽西市，与纽约隔（哈德逊）河相望。

此。几天前我写信给［名字辨别不清］介绍一位朋友时还说这儿的艺术家都像康斯太布尔和他的同时代人，他们都有着虔敬的灵魂，不会考虑自己，而以自然为重。

我读了斯温伯恩在布莱克论文中的序。以前我记得（内特尔希普告诉我的）罗塞蒂从来不请斯温伯恩，除非惠斯勒[①]也在场，因为惠斯勒一个人就能管住他不让他喝酒了。这两个小个子男人都属于豪气干云的人。——是其中哪一个教会了另一个执持武断，像司铎那般自负？——直到那时诗人们都无这般戾气，至少莎士比亚没有，那是从雪莱或布朗宁才有的？他们对你的攻击有的只是那种唯我独尊的飞扬跋扈，根本不值一驳。斯温伯恩肯定是诗人中最少人性的——那个讨厌的矬子，用沃尔特·惠特曼的话来说，既没有爱人，又没有妻儿朋友，只有那个沃兹·邓顿[②]的好心家伙一味地奉承他。不是谁都能成为奉承者的。他的诗最多算是那种合唱曲里的绮丽辞藻。真正的诗人是一个孤独的人，人在重大的时刻也是孤独的。莎士比亚甚至在写剧本时都是孤独的。

洛莉很是勤勉地让我们知晓剧院和你的活动的所有进展。我们从她的每一封信中了解这些情况。莉丽不断在交朋友，在任何意想不到的地方都能找到朋友。她在这儿的经历就像念了一门大学课程。有时她的谈吐如此出色，令人啧啧称奇。

---

① 或指詹姆斯·麦克内尔·惠斯勒（James McNeill Whistler，1834—1903），美国出生的油画家、铜板画家、石板画家，长期侨居英国。

② 西奥多·沃兹·邓顿（Watts Dunton，1832—1914），英国评论家，诗人。

约翰·奎因是我们的坚强后盾。他在我们左右，信心就不可能流失。有时他自己也会无精打采，不多会儿又会从火气十足的夸夸其谈中恢复神勇。我有了飞速进步。这种用铅笔画小幅速写、肖像素描的练习使得最细致的观察成为必须，这也正是我想要的训练。不过我最近运气太差——我画的一幅最好的素描再有半小时就完成了，就在约定完成的那天，我画肖像素描的人物，那位女士，她的弟弟自杀身亡，结果我没有拿到润金，也失去了这个颇为时尚和富有的关系。另一位约定了画一幅润金为四十镑的油画的女士，也是因为意外的事情——她已是一个大家庭的母亲，又因有孕不适而取消了。

福特夫妇极为慷慨。我们在他们的旅馆住宿，他们只收了很少的钱。……

一直以来你的名字都是我的*敲门砖*——至少开始时如此。现在我觉得我逐渐有了自己的一点儿立足之地了。

顺便一提，你认为菲茨杰拉德[①]对杰克看不上眼的结论是错的。他亲口对我说杰克的唯一问题只是他对自己的作品思考不够。他的朋友，此地普遍看好的后起之秀卢克——也是一位印象派画家和革命家——当着我和莉丽的面对杰克称道了好几次。你在这儿有很高的地位——女士们（美国的下一个新纪元属于她们）聚在一起研究你的《善与恶之理念》[②]。她们逐字逐

---

① 查尔斯·菲茨杰拉德，纽约的一名戏剧批评家，都柏林的菲茨杰拉德医生的儿子。——原注

②《善与恶之理念》(*Ideas of Good and Evil*)，W.B. 叶芝文论集。

句地推敲，仿佛这是一部议会法案，每一个音节的意义都非同小可。

假如我突然发现有人搞错了我的年龄，我比现在要年轻十岁，那该令我多么的心花怒放呵！

J. 奎因说你是他遇到过的最直率和最宽宏大量的爱尔兰人。他说你总是宽宏大量的——每当他开始抨击爱尔兰的时候，他就要格外强调这一点。

请转达我对格雷戈里夫人的诚挚问候。

莉丽已经决定21日返回。我会有一种形单影只的感觉——孤独，一个人生活在像纽约这样的大城市中的孤独，真不是我想要的形式。

/ 第二十八封信

致 W.B. 叶芝

纽约，大联盟旅馆

1908 年 9 月 28 日

我亲爱的威利——我给你发了两个短篇。不知道你有何评价。你定能辨别出其中一个的故事来源。

我在基奥法官[①]处见到了年轻的埃米特[②]，他曾在格雷戈里夫人处见过你，我也在［字迹不可辨］处见过他。很高兴听到关于你们二位的消息，虽然他说和你有过长时间的交谈，却并没有向我转述更多的交谈内容。他很崇拜爱德华·马丁[③]，是一个散发着魅力的年轻人。

我满怀希望又有些许担忧地期待着下个月的到来，一整个夏天过去了——哎！不说也罢——酷热，蚊蚋，这些都还是小事，甚至寂寞也不值一提；不管怎么说，我算是熬过来了，像一艘装备破损的船，在海上漂。奎因则像一艘精良的风暴拖轮，以坚定的忠诚随时待命，他表示只要有能力，都会将我拖

---

① 或指马丁·杰罗姆·基奥（Martin Jerome Keogh，1855—1928），爱尔兰出生的美国法官。

② 或指格兰维勒·坦波·埃米特（Grenville Temple Emmet，1877—1937），美国律师，外交家。基奥法官妻子的兄弟。

③ 参见第二封信的原注和译注。

曳到安全地带——继续着装备破损这个比喻——我得说这艘很有些年头的船虽然用的是上好的木料，但毕竟原本不是按照最新的造船理念造出来的。

埃米特对剧院很有好感。我觉得他因为是一位律师和从事实际工作的人，所以并不能讲出太多和剧院有关的事。而且我同他交谈时间不长；之后我搭了基奥法官的汽车和他一起进城，他约了和雷德蒙[①]共进晚餐，我则自己用餐后去到歌剧院听雷德蒙演讲。那次演讲是一场精湛完美的活动安排。伯克·考克兰[②]也发了言，一个相貌出众的人很容易成为演说家和当红人物——他演讲时间不长——也没有雷蒙德那么实诚和投入，但说的话更有趣，虽然这种趣味带了些阴险的成分。说他是个出色的演员大概不会错。他现在在坦曼尼协会[③]已经有点穷途末路了。只要有人提他的名字，奎因就破口大骂。他所有的工作都已被墨菲[④]和柯哈兰[⑤]罢免。奎因现在也身陷政治，所有委员会他都有份。我想他从中得到很大满足。

道林法官坐在我边上。从学术意义上说他是我见到的最有

---

① 或指约翰·雷德蒙（John Redmond，1856—1918），爱尔兰民族主义党领袖。

② 或指威廉·伯克·考克兰（William Bourke Cochrane，1854—1923），爱尔兰出生的美国纽约州众议员、演说家。

③ 坦曼尼协会（Tammany Party），1789 年成立的控制纽约市民主党活动的政治组织，1850 年后大部分成员为爱尔兰天主教徒。

④ 查尔斯·弗朗西斯·墨菲（Charles Francis Murphy，1858—1924），坦曼尼协会当时的领导人。

⑤ 丹尼尔·柯哈兰（Daniel Cohalan，1867—1946），在纽约的美国律师、政治家。

教养的人，他和查理·约翰斯顿[①]都是。我有蛮长一段时间把精力放在写一篇文章上。它使我很伤脑筋。有时专题写作就像一个水手在狂风中站在船的帆桁上单手收卷一张巨大的风帆——耐心、膂力、技巧缺一不可，而那张帆也铆足劲儿想把他甩到海里去，背运的话真的就是这个结局。

我很喜欢基奥夫妇。基奥太太是我见到的最友好的女性之一。詹姆斯·伯恩的太太也很友好，但基奥太太更有个性，恕我直言，她比较不那么八面玲珑搞折中。她体现了美国的传统和教化中最好的一面，而且这是非常细腻的东西。她是一个很有自尊心的女性，为她自己骄傲，为埃米特一家骄傲。基奥法官告诉他们如果那个可怜的男孩[②]没有被绞死，他们至今可能都默默无闻。别看她年轻，她可是那个可怜的男孩的侄孙女。所有埃米特的家人都对他们的勇气感到自豪，并常常对他人夸耀。基奥告诉我埃米特家的人如必须接受外科手术，他们都会拒绝使用氯仿［麻醉］。

最近我常去一家法国餐厅，那儿的晚餐便宜，食客都妙趣横生。其中有一对侯爵夫妇，我和他们成了朋友。他们都很年轻，先生是西班牙人，功力了得的语言学家，说话非常悦耳。那天晚上我在那儿用餐，传来一阵美妙的音乐。饭后夫人说：

---

① 查理·约翰斯顿，即查尔斯·约翰斯顿（Charles Johnston，1867—1931），爱尔兰作家、记者、神智主义者、梵文学者。参见第三十三封信的原注。

② 或指罗伯特·埃米特（Robert Emmet，1778—1803），爱尔兰民族主义者。1803年因叛国罪被处绞刑。

“叶芝先生，今天是我的生日：叶芝先生，你应该亲吻我一下。”我一下不知身在何处，我亲吻了夫人的双颊——这个动作很有点野蛮暴力，于是我记住了“baiser”这个法语词，原来是我们所说的“亲吻”。前一个有如手枪走火，后一个则像喃喃低语。

那家法国餐厅本是一个有点儿令人放纵的去处——我的法国朋友们不再光顾后，我很遗憾地觉得餐厅变得有点儿寡淡无味了。住在这里，惦记着老是完不成的文章，等待着有希望买画的人已经答应写却总也寄不来的信，这情景真的有点儿凄凉。

得奎因相荐，我画了一幅柯蒂斯小姐的肖像，你在巴黎见过她的。她有着一股可以得到所有好主意的聪明伶俐劲儿，而不是自己想出好主意来。结果是过了一段时间，你感到精疲力竭，无以为继，因为她不能给你补充养分。这有点晦暗的感觉，但作为画中人物，她还是不错的，只是作为一个美国女人，她不让我用自己的绘画方式来处理。而在这件事上，奎因和我针锋相对，他站在她一边，而且把画也毁了。在美国，自由发挥是不被理解的，无论对艺术家还是对其他人。他们追求的首先是正当，其次才是自由。我们则觉得有了自由，谁在乎是否正当呢。英格兰是唯一理解自由的国度，于是在那儿鲜有人关注是否正当。

我上次对你说过我在演讲方面获得意想不到的欢迎。前不久我又一次受邀，去萨尔玛甘迪俱乐部演讲——我的主旨是，在美国人们可以赞扬和谴责，但却不能评论——赞扬和谴责是附有道德和清教徒色彩的行为——卡莱尔[①]在这点上堪为先知。评论既不是赞扬，也不是谴责，而是更接近你的主体，查尔斯·兰姆可称表率。一个人对于他景仰的事物是不会靠得很近的。也正是这种［谴责］态度，斯温伯恩才这么招人嫌。钦佩和称赞一般是父亲所为，而母亲则疼爱并热衷评论（我的确喜欢听基奥太太谈论她的孩子）。从这种评论，从这种不断接近事物的努力中产生了现实主义，这个我们并不少见，［从批评和不断接近事物的努力中］我们还看见了莎士比亚和伟大诗人的水乳交融的风格。

年轻的埃米特说没料到格雷戈里夫人这么娴静，他对此大感意外。如果这话传到格雷戈里夫人耳朵里，她会不会觉得很逗趣呢？因为我们交谈的时间太短，我拿不准他的“娴静”究竟指什么。难不成此地的聪慧女子都有了喧哗和雀跃的恶名？

我颇为好奇地关注着选举，虽然对此一头雾水，不得要领。这方面没人给我指点迷津。奎因没这工夫，或不如说没这闲心。——你的亲爱的—— J.B. 叶芝

如果我年轻四十岁，我的职业就会很成功。一个上了年纪的艺术家寻找作画机会，就像一个假释犯重新入职——他们中谁都可能顺走羹匙！

① 或指托马斯·卡莱尔（Thomas Carlyle，1795—1881），苏格兰哲学家、散文家。

/ 第二十九封信

致 W.B. 叶芝

纽约

未具日期（1908 年）

……。就在我收到你关于 P. 坎贝尔夫人的信时，我正在和伊莎多拉·邓肯[①]见面。我认为伟大的人格魅力只属于那些持重的、自洽的人，或他们处于这种状态的时候。他们说话发自内心，做事也绝非瞻前顾后，——邓肯小姐说的每一件事都令人充满好奇地想一探究竟。我们普通的“打开话匣子”则相去甚远，比如你引述坎贝尔夫人说的那些事；当然了，如果我目眩神迷于坎贝尔夫人的窈窕姝丽，那么我也很可能不会对她的“话匣子”有什么微词。几天前一位美国太太把邓肯小姐描述为“老去的”，至少是中年的、“朴实的”（美国人对长相平平者的委婉说法）女子。我第一次见她是在一家餐厅，当下我就明白她是世界上最奇妙的、最特立独行的人。她自有一套计划，对别人的眼光和议论反应漠然，因为这个原因，她从来不会咄咄逼人，一如她不会想方设法取悦任何人。我在私下的场合见过她两次，后来我又在纽约最大的剧院里（坐在她的包厢

---

① 伊莎多拉·邓肯（Isadora Duncan，1877—1927）：美国舞蹈家。

内）看她在最大的舞台上跳舞——在这个巨大的舞台上，一个人独自翩翩起舞——这个时刻，你再一次感受到这位女子持重自洽的魅力。好几个人都说：这是不是有点像看一只小猫在和自己玩耍？我们观赏她，仿佛我们每个人都埋伏在暗处。她在纽约开始并没有一炮而红，这点我太能理解了。——她直立，她平躺，她走动，她舞蹈，她腾跃，她消失而后复现——所有的动作都和一首著名的古典乐曲令人称奇地丝丝入扣，我有时都弄不清最令我陶醉的是什么，是她还是音乐。包厢里有一位美国大雕塑家带着大家一起欣赏。

奎因说她跳舞像牛，四肢粗壮云云——还说虽然他花大价钱买了很贵的座位，但只看了半小时就走人了。那还用说！他观看的时间不够长。是日偌大的剧场内，观众安静得有如在教堂，连咳嗽声都听不见。希尼[①]是她的对手，也是奎因非常心仪的，她在魅力上使邓肯相形见绌。希尼热切地希望得到好评，得到大众追捧，她也的确是一位可人的尤物——你会祝她成功，而在邓肯的舞蹈里，你被她慑服。

---

① 阿德琳·希尼（Adeline Genée，1878—1970），丹麦和英国舞蹈家。

/　第三十封信

致哈里亚特·詹姆逊

纽约（1908 年）

……。记住我对这个国家的爱一如既往。他们不理解艺术，也没有修养，但各个阶层的人都很善良和友好，而且他们的幽默完全建立在这种友善的基础上。这儿仿佛朝圣者的父辈们那种坚定的面容［字迹不可辨］给了一位严厉的母亲，充满同情，…… 同情但不纵容。因为既有纵容，就有伤感，而伤感和幽默势不两立——特别是美国式幽默。英国式幽默建立在无情无义的基础上，目的是为了享受他们强盛和优越的意识。他们把你的弱点和缺陷抨击得体无完肤，让你在光天化日之下接受他们智慧的嘲讽。美国人是我见过的最友好的民族，但他们也是最不苟言笑的。他们的面部表情都是那么别扭。连小孩儿也不例外。…… 我环顾四周的餐桌，马上能“辨认出”一个英国人，因为他有着一副笑脸和爱说话的表情，这在世界其他地方是难以从人群中识别出来的。［多幅速写］

致 W.B. 叶芝

纽约，大联盟旅馆

1909 年 3 月 24 日

我亲爱的威利——我从《太阳报》上剪下一小幅珀西·麦卡耶[①]的照片随信寄给你，他对我写的剧本热情洋溢，你可以看到他也是有一点地位的人了。我再加几句评论：我认为你的才华之所以受欢迎是因为你的才华是善意的。这是最重要的品质——［字迹不可辨］是恶意的；权贵和悲观主义者可归此列——那就是尼采的翻版——连学院的校监和他们的扈从都是恶意的。但是莎士比亚或雪莱不在此列。雪莱如果活着，定有证据表明心迹。他本人公开展示的“改造世界的激情”曾使他争锋好辩，但争辩过后，他又会是一个善意十足的人。再想想莎士比亚，想想他在最能体现善意时写出的都是最好的作品。华兹华斯是恶意的，拜伦也是，斯温伯恩更是。这些人总也摆脱不了他们的自高自大。对他们必须谴责和詈骂。你的善意品质是从我这儿传承的，我是说来自我父亲的家庭。记得我家庭每个人身上每一种性情都当得起“好人”的称谓，在某种意义

① 珀西·麦卡耶（Percy Mackaye，1875—1956），美国剧作家，诗人。

上连神仙都未必做得到。职是之故，周围的人爱戴他们但又不惧怕他们，而他们身后也没有树碑立传。

下星期五我要讲一堂关于你的课，已经对约翰斯顿夫妇讲过几次，大家要对你作一番解读，我设法把格里格[①]也找来。查理·约翰斯顿对你的作品显示的那种细腻的知觉，约翰斯顿太太亦同，以及他们谈论起你的作品时的劲头，我想你会有知遇之感的。

我正在读你的《善与恶之理念》，惊喜连连，还有你的诗。你在写诗时状态是最好的。不是因为诗本身优于散文，而是因为你自己更加融会贯通了。散文是有束缚的，诗行则轻盈、自由，能将你的灵魂慢慢诱导出来。

我正在画一位富有而健硕的贵妇[②]，真人尺寸一半大小，进展可谓顺利。如果这幅画能善始善终，我就觉得自己太不简单了，运气好上天啦。她是一位大使的女儿，如果她丈夫还活着，那么他就是俾斯麦[③]的继任者。因为有着利落和丰富的洞见，她很机敏，是个当律师的好角色。我对被画对象往往倾注过多兴趣而神移失措。这一次迄今为止我的头脑仍非常清醒。

谨祝格雷戈里夫人身体安康。——你的亲爱的—— J.B. 叶芝

---

① 弗雷德里克·格里格（Frederick Gregg），北爱尔兰人，之前同属 W.B. 叶芝在都柏林的青年人圈子，在纽约《太阳晚报》任职。很早以前他曾被 AE 和其他人视为爱尔兰在诗坛上的希望。——原注

② 参见第三十三封信。——原注

③ 奥托·冯·俾斯麦（Otto von Bismarck，1815—1898），德国第一任首相。

/ 第三十二封信

致 W.B. 叶芝

纽约，大联盟旅馆

1909 年 4 月 14 日

我刚读了两卷萧伯纳。他从爱尔兰的福音派教会的生活（而非贝尔法斯特）中脱颖而出是多么自然而然的事。这个新教徒谋求以宗教信仰来“拯救那些能够拯救的人”[1]，却找到了社会主义；同时他仍是福音派中的佼佼者。

① 原文为法语。

致 W.B. 叶芝

纽约，大联盟旅馆

1909 年 4 月 14 日

我寄了一页纸给你，写了两件事。一件是先前提到的珀西·麦卡耶。他是戏剧《母亲》的作者。这部剧写的时候他脑子里想着艾伦·特里[①]能出演主角的。反对的意见认为她已七十一岁[②]，让她准确地记台词是靠不住的了。这部剧前段时间在此地上演，结果如何我记不清了。珀西·麦卡耶就是那位对我的剧作（我口头上向他描述过）极度感兴趣的人，他告诉我如果我提交剧本的情节梗概，他很有把握能给我争取到一份写作的委托。这话他说了绝不止一次，怕有十几次了。

我正在认真考虑做一系列讲座。我发现只要熟悉主题，上讲坛是一件颇为容易的事，——确定主题则棘手得多。

……。我那幅真人尺寸一半大小的菲尔普斯太太的画（她是德国一位著名政要的女儿，美国驻柏林大使菲尔普斯先生的妻子）还有一次坐临就完成了。我认为这幅画会很成功，至少

① 艾伦·特里（Ellen Terry，1847—1928），英国舞台剧女演员。

② 根据《不列颠百科全书》记载的艾伦·特里的出生年份，此处或为六十一岁之误。

可以跻身艺术家作品之列。当然，和其他艺术家不同，因为我没有太大名气来使它变得时尚。不管怎么说以我自己的眼光看来已经做得不错了，也得到一些朋友的首肯。可惜这些朋友都是有钱人，他们多以画家的名声和画家的要价来判断艺术品。这位夫人富甲一方，仪态庄重，开口便是一套官家言语。她的闺蜜是德国皇帝的妹妹。她三十五岁上下年纪，高大且非常健硕。她若是出身寒门，当是一个非常聪敏、慈爱、朴素的人。

……。我很乐意回家，只要自己觉得那是荣归故里就成。我在这儿的画室和扶手椅中待得太久——到了有点燥热的地步。我一时觉得快活无比，一时又懊丧莫名。我常常彻夜目不交睫——时间就这么流逝——到这个月我就满七十了。巴特小姐数月前已经到了这个令人肃然起敬的年龄，她笑我并拿我的老不成器来说事。

我很高兴你遗传了波勒克斯芬家的有条不紊，只是莫像乔治那样让这些条理变成束缚的羁绊。他身上最显著的特征就是元气不足，因为这个原因他总是在生活中找茬，与生活中的人争执，消除一次痛苦的影响要花几个星期。如果他身上多一点活力，无疑会成为最可爱和最有人情味的人，也不会这么刻板——他还很为自己能勇敢面对牙医和外科医生而自豪——也许元气不足导致他在肉体疼痛时感觉迟钝。朝气蓬勃的身心是非常重要的，这点我是受了约翰斯顿太太的提醒。……

……。我对香农为你作的画像非常满意。他的画比萨金特[1]的高出一大截——不论从构思上还是从笔法上。萨金特，吉卜林[2]，萨罗利尔，展示给人的东西是他们所喜爱的东西——以一种活泼的、明快的，特别是清晰的手法再现事实，他们作品的表现绝不会受到诗意或梦境的干扰或侵害。柯罗、香农等人带给我们的则是激情的体现，事实屈居其次。

过去的冬天一点儿都不冷，可是这会儿却春寒料峭，令人生畏。

前段时间我看到你写给查理・约翰斯顿的一封信。我觉得对一位老友和好友而言，似乎写得太过简洁和冷淡了。约翰斯顿太太对我说他们两人花了大量的时间精力迎接你的大驾光临。她说查理和奎因两人都“太爱作主”，从来都弄不到一块儿——毫无疑问他们对你都是忠心耿耿的。[3]

你的亲爱的—— J.B. 叶芝

---

① 或指约翰・辛格・萨金特（John Singer Sargent，1856—1925），美国肖像画家。

② 或指拉迪亚德・吉卜林（Rudyard Kipling，1865—1936），英国小说家、诗人，1907 年诺贝尔文学奖得主。

③ 查尔斯・约翰斯顿，一位奥兰基社团（Orange）议员的儿子，在都柏林中学时和 W.B. 叶芝是同学，叶芝对他影响很大。他后来成为都柏林的神智学人（Theosophists）社团领袖，与布拉瓦茨基（Blavatsky）夫人的外甥女结婚，并入职印度行政部门。他后期生活在纽约。在另一封信里，J.B. 叶芝说约翰斯顿曾描述他儿子是“我见过的最以自我为中心的人，但一点儿也不自私”。——原注

/ 第三十四封信

致格里尔森小姐

J.B. 叶芝曾声称英国人发迹得太厉害且称霸时间太长。他认为这导致他们失去了热爱自己国家那种真诚的情感，他们要想重新获得这份情感必待失败和灾难降临的时日。他说，当他们飞过一群胜利的——（说到这里他停顿了一下思索一个词）爱尔兰人面前时，他们才会向脚下神圣的土地致敬——他们会亲吻每一叶草，每一粒沙，等等，等等。

纽约，大联盟旅馆

1909 年 6 月 2 日

我亲爱的格里尔森小姐——此信本该及早回复，尤其知您修书时忧心悑悑，拖了这许久才作答，几难启齿相询当时情状。

承蒙惠函，未曾见忘，荣幸何如。我尚不自知何日归返。或发迈在即，或遥遥无期。我之羁旅异乡，既觉为一种义务，又仿佛源自冒险之刺激。在都柏林，日常生活一潭死水，更兼偿债之虞，——此处则万事皆可发生。目前我斗胆尝试彩粉画作，可索润笔略丰。此法需时较久却较有夺目之效，尚在始探阶段。索画之人颇不易得。人或愿坐画一次，盖新鲜时热情犹在，俟二次兀坐则成难堪之负。此地人们凡事多凭一时兴起，幸而亦非全然，我曾遇见一些极具耐心的被画者和极贴心之朋友，枯坐弥日仍坚忍如初。我与美国人接触愈久，对其敬仰之心就愈盛——您在爱尔兰和英格兰所听传闻者多为诳言。我自认他们与所有民族相比皆遥遥领先，假以时日，他们将创作出最伟大的诗篇和艺术。目前无论长幼，他们均有着大学年轻学子的无邪和魅力，即那些学子受到某种巨大激情——无论源于忠贞爱国，甚或更为可取的某种理念——裹挟前行时之所为。

依我管见，美国士绅远胜于英国或爱尔兰士绅，他们赍怀的尊严和无私更加真实，且他们有一种随时准备奉献的情操和意愿。我昨日听得一名德国女教师竟议论美国男人缺乏尊贵。只当说那位可怜的奴仆在为她的德国主人未将沉重一脚踢上她的颈项而遗憾罢了。一个以奴性服从的民族才喜爱一个强悍的主人。倘若你不敢违抗，俯首听命终究容易些。德国女性对于她们的贵族主人不啻一群蜚蠊。

近来我在乡间小住数日，彼地需溯哈德逊河乘三小时快车，乃是一处历史悠久的聚居之区，足具英国乡村田园风光所有的安宁和妩媚，且此地静谧程度更深，大小屋舍更其舒适宜居。在英国人们对如此景色往往是视而不见的。夏日初临。故国生活时我辈惧畏的是冬季，此地却是夏季更为难耐，盖因暑蒸燠热，蚊蚋丛生，干涸焦敝，…… 就我个人言，夏日之忧缘自人们四散避暑，再无作画入账。我则面临饥馁之困。去年夏日之窘忆起仍有余悸。

言及艺术，此地人们已颇成气候，但来日定会愈见精进。此间人们尚过于渴望创作出真正的艺术或诗歌，过于强调责任感，…… 其实艺术唯在无拘无束之地方能破土而出，比如梦境，等待之境，沉思冥想之境。唯有我们感到手上的时间极为充裕，几近百无聊赖，我们才会转向艺术，向艺术家、剧作家、诗人、画家索求真正的艺术。当下人们仍为构成幸福的物质条件忙碌，迄今他们仍未能直接体验幸福。至于幸福 ……究竟为何物？我意幸福既非德行亦非享乐，既非此物亦非彼物，幸福乃生长而已。我们在生长时幸福感油然而生。此乃天地自然万物之首要法则，文学艺术不啻作用于人们意识思维之中的宇宙运动。数日前我在一处文学俱乐部亦作如是说辞，赢得听者欢呼认同，众多听者围聚绍介，握手结交。凡游历美国者不久便知过往的教育无不失之偏狭。

我见到一篇针对吾儿关于阿比剧院管理的极为粗鲁无礼、胡编滥造的攻击文字。该文谎话连篇，笔挟恚怨，我认为其完全背离了批评初衷。惟愿吾儿不与其一般见识。该文作者本是家人的好友，系一女性，只合说背后有男人指使——否则凭她一己之念，断无出此忿懥恶毒言语之理。该文刊于《新芬报》①。

①《新芬报》(*Sinn Fein*)，爱尔兰新芬党的周报。

该文我曾请此地一位编辑寓目，他道文章格调低劣如此，几无可能在本地最俗之小报上刊发，“定当引起强烈抗议”。您是否读过此文？我或能寄上一份。令堂大人及令妹处请代为致候。——顺颂时祺 ——J.B. 叶芝肃复

/ 第三十五封信

致 W.B. 叶芝

纽约市，第 29 街西 317

1910 年 3 月 5 日

我亲爱的威利——我没有讲座的手稿，只有一些笔记，对我来说，讲话比写字容易些。我的演讲主题，如我前述，是关于意志和人性的对立关系。意志代表抽象观念。意志力有如一个城市里的警察，你知道，有些城市像柏林，有时一切都在警察的管控之下，而在另一方面，有些地方则像爱尔兰西部的村庄，人们只会注意到人性的具体事实——人的七情六欲，音容笑貌，等等；又或者像在伊丽莎白女王①时代的伦敦——很可能也像极了现在假设没有警察的纽约，当然那时的规模要小得多。那时一名绅士外出上街，一只手得握住他的剑柄，即便是社会地位最低下的跑腿报信的人，没有备齐棍棒和圆盾也是不出门的；至于在男女孩子们中间会发生什么事——这个问题可能要令牧师不停地费尽口舌。人性若无意志支撑，情况就会变得跟索多玛和蛾摩拉②一样——变得颓废堕落和鄙陋不堪。反

① 指英国女王伊丽莎白一世（1533—1603），1558—1603 年在位。

② 索多玛（Sodom）和蛾摩拉（Gomorrah），两座因居民罪恶深重而被上帝焚毁的古城，见《圣经·旧约》记载。

之，过于旺盛的意志，过于繁重的劳作，过于紧张的效率，可怜的美术或文学就丧失了生长的机会。意志应该是人性的仆从，而人性不应该变成意志的仆从。依我之见华兹华斯就是那一类不自由的诗人，总是在行使他的意志力。布朗宁只对表现手法感兴趣，与华兹华斯如出一辙，雪莱也受连带之害，在与束缚的冲突之中耗费了大量精力，华兹华斯则飘飘然拜倒在这种束缚之下。在英格兰，性格突出总是指在一个人身上显得意志力旺盛，其实是指官僚作风的头脑强健，我们大可以将它饶有意味地比作受到警察管控的柏林。这一类人对管理帝国是宝贝，前提是有人——在方方面面接触生活的人，比如像眼下年轻一代的爱尔兰——引导和控制他们，因为他们虽然缺乏现代英国人的意志力，却足具古早伊丽莎白时代英国人的种种人性，因此不乏创造力和魅力——本地人对此多耳熟能详。莎士比亚如果具有强大意志或钦慕强大意志，他就会像布朗宁和华兹华斯那样附丽官家和导师一侧，但实际上他将自己置身于贵族阶层的“酒家客栈小老板和罪犯流氓”之中。你知道他常常言及末日和惩罚，但口气总仿佛他自己也是一个罪人，他的情感是向着他的罪人伙伴的。一位学校老师也许非常了解他的学生，但他了解的程度或在书写他们的时候很难做到像学生中的一员所了解或书写的一样。他不能深入到学生的内心深处，像辛格写他的剧作那样。我发牢骚是因为现在的文学全都是学校老师在写，而从前写作是学生自己的事。此外，英国现代文明进程中，人性所起的作用微乎其微，真正起作用的是铺天盖地的意志力，知性也难觅身影。拿我自己来举例，我有足够知性，拥有的知识应付商业活动也绰绰有余，但我在与人交往中产生的复杂情感，关注人类和追求幸福时产生的复杂情感，很可能片刻就成为我薄弱的意志力的羁绊。现代英格兰是由一批具有旺盛意志力的人统治的；这个国家孕育的是寡趣的人，而我们爱尔兰孕育的是个性鲜明的人。在爱尔兰，我们追求的多多少少仍是朴素的生活，爱尔兰人本质上仍是一只未被关进笼子的飞鸟。在我看来，人的本质在自我表达的激情影响下塑造了人的个性。无论像洛克菲勒那种冷峻的个性，还是像罗斯福[①]那种气血十足的个性，都是一个人的性格在活动中的自我展现。

新教的价值在于通过迷信的力量来强化意志力。熟记十诫和理解十诫毋需高深的知识体系，但践行十诫内容则需要坚强的意志力。反之天主教的教义极少在意道德，但它通过迷信的力量来强化宗教，你只要有一颗诗性的灵魂，你就能得救；不幸的是它将知性和意志力排除在外。新教产生的诗性主要体现在雄辩之风和教诲之道，或歇斯底里的反叛。天主教也产生大量诗人，但因为处于缺乏知性力量的状态，他们没有思考和写作的欲望。我们应该记得莎士比亚和弥尔顿的生活一开始是在天主教授业影响下，后来才“获得”自由思想，而这些自由思想因过早领时风之先，沦陷在新教强大的消音效果里。

① 或指西奥多·罗斯福（Theodore Roosevelt，1858—1919），美国第二十六任总统（1901—1909）。

英国人通过新教教义而变得强大；这里大家认为的强大，在我看来不过就是雄心勃勃称大而已。但愿我们能摆脱那些向上爬而发迹的广为流布的观念，摆脱那些宣扬这套观念的充满幻象的人，只要我们能将合适的教师请到爱尔兰西部农民中，包括音乐家，自由思想家和艺术家，能用魔法师的魔杖点开那些人的嘴唇。如果同时我们能通过某种奇迹使他们免于饥饿，让他们活得像当时每个英格兰人那般宽松舒适——当时全英格兰不过五百万人口，且由于鼠疫和瘟疫的爆发他们的人口一直处于低位，而另一个事实是当时移民几乎和武装侵略一样困难。……

英格兰有着及时行乐之风气，因为死亡是如此频仍。至于我的生活哲学，其实是杂糅了多种渊源，主要一支来自约克·鲍威尔，但如果我不是爱尔兰人，不是作为一个爱尔兰传教士父亲的儿子的话，我决不可能领略它的真谛。……

当我说我的哲理来自约克·鲍威尔，我的意思是我比他这辈子更像一个他的信徒，他倒很有可能否定我的所有这些观点。鲍威尔顶着一个归纳的大脑，但我的思维是演绎的。他不会导出结论，但我会。他突然冒出的一句话，他的憎恶，他的喜爱，都让我久久思索。——这就是为什么我觉得他如此有助益的原因。我是那个诠释神谕的阿波罗神庙祭司。

当然早期的英国人与其说行使意志力，毋宁说行使他个人性格的魅力来吸引他的追随者。意志力使人严守纪律和严格就范。但领袖人物必是一个惯用奇招异术的人，他使人性的随心所欲发挥得淋漓尽致，冷热变幻，喜怒无常。拿破仑就是这样的例子——他和现代英国机器般刻板的人没有丝毫共通之处。我们跟随这样的人是因为他们的快乐生活昭然若揭。拿破仑从来都是一个即兴诗人。我们见到快乐就情不自禁地去追求，即使到头来我们为此身败名裂；只要我们去追求快乐，我们就仿佛已经拥有了快乐，这是因为我们对此付出了同情心。我们履行责任只是因为我们接受了教诲让我们这么去做。我一向认为成功的演说家打动我们的不是他推理的能力，而是我们亲见他对劝说我们所接受的信念是多么由衷地身体力行。这就是艾萨克·巴特带给我的回忆。他为之奋斗的事业溶在他的血脉里；追随他仿佛有益身心健康——这和幸福快乐是等义的。

春天姗姗而至，令人心情大好。过去我总是苦闷夹着快乐，快乐时间短，苦闷时间长，现在则相反，是快乐夹着苦闷，快乐时间长，苦闷时间短。我的生活有所改观，资金也多了起来，更重要的是我搬离了旅馆，住进了公寓的房间。——你的亲爱的—— J.B. 叶芝

致 W.B. 叶芝

纽约第 29 街西 317

1910 年 3 月 8 日

我亲爱的威利——上一封信应该看出我们的许多观念都是相通的，你的精彩表述“品格是个性的灰烬”令我击节赞同。我把这句话念给这儿的一位朋友听，他说：“灰烬软而品格硬，”随后他沉思片刻，半是对自己说，“但岩浆是硬的。”英国的教育方法培养品格，但我一直指出教育方法应该寻求弘扬个性。我会将我写的一篇比较英国人和美国人的文章寄给你。我之前没有付邮是因为编辑删减了很多内容，我觉得此文已不克体现我的原旨。我将他们删减的又写进一篇新的文章里，想着再给他们寄过去。格莱斯顿[①]的个性就没有沉淀为灰烬，当然可以说他的个性在接受伊顿公学和其他教育中就已经受到极大摧残，——他在位时不断使自己与那些无聊的下属同声同气。我在一次演讲中指出如果格莱斯顿的成长环境像谢里丹[②]

---

① 或指威廉·艾沃特·格莱斯顿（William Ewart Gladstone，1809—1898），英国政治家，曾四度担任首相。

② 或指理查德·布林斯利·谢里丹（Richard Brinsley Sheridan，1751—1816），爱尔兰出生的剧作家，政治家。

那样，他定会是一个更为优秀的人，而比肯斯菲尔德[①]也就没有机会说由于他的个人潜力是属于最优秀的，所以他没有一处“要弥补的缺点”。拿破仑或纳尔逊[②]即便在他们自己的领域，如果不是出于原始的激情，也都是［字迹不可辨］的。这两个人都属于随性而起的人。拿破仑对英格兰的仇恨能在心头盘桓数月，其间足以使他全力以赴精心策划一场战争了。

我准备读一遍布朗宁的《斯特拉福德》，然后会再研究一下斯特拉福德的生平，证实一下他究竟有没有擅改事实来迎合一个有着抽象意志的诗人。——你的亲爱的—— J.B. 叶芝

---

① 或指本杰明·迪斯累里（Benjamin Disraeli，1804—1881），比肯斯菲尔德（Beaconsfield）伯爵，英国政治家，小说家，曾两度担任首相。

② 或指霍雷肖·纳尔逊爵士（Horatio Nelson，1758—1805），英国海军统帅，与拿破仑多次作战。

/ 第三十七封信

致奥利弗·艾尔顿

29 街西 317

1910 年 9 月 23 日

诗人热爱真诚，并非像作为散文家的布朗宁说得那样是出于高尚道德情操，而是因为他们热爱自由；自由是诗人生存的条件。而且诗人，不论他们多好交际，都应该是孤独的；因为这个原因，他们对真正的婚姻态度友好，反之，他们因为厌恶伪善而对虚假的婚姻充满敌意。对于每个人背后，特别是对于每个诗人背后的那份孤独来说，婚姻是一个隐匿的居所，是一个得以妥善保护的僻静之地。美国需要诗人和孤独的人从鼓噪和谵妄的集体主义中挽救它，这些人不随波逐流，他们生活在自己的世界里，享受自己的情感和思想带给他们的奢侈。——现在这里的诗人全都成了演说家——也是不得已而为之，因为公众成了他们的支薪出纳，随时准备奉上丰厚的酬报，前提是他们先得放弃他们藏匿个人情感的隐居洞穴，来到大庭广众面前，服侍那些乐于慷慨解囊且拥戴着他们的主人。

/ 第三十八封信

致露丝·哈特

纽约

1910年12月15日

我的头脑虽因寒冷和纷扰而显得僵硬懵懂，但我仍须呵冻提笔，为您和您父母以及阖府奉上圣诞和新年祝福。

不久前有一晚，我见了查尔斯·菲茨杰拉德，对他大肆盘问直至午夜子时仍意犹未尽，我采用这儿的警察称之为“第三级”的逼供手法，以期得到所有消息。他酣畅地回忆都柏林那些乐事，也是一副兴会淋漓的样子。人们是如此真心诚意喜爱都柏林！都柏林有一种巴黎式的欢快生活，热情洋溢，而那些牢骚满腹抱怨这个城市的人总有点自倒其霉。“祝你们二位玉体安康无恙！”我过去认识的一个人在他的娇妻和妻妹都不知何故昏厥时竟若无其事地这么说，——其时他坐在桌边慢悠悠啜着波尔图酒，手不离杯。我这里的生活乏善可陈。我已经发了重誓不再在纽约过下一个圣诞了，——某种强烈的叶落归根的本能盘踞心头。这种本能随时出现，每逢圣诞则倍加难耐，——现在就是这种前所未有的难耐时分。我心心念念盼望着在霍斯再见到你们全家！——虽然你家人现在也分散在各个地方了，我会到不同的住处一一寻访你们。我会花几天时间在林畔[1]逗留，与令堂大人畅谈；我想她一定爱听我的纽约逸闻。令堂和我有一点相似，我们都对人更有兴趣，得威廉·莎士比亚之遗风。这世界也有人只关心事物，他们摆出一副清高的风范说他们“不喜欢八卦”，但莎士比亚，令堂大人，还有我等，都喜欢臧否人物。我想象在伊丽莎白时期，人们聚在咖啡店里，开口就是东家长西家短——那个年代既没有报纸杂志，又没有妇女参政，也没有小说解闷，不聊八卦聊什么呢？当然人们也有洗耳恭听冗长布道的时候，只是莎士比亚已渐行渐远。布道逼走了演员和剧作家，英格兰从此也变得越来越索然无味——那些忍受不了布道的人远走高飞来到都柏林。你想必听说过爱尔兰方言特有的口音是正宗十六世纪英语这种说法。莎士比亚这儿会得找到凯里[2]的农民才能字正腔圆地对他朗读他写的剧作，我们念出来难免冒犯“婉约的莎士比亚”。

查尔斯·菲茨杰拉德提到不少关于“埃塞尔·巴宾顿”（这个名字念起来如此拗口！）的情事，但他极为遗憾没有见着希尔达。他对您和诺拉大为赞赏，还提到令堂大人执拗的青年时代。我觉得查尔斯的兴高采烈在某种程度上是缘于他发现自己又回到纽约——这是全世界最友好的地方。每个人都焕发着青春，全纽约也找不出一个怨天尤人者，除了偶有个别不甚快乐的英国人，而他的烦恼只会被人嘲笑，要不就是他变得麻木不仁，已经淡出人们的关注和记忆，——但过了一段时间，一

① 林畔（Woodside），都柏林南郊一处地名。

② 凯里（Kerry），爱尔兰西南部芒斯特省的一个郡。

般情况下他会调节恢复，仍向众人展示自己体面正派、善解人意的精神。查尔斯是一位令人称道的交谈者——因他率直，从不匿藏他的思想——且他的思想有着美国人的开放、坦荡、广阔的气度，处变不惊，淡定泰然。其他地方的人会流露焦虑和怯懦，互不信任，如临大敌。在美国这儿，早期定居者那种相互帮助的理念一代代传承下来，深入人心。他们对法律和财产的意识相对淡薄，对公民义务的热情也稍嫌不足，但他们很容易和你成为朋友——是那种真正慷慨的朋友。而且这儿不分阶级。您得亲临美国才能体会这些话中蕴含的福分。

请向您父母转达我的至诚问候。——您的亲爱的——J.B.叶芝

致 W.B. 叶芝

纽约，第 29 街西 317

1911 年 2 月 11 日

……。你见过埃兹拉·庞德吗？今天卡尔顿·格里登，一位画技有待提高但颇具才华的画家（他的人品也非常好），对我说起埃兹拉·庞德日前在他的画室，他说庞德很多时间都在谈论你，引用了你的大量诗文，并都是烂熟于心的；他给予你的评价非常高，将你列在至少是上个世纪的最佳诗人的地位。我告知你这些，因为他不日将访问欧洲，在巴黎等地驻留。奎因见过他，对他印象很好。我认识的一些美国年轻文人觉得他为人傲慢，目空一切，性情乖戾。我自己倒非常喜欢他，我喜欢他的相貌和神态，还有他说的极少的几句话；虽然我和他待了好一阵，但他罕言寡语。因为我刚得知这个消息，想着应该让你知道，说不定他途经伦敦时你会见到他。……[①]

当下我没什么新闻可资谈助，一直要等到下周一晚我的讲座变成一个过去的事件才可奉告。这个讲座很重要。讲完之后

---

① 其实 W.B. 叶芝和埃兹拉·庞德这时已经是朋友了。——原注

我还准备朗读你的《绿盔》[①]。天知道会进行得如何。要等一切结束后我才能松口气。现在我就像一个待产的孕妇。

此地依旧寒冷，但冬天总算是有点和缓了。待讲座活动过后，我可能去一对年轻律师夫妇家住一两天，他们的家在纽约郊区；届时我会向他们读辛格的一部戏剧。我很喜欢这家人，他们的屋子很安静，温暖舒适，非常惬意；有书，还有两个小小孩，整个家庭因此多了好些活跃的气氛。我会观察他们——我只是个旁观者——同时饶有兴致，仿佛过了一段时间，我就会迷上这些孩子，整个人变得很慈爱。我想我对于其他人的孩子大概说不上慈爱吧。然而像在这家人中，孩子们恰到好处地闹出点动静，又不会妨碍我，使我慢慢变得慈爱起来。无论如何，他们的两个孩子增加了我在那间屋子里的乐趣，当然我也很高兴有人照顾着这些孩子。他们的母亲非常称职，父亲简直是溺爱着孩子，而他们又不会让孩子烦到你。说到底，没有人能像美国人处理事情那么善解人意，那么通融妥帖。

① 《绿盔》(*Green Helmet*)，W.B. 叶芝 1910 年出版的诗集中的第一首诗。

/ 第四十封信

致 W.B. 叶芝

纽约，第 29 街西 317

1911 年 4 月 5 日

我亲爱的威利——你能想象我在读到今天报纸的一段话时的惊喜——关于宣布你得到一百五十英镑年金津贴的消息，这应该解除你所有的后顾之忧了吧。我希望你不久会写信给我，和我分享你的规划，等等。[①]

本周我在费城有个讲座，得课费二十五美元，外加差旅费和一份午餐。我有意把主题落在爱尔兰的例子上（至少这是西部农民原本的生活状态）来向世界说明爱尔兰如何更专注于生活，而不是专注于谋生。在这方面，将所有精力都放在对真理和美的思考和追求上，是很守旧的事情。数周前我也作过这个主题的演讲，我说："假如一位爱尔兰农民有诗文的造诣，他的诗人本性就会完全绽放；但假如一位受过教育的美国人有诗文造诣，他依旧只是一位散文家。他不具备那个农民身上的诗人的给养。"

在美国要成为一位知识分子，就得形成自己的观点——而

① 经爱德蒙·高斯（Edmond Gosse）和其他人的说项斡旋，W.B. 叶芝被阿斯奎斯政府（the Asquith Government）纳入王室专款（the Civil List）。——原注

且得生活在那样一种传导媒介里——这些观点被作为谈资并非为了知识的快乐，乃是为了道德进步和行动。美国人是世界上最富有理想主义色彩的一群人，也是最缺乏诗意的人。他们表达的观点只强调逻辑、辩才和说教，夹杂所有的焦躁，这种情绪对诗性和诗的学问是致命的。

实利主义和理想主义之间的对比是一个错误的对比，是过去那个错误对比——感觉之于灵性的对比——改头换面的形式。感觉和灵性是不能分割的，我们在说到其中一个时，不能明确地贬损另一个。爱尔兰农民是世界上最缺乏理想主义色彩的人，却是最富有诗意的，——只是他们的果实付诸东流，因为他们不懂得如何收集和贮藏。如今我们有了普伦基特和罗素［AE］将他们发掘出来，这样他们的头人可以免予面对那种终日没有产出收成的生活，无论对天主教会而言，或是对英国资本家而言。

说到爱尔兰人口和人口的减少——我并不觉得有什么值得遗憾的。这个地球上的人实在已经过剩——拥挤变成了某种诅咒——我们只需要足够的人口来分担费用——诸如学校、文学、政府等的费用，并保证有伟人代出。当英格兰处于最辉煌的时期，她的人口不过现在爱尔兰的人口。

我说爱尔兰农民匮乏理想主义情怀时，是使用了理想主义这个词在美国和现代社会中的语义。——你要有诗意，就得是理想主义的——通过选择我们保证了诗体的生命力；理想主义就是选择——但是如果目的变成了提升我们和邻人的“道德水准”，那么选择的标准就不再相同，我们就只会着眼于那些美丽的、和平的、有希望的、能起安慰作用的观点。美国的娱乐是以振奋精神为要素的——通过这种训练，他们的血液变得稀薄无色。生育很多孩子是件很性感的事——因此美国母亲自有一套对付孩子的方法——包括养育孩子的这个“学”那个“学”——但没人会对她表示一丁点儿的关切。——基奥太太坐在她的一群子女和继子女中间，俨然统治着她的王国，——来来往往的宾客都无缘睹其芳容或与她攀谈。其实她对任何问题发表的见解都是值得我们竖起耳朵听的，因为她有丰富经验，也有强烈的责任感。她对生活的领悟比她丈夫，或比其他高等法院的法官还要透彻。①

对于我来说——果真有愉悦的话——那么愉悦首先始于我的各个感官——即是说，它们具体而微，——随后渐渐升华，于眷爱和精神中得到圆满；之前具体的愉悦越丰满，之后抽象的愉悦就越强烈。美国人不重视具体感受，故意花大力气摒弃它们，只想生活在抽象中。他们的目标是生活得更高尚，但通过这个目标析出的，只是某种心痴语妄的活动，——可怜的精神世界其实是既脆弱又强韧的，于是我们看到就像在但丁的地狱里的那对情侣，被吹得东倒西歪，而这些上升的劲风绝非和煦的西风……。——你的亲爱的—— J.B. 叶芝

① 此处指的是住在西彻斯特县（West Chester County）新罗切尔（New Rochelle）的基奥法官的妻子。叶芝曾经常常和奎因开车去他们家。——原注

/　第四十一封信

致奥利弗·艾尔顿

纽约

1911 年 4 月 9 日

数天前我在费城开过一个讲座，面对黑压压一片不苟言笑的男男女女，鼓起勇气对他们说清教徒的道德拘束是一个错误；因为这种学说只能让我们去景仰人，但本质的事是要去热爱人。我们景仰人，必须对他们的缺陷视而不见——这样做充其量只是一种努力，始终不能完全成功；但我们去爱人的时候，是因为他们有缺陷我们才爱的。莎士比亚不像布朗宁，他从来不会景仰他的主人公；他爱他们，以一种充满情感的中立态度爱他们，比如哈姆雷特。——美国的娱乐重在提振人们的是非感；这种提振使你的血脉冲淡了，哺育的是你的滔滔辩才。而真正要做的其实是去理解，去爱那些你可能理解的东西；这种理解和爱使你的血脉更加丰满，哺育的是你的诗性……。一旦人们真正理解了，就不再景仰，也不再发生争吵。一个充满温情的母亲不会景仰她的孩子，她太了解他们，她了解他们因为她爱他们。

/ 第四十二封信

致 W.B. 叶芝

纽约，第 29 街西 317

1911 年 8 月 30 日

我亲爱的威利——给你寄了一份报纸，上载某牧师对剧院的挞伐之文——看上去是个牧师——我倒希望你来此地时他们也能对你挑起攻击。这会使你名气大增——你剧院里的诗人、作家、男女演员统统都会出名。大家都会支持你。人们本来还没有听说过你们，这下都召集来了。这将是一场为美好原则进行的一场高质量的战斗。

我在为一份社会党办的报纸写一篇关于斯隆的文章。我坚持认为每一位大画家或大诗人都有着艺术和美术两方面的实践。美术家只反映他对象的美，但除了体现美术性，他还应是一位严肃认真而有实际见解的人，他会不知不觉中表达一些他的美术专业之外的东西。所以你会看到但丁因公民热情激起的怒气其实是冲着一个实际目标的。这就有点像一个画家将他的作品变成政治漫画，或社会党的漫画，而同时，正如在霍加斯[①]的画作［字迹不可辨］中体现的，他始终是一个伟大的艺术家。能

① 或指威廉·霍加斯（William Hogarth，1697—1764），英国油画家、版画家、文艺批评家。

言善道是一种艺术，不是美术。欧康奈尔[①]意识到了这点，所以他说评价演讲是否成功是陪审团裁定的。一个对其事业满腔赤诚的诗人会因为他的言说艺术赢得裁决，那时节他会将诗的美术使命搁置一旁。弥尔顿就常常采用此法迸发他的清教主义和神学激情。一个正在怒斥的诗人（神界和人界都能看到这种场面）也是顾不上他的美术使命的，因为他集中所有火力在一个非常明确的实际目标上，锁定一个受害者，给予痛苦。

霍加斯的所有作品都贯穿一个实际目的——但他的美术感觉要求他将笔下的妓女画得楚楚动人，而那些男人无论面目多么狰狞都仍体现人性，仿佛画家在说服正义女神折断她的利剑。我认为一部目的明确的小说也可能是正确的模型，可惜这类小说的目的最后往往被挪作他用。

所有这些现代诗人和画家的问题在于他们是些“浮光掠影者”。他们从未被迫和生活发生任何深刻的接触。他们在美轮美奂的屋子里虚度光阴。想想如果萨金特被迫处于一种和米勒、米开朗琪罗一样的与生活息息相关的环境里，以他的精细的天赋！还有惠斯勒！——你的亲爱的—— J.B. 叶芝

你计划访问此地的消息使人们翘首以盼。

① 或指丹尼尔·欧康奈尔（Daniel O'Connell，1775—1847），爱尔兰政治家。

/ 第四十三封信

致露丝·哈特

纽约，29西317

1912年7月3日

我亲爱的露丝——惠寄之圣诞贺信延至今日方得回复，乞勿怪罪。——近来芜事繁冗，又忙于作文作画等等，——我已深居简出有时，未晤友朋亦久；幸日前鬻文得二十镑；又昨夜好梦连连，梦见您全家，特别是令堂，还小梦两次沃恩。其实我是经常梦见您和您母亲的。——自从到纽约后，我的梦境变得非常活跃。每晚就寝我都会猜，明日醒来之前我会遇到什么。事实是因为在纽约，一个人经常处于兴奋状态，又极少食肉；人若以面包、红葡萄酒和水果为生，其身体会酝酿大量做梦元素。且人在此生活亦须适应不沾荤腥，盖因此地气候恶劣，非暑即寒，街道实非锻炼场所，——如此人亦避免肉食。

去岁圣诞即您的手札寄达之时，我正经历着一场可怕的思乡煎熬：一位极为乖巧的都柏林女孩克莱尔·玛什小姐作为肖像画家来纽约碰运气，投宿在我居住的屋子里。她对我极好，堪比女儿，她动身回都柏林时，我伤心已极，很长时间都寝食难安。我对你们的思念殊难言表。玛什小姐是位都柏林画家，也许您的朋友中有人认识她。她不仅是一位优秀画家，更是一位值得交往之人。她也是因为思乡返回爱尔兰。这幢房子里的每一个人都喜欢她，有人甚至爱上了她。她如果留在此地当很快在职业上精进，但她思虑母亲，恐其不久于人世，无缘再见。

我的归期尚无定日，——但我近来注意到美国人开始惹我心烦。果真如此说明什么？——我也开始惹他们心烦了——倘若我们的嫌隙就此生发，我将打道回府。此地每晚六点半开始供应晚餐。有很多餐桌，我们可以在露天坐。几周之前此旅舍的餐桌上仍是趣味相投的人聚坐一起，交换见识，谈笑甚欢。——如今此番好光景竟荡然无存。一个画商和他装模作样的妻子和一个小犹太人，大概这一类人，控制了整个谈话的氛围；我只得坐在桌子的末端一言不发，强忍那种聒耳生厌的自大主义侵扰。如果我说了什么，小犹太人或者尖声尖气说些令我感到冒犯的美国俚语，或者他们全都装聋作哑。这家伙大概只有二十三岁——他的嗓音几乎可以刺穿你的耳膜，它不但有一种压迫的锐利，而且还制造出不停的嗡嗡声——画商的嗓音则像一个扩音器。也许因为我是一个正常人，换言之，不是这一类怪人，我就应该暗自庆幸比这些人有某种优越之处，不应该和他们一般见识。

见到詹姆逊夫妇[①]令我喜不自胜。我和詹姆逊太太在公园里有过一次愉快的散步。回想过去我见她时，背景永远是那

① 安德鲁·詹姆逊夫妇，叶芝在霍斯的朋友。——原注

幢华丽恢宏的苏顿[①]屋子，所以这次在纽约见她，让她走出女神般的殿堂，不亦乐乎。[此地] 一个人以一种知己或私密的方式遇见别人的机会很是罕有，实在因为私密的生活很难存续——人们没有珍藏和私享的欲望，大家都生活在众目睽睽之下。这也正是扼杀文学和真正对话的原因——人们装模作样地活，冠冕堂皇地说。如果我在您家的客厅里壁炉一隅和令堂交谈，会谈些什么？在美国，人们的交谈内容无非是说或听别人说他们觉得难忘的事，但这种谈话完全没有艺术表现魅力。那些彼此情投意合的艺术家见面，不会叙述难忘情事；夫妻间耳鬓厮磨，亦不会叙述难忘情事。我与令堂交谈，想听的是她的笑声，她突然变得急促的嗓音，我想听的是她古雅的幽默，渗透着不偏不倚的态度。您能理解我此番意思么？抑或您与她过于稔熟以致不克留意诸种细节？

有一事颇令我铭感，即我的三位布列塔尼年轻的女房东。我看重她们是因为她们对我一直以来都客客气气，礼貌热情，显示出纯熟的社交能力。其中玛丽是厨师——是她们的大脑。其次是约瑟芬，她是旅馆的“护场员”，负责维持秩序，收款记账。三人都面容姣好，黑眼黑发。最小的那位赛莱丝汀，常现惊鸿一瞥之貌。三人都勉力工作，不畏劬劳。赛莱丝汀曾说：“我觉得我是休息不了的，除非我是死掉了。”——她的英语还不够标准，但举止非常得体，——在那些膀大腰圆的德裔

① 苏顿（Sutton），都柏林北郊的住宅区。

美国妇人中，她完全就是体态轻盈的窈窕淑女。——她的嗓音圆润悦耳，远胜那些美国妇人的粗重鼻息。——当然，你也不能得出结论我不钦佩和推崇美国人的性格，美国人的豪放性格兀自发扬光大，虽然我很容易对其报以哂笑或啧有烦言。某种欧洲旧式女子的仪态横亘在我和她们之间。倘奉此圭臬，在一个教养过于严格的家庭长大有时倒成了某种过错，这使你无法看清美国的当下，以往每一例被你视为体面人家须得遵从的规矩，诸如礼貌和节制，现都成了明日黄花。我生活的每一天都能遇到新的惊奇。人们百无禁忌，做任何事，说任何话，除了几件像乘法口诀之类的事，没有什么是不能推翻的。

问候令尊大人身体安康。他必十分想念沃恩。他何故住得这般路途遥远？代问候埃塞尔和她幼小的孩子们，问候家中每一个人。我爱你们所有人。我们何时有望重逢？——你的亲爱的—— J.B. 叶芝

借玛什小姐自爱尔兰来美之机得她携带兰姆书信。从书信中获得慰藉之人生哲学多矣。这些书信无论如何具有强大的艺术感染力，有如令堂的谈话、尊宅和贵府花园。

致 W.B. 叶芝

纽约，29 西 317

1912 年 7 月 9 日

我亲爱的威利——是哪个小鬼头将你学生时代的故事发给 T.P.[①] 的？其中一项是你不会做欧几里得。岂有此理！你和大多艺术家和诗人一样，是有欧几里得头脑的。说到底就是演绎的头脑。

你是否曾有机会见到过梅·辛克莱[②]，她是一位女性小说家？我刚读完她的一本名为《造物者》的书，里面有一个诗人的角色，我觉得表面看来很像在写你。这是本不错的小说，——其中的一些人物，特别是女性人物，都虚构得恰到好处。

我在尝试写一篇文章，主题是力挺将艺术至上主义奉为一个可行的原则，而不赞同一段时期以来已经变得非常流行的原则——技术至上主义。斯温伯恩所写的，不论散文或诗，大多

① 或指 T.P. 奥康纳（T.P. O'Connor，1848—1929），记者，爱尔兰和英国政治人物，或指由 T.P. 奥康纳所办的周刊。

② 梅·辛克莱（May Sinclair，1863—1946），英国小说家，作家，诗人。下文的《造物者》(*Creators*）是辛克莱 1910 年出版的小说。

属于后者。在他熠熠生辉、色彩斑斓的外衣之下，跳动的一颗心包含的不过是一个匠人对自己的精湛手艺流露出洋洋自得的种种矫情。这种欣悦可能是真实的，也可能是有趣的，特别是以某种经院的老旧形式表现出来的时候，但这不足以造就一个伟大诗人。我有意对艺术家传导一种新的学说，姑且称之为“环境说”——将周遭事物置于一个极其重要的地位。一位天才不仅具有神意。这个人需有一颗赤子之心，而这颗赤子之心是要与他的环境丝丝入扣的。这一学说尤其应该在美国传播。较早的年代，我们都属于大家庭里的成员——每个家庭会多至十二三人，一个人总是与他所处的环境息息相关——当然他可以接受教育，以及竭尽全力去使自己属于“高尚的环境”。但具体而微的现实是与生活处在同一平面的，过去它压迫着我们每一个人，像现在压迫着佃农一样。艺术的努力与生存的努力并驾齐驱，一个好的艺术家意味着他具有难能可贵的人格涵养。斯温伯恩的人格是匮乏的——他只会制造奇观，那便是花团锦簇的技艺。萨金特如果不看他的肖像画技，他的画只是精致而已。——如果他们这类人摒弃在肖像画技［的评判标准］之外，他们就会大大落后于其他画家，且不说落后于意大利和比利时那些立意高大严肃的画家，饶是霍加斯的画也比他们强。萨金特在波士顿的画不值一提。查尔斯·约翰斯顿太太给我看过一位当代俄国画家绘制的宗教题材画的照片（全部真人尺寸），气势相当震撼。

托尔斯泰的同胞在成为艺术家之前必定是一个真正的人。

艺术将会迎来一个新天地。所有的艺术都是对生活的回应，它如果称得上重要和伟大，就一定不能逃避生活。当然世界上也有脱离现实的精美艺术，但这类艺术美则美矣，惜无活力，罗塞蒂的画可归此列。在米开朗琪罗的年代，要逃避生活是不可能的，因为每一分钟的生活都像牙疼那么真实，像世界末日审判那么严峻和深入骨髓。我们这个时代每个人都忙于逃避，并不见得像罗塞蒂那样躲到精美的艺术里——他们既无必要的修养也无闲暇——他们只是乘着汽车出逃，如果我这么说不致冒犯的话，所有的人物的个性都渺如尘芥，以至于个人的悲哀对他们微不足道。

拉结[①]哭子就是不能逃避生活之例，但她如果有想象力，她的反应不但可以极大提高她悲痛的力度，而且可以转换成一种美——使她肝肠寸断和加速她死亡的凄美，而这种美仍是出自生活的。

我分别遇到两位操子平术者——尚未成三——都预测我能大获成功，但他们又说我现在仍未摆脱“低迷期”。我决计不让困难阻挡自己，而是义无反顾去迎接我的机遇，那会是一个“名利双收”的好结局。——算命者说我将获得的成功是“巨大的”，这是他们原话中用的形容词。遇到的第一位算命者还是去年十二月份的事，这位女相士提到你漂洋过海是为了“会见你日后制胜的敌手”。她并不知道我的姓名，——个子不高

---

① 圣经人物，雅各的妻子。拉结哭子故事见于《圣经·旧约·耶利米书》31:15。

但极聪明的一位老妇人，看上去朴朴素素的，也很和气，她的双眸是我见过的人中最明亮的。我们在一个昏暗的房间坐着，她压根儿就不往我这儿看，但竟然将我的身世娓娓道来。——她说我本该成为一名数学家的，我听后难以置信地大笑，她说如果不是我迟至十岁才开始受正规教育的话，这是完全有可能发生的事。我父亲是有过让我成为数学家的梦想，因为我和我的叔叔托马斯·叶芝之间有某些他们想象出来的相似之处，我叔叔亲口告诉我他在都柏林三一学院优等生的考试中每次都拔得头筹，向无失手。我在学校上过的课程只有拉丁语和希腊语，还有就是欧几里得，但这几门课我的成绩也算是名列前茅的。W. 王尔德爵士常常对我说起托马斯·叶芝以及他的"葬在了斯莱戈"。他不止一次说："想想啊，汤姆·叶芝放下一切来支持几个能力不足的妹妹和一个弟弟，还有一位老姑妈，就此开始过了一种务实的养家生活。叶芝一家是我见过最聪明、最能打起精神面对生活的人家。"麦特·叶芝倒是一点儿也说不上聪明，为此还常常遭人取笑，但他的确奉行着自己的精神生活，弄得他那位看重物质利益的妻子想方设法要扭转他。我在想我的先人中有名为沃伊金的是不是一个法国胡格诺派教徒[①]。

此信又写长了，我想字迹也不容易辨认吧。——你的亲爱的—— J.B. 叶芝

① 胡格诺派（Huguenot），16—17 世纪法国基督教新教信徒。

/　第四十五封信

致莉丽·叶芝

纽约，29街西317

1912年8月28日

……。上个星期天（从周六至周一）我是和一位姓本森的夫妇和他们的孩子们一起度过的，这可谓我在美国的生活中度过的最为身心宁静的时光。本森先生是社会党在国会的候选人，他是一名作家，一位头脑清晰的思想家——他的太太和孩子都招人欢喜—— 一家人举手投足俱流露出彼此爱怜的款款深情——他家住在哈德逊河边上，我们透过树的婆娑枝叶就能看见那条河流。我正在满心盼望着下个星期天我和他们的聚会。[速写。] 从这幅速写你大概能一窥他们屋子坐落的地方有多漂亮，但你还是无法想象这个地方弥漫的平和安逸气氛。本森太太治家有方，心肠柔软，孩子们都管教得很好，既不自扰，亦不扰人。我在美国其他地方见到的髫龄小童大多为不能满足其心愿而烦躁不安，有的哭闹竟日，直到他们对父母粗鲁地发完脾气后才善罢甘休。

/ 第四十六封信

致 W.B. 叶芝

纽约，29 西 317

1912 年 9 月 20 日

我亲爱的威利——你的支票给我一个巨大的惊喜。我正愁云惨雾地坐着吃晚饭呢，顿时觉得云开日出了。饭后，一位热情的爱尔兰人帕特·昆兰[①]为他自己，我，还有另一位爱尔兰人各要了一杯利口酒，我认识帕特以来这是他头一回请客，我凑到他耳边说：不了，我今天手头宽裕，我来请。我真的为他们付了账，帕特认识我以来这也是我的头一回请客。所以我用一种不仅优雅而且更具爱尔兰风情的手法庆祝你的馈赠。我颇有点腼颜地说这十镑钱令我感到很受用。从上个圣诞节到现在我只接到两单画事，且都没有直接的进账。

我为自己做了大量的阅读，苦心孤诣画我的自画像，这是奎因愿意“付我开的任何价”的一幅画，我在这幅画上花的心血其实不是为奎因的钱，而是其他一些更能代表我的真正的东西。我最近将会画一位女士的肖像，她是卡罗琳·摩根小姐的朋友，等她从欧洲回来就开始上她的公寓画，大概需要几个星

---

① 帕特·昆兰（Pat Quinlan，1883—1948），爱尔兰裔美国人，工会组织者、记者、社会活动家。参见下文原注。

期。摩根小姐是皮尔庞特·摩根[①]的侄女，富可敌国还在其次，她的人品是我见到的最有涵养和最有魅力的。她绝无那种英伦风中非贵妇的举止，没有轻慢，而是一个标杆，体现了英伦风中贵妇的全部娴淑斯文和含蓄优雅，那种精妙的延展有如昼夜更替。这些品质也是米开朗琪罗在与维多利亚·科隆娜[②]的友谊中令他感到极度倾心的。如果我能将这幅肖像画成功，还有什么不能期待的？去年圣诞我见到她的一幅素描，她复制了两次——第二次还放大了。

你喜欢老诗人詹姆斯·尼克尔·约翰斯顿的诗，我很欣慰。我得把你的评论转寄给他，这一定会博他大开其怀。你大概没有给他写过信吧。他的地址：詹姆斯·尼克尔·约翰斯顿，布法罗，纽约州，这样写他就能收到的。

再说说帕特·昆兰其人。[③]他是爱尔兰文学运动的支持者。他动员所有朋友在公共图书馆一次次询问辛格的书，对辛格的书得以在每周的"索书排行榜"上高居榜首起到重要作用。他还大张旗鼓写文章为你获得年金津贴辩护。他是查理·约翰斯顿的朋友，做过船上侍者，职业运动员（有六英尺高），矿工，讲师，社会党人，在利默里克[④]出生；C. 约翰斯顿称他为"一

① 皮尔庞特·摩根（Pierpont Morgan），或指美国银行家和金融家 J.P. 摩根（小）。

② 维多利亚·科隆娜（Vittoria Colonna，1492—1547），意大利女诗人，出身贵族，与米开朗琪罗关系密切。

③ 帕特·昆兰是一个小有名气的工党的鼓动人物，与新泽西州帕特森（Paterson）的一系列动乱有涉。他曾在俄国革命后去过苏俄，但却懊丧而归。纽约第一次公演辛格的《花花公子》一剧时他也在场目睹了骚乱，并对那些喧嚣的反对者表达了最强烈的蔑视。——原注

④ 利默里克（Limerick），爱尔兰郡名和城市名。

个才华横溢的家伙”，以一种奇特的方式读了些左道旁门的爱尔兰历史，他是一位出色的演说家，妙语连珠，却又显得有点莽撞。他不是那种利己主义者，不好虚荣，为人十分谦抑，脑筋也很开放。每个人都喜欢他。即便他在知识分子价值观上用那种自我炮制的缺乏分寸感的说法来烦你，你也不会反对他，阻止他，或做任何事妨碍他，你只会一如既往喜欢他。我对他说他有着典型的爱尔兰人的毛病，即批评的时候必置之死地而后快，我说我们应该进行建设性的批评，他把我的观点听进去了。我觉得他是很有影响力的，他对我说他也常常向他的朋友转述我反对的那种一棍子将人打死式的批评。他发自肺腑想帮助爱尔兰人，特别是想帮助参与爱尔兰文学运动的人，每个人都喜欢“帕特”。我觉得他很有一种无畏的劲头，看上去还很年轻，却对英格兰、苏格兰、爱尔兰、美国都能讲得头头是道，足见阅历不浅。看着他也是件愉快的事，个子高，身材好，礼貌自然，举止不俗——十足的谦谦君子。他也是克里根①和其他一些演员的朋友。你说不定在什么地方就会遇到他，我只是想将这些告诉你，我觉得他是有着大好前途的人。他唯一憎厌的是爱尔兰的祭司——对其他人都很宽厚。[速写。]

我正忙着写一篇文章，我自己觉得该文主题谈的是幸福；幸福有几个分支，但最值得关注的分支是拥有智性的幸福，而这只有在一个人被迫依靠他自己的才智能力时方可体味。簇拥

① 或指约瑟夫·迈克尔·克里根（Joseph Michael Kerrigan，1884—1964），爱尔兰人物角色演员。

着玩具的孩子是找不到这类幸福的，那些同样热衷玩具的美国大人，他们的玩具是汽车，综艺节目，去欧洲旅游，等等，也找不到这类幸福。依靠我们自己的资源意味着依靠真诚的艺术信仰。诗人通常都有着孤独的童年，而这算作一种忧伤，是诗人可能从中汲取幸福的机会。西蒙兹[①]的传记中提到米开朗琪罗写过的一封意味深长的信（311 页，读一下），他说一个人只有在冥想他的死亡的时候，才保留着最大程度的真诚。“尽管本质上死亡消弭了一切”，但死亡之念“使我们因人类的天性而紧密结合在一起”。

与真诚的信仰相比（异教徒和基督教徒都有着真诚信仰），清教徒将人之初谴责为性本恶的教义是多么不幸。当然曾有一段早期历史，惩罚作为清教徒教义中核心部分的确使教徒饱尝战战兢兢的恐惧，但我认为到最后使米开朗琪罗俯首的是上帝的正义和威严，而绝非上帝的强权。

敦德兰那里传来好消息。洛莉现在已经完全恢复了。……莉丽也状态甚佳。她的情况通过来函我时有耳闻，洛莉的信写得很机敏，不像莉丽那样充满诗意和有一种诗意的幽默，她的信是清晰锐利的，每次都直击要害。多年前她还属于伦敦一个小小的女子文学社的时候，她就展示出有能力写小说的才情。

请代向格雷戈里夫人致候。顺祝撰安——你的亲爱的——J.B. 叶芝

---

① 或指约翰·阿丁顿·西蒙兹（John Addington Symonds，1840—1893），英国随笔作家，诗人和传记作家，曾译米开朗琪罗诗。

/　第四十七封信

致苏珊·米切尔

纽约

1912 年 10 月 21 日

顷接手书得悉我欲了解之全部情事，不胜感激，言辞难表谢忱。

近来读歌德不辍，由此念及你的种种。我读的是歌德传记和谈话录。他的训诫：从概念中抽离，进入具体细节，只有具体细节才使艺术焕发生机。每每我会转向你的几首诗作，对它们的喜爱与日俱增——这是因为你用如此猝不及防的方式，突然坠入某些个人“细节”。我将此归于你的质朴——这种质朴惟你独有，我尚未在 AE 或 W.B. 叶芝的诗里发现。我意将它唤做一种具有艺术激情的格调。如果你笔头更健，从你自己的生活中萃取更多精华，我们不仅能享读更多诗篇，其诗性也会更坚实更款密。歌德说他所有的诗都是“应运而生的”——在每首诗中都能“体验某种追求强化自身的力量”(不是追求提升自身或提升思想；提升不是歌德的基调，因为在那种情况下我们拥有的是“概念”，而这正是他要求“抽离”的)。我试图阐发一下“个性”这个问题。个性并无对错之别。它是神赐的——它超越了智力和道德；而且在人们的个性保持纯粹时，我们会喜爱它，因为个性是我们自己的原本，是与无所不在的神同在的，——至少这是我相信的和秉持的观点。当然，如果人的个性与现实世界纠缠得难解难分，我们可能会像西徐亚人[①]对待抛诸充满敌意的海滩的异乡人那样，它丧失了本能，因为它离开了自己的家园。感伤的诗作所缠绵的多为实际的东西，比如朗费罗[②]的《乡村铁匠》等，一般而言美国诗不是伤感，便是说教。真正的诗反映的是纯粹的个性：有如一个牙牙学语的儿童，他的头脑还未被是非观念拖累，他没有知识的虚饰，同样的情形也常见于一个正在热恋或有婴孩的女人——这就是纯粹的个性，只要看到这种个性，知识和是非感都会明白自己是多余的。当他们仍保持纯粹的个性时，这个孩童或女人可以为所欲为，却让人羡慕称道。诗性是神圣的，因为它是个性发出的声音——这个可怜的俘虏现在被囚禁在牢笼的栅栏后。我觉得自己的这一看法相当明了，却不知你或其他人是何见地？

有朝一日我们或举科学之力拆除栅栏，让囚禁的俘虏重获自由，而无所不在的东西必将奏凯而归。

这段时间我还读了林肯，他的个性亦卓尔不凡，远在他的知识和是非感之上。知识和是非感属于熟练工——日常工作十分需要它们。但是伟大的场合需要的是卓绝的个性。

如今我们膜拜知识和品格，即道德化的意志，却将可怜的

---

① 西徐亚人（Scythians），一译斯基泰人，约公元前 9 世纪的欧亚游牧民族。

② 亨利·朗费罗（Henry Longfellow，1807—1882），美国诗人。

个性打入冷宫；她现在百般失宠。甚至女性对她也无垂青，女性一心想着比肩男性，拥有一切知识和坚强意志。我对你写这些，是因为我从你身上比从任何别人身上领悟到更多的个性的价值。你的个性充盈着你的全部身心。而你丰厚的知识和被人深切感受的道德品质都安顿在它们应有的位置，那是一个次要的位置。

这个世界应该学会少算计，少推理，多感受。——每个人都应该回到滋养他的环境中，使自己完全融化在那个环境里——这样我们才能产生诗人和真正的人。环境是个性的苗圃。——你的亲爱的—— J.B. 叶芝

/ 第四十八封信

致苏珊·米切尔

纽约

1912年10月22日

……。我之前述你的作品具有艺术激情，又说你在作品中显示的艺术激情得益于你与生俱来的个性的激情。但我应该说得更清楚，艺术激情到了表达出来的那一瞬间，就不复属于个人所有了，它进入了艺术的世界，个人的自我消失了。我认为只属于个人的艺术是不足为训的，无论如何这只属于二流艺术。①

与印象主义画派相比，我更喜欢特纳②的作品，因为在观看印象主义画派的作品时，我满心都在对那些画家感到好奇，而在观看特纳的画时，我对画中的景色如此心醉神往，以至于是谁画的这个问题早就抛到九霄云外去了。

我还认为一个画家或诗人应该让自己的动力一直保持在一个燃烧的水平，无论该动力是来自外在观感还是来自内在情

---

① 叶芝的思绪深陷在这个主题里，因为他儿子 W.B. 叶芝在这段时期开始以本人生活的事件为素材进行诗歌创作，这也是他首次尝试这种“应运而生的”诗歌创作。——原注

② J.M.W. 特纳（Turner，1775—1851），一译透纳，英国浪漫主义风景画大师。

感，并采取一种冷静的逻辑态度，向着一个坚定的目的，创作出他的艺术作品——至该作品的完成为止。动力的火焰必须始终燃烧在他创作的艺术品的全过程——而那些在实际生活中取得成就的人，这团火一开始烧得很旺，后来则明显忘了初心。……

/ 第四十九封信

致 W.B. 叶芝

1913 年 1 月 29 日

29 街西 317

……。一个有个性的人可以谈论许多事情，但一旦谈论的事情触及他的个性时，他往往选择沉默。林肯就向世人昭示了这种沉默，歌德在深深感动之时亦不复言语，只以写诗代之。知识和是非感总是可以自圆其说的——它们有着一套永远行之有效的话语。而个性则踊跃地要为凡人的话语代言。但它只会呐喊——“我在这儿！看着我，别用你的肉眼，用你的灵慧之眼！——我的意象，我的律动，伴着我琴声中清亮的音韵，会将你从人间昏睡中唤醒。”

你看到苏珊·米切尔的那本小集子了么？她骨子里就是诗人，充满艺术激情——而这种美丽的艺术激情其实只绽放了一半——她是质朴的，笔下展现的全是“具体细节”，而且她富有一种纯真个性的超然——她沾上手的，便忘情于其中。济慈说：“我看见窗外有一只麻雀，我便随着那只麻雀啄食。”我在想也许你会对这一大堆说辞感兴趣，或至少这些对于你的观点来说虽不中亦不远吧。

也许可以说济慈的画家朋友海登[①]是一位品格远强于个性的人。他非常看重自己品格的影响力，奚落济慈缺乏这样的能力。我知道这与你的见解有异曲同工之处。

听说演员们在芝加哥的演出非常出色。——你的亲爱的—— J.B. 叶芝

个性分析到最后就是爱——只是对着什么都不相信的一代人来说，将这个概念以深入浅出的语言表述清楚颇为困难。

又及：忍不住再加几句话——知识和道德本性在现代的发展造就了一大批无爱之人。我们也许会相互钦佩或相互尊重——但我们不知如何相互去爱。一个女人爱她丈夫不是因为他有知识或能令人赞叹地遵守纪律——朋友间的爱也同此理——爱是个性的本能动作。拿破仑与他的士兵们同眠同梦，在心中逐一熟记士兵的姓名以便能与他们个别交谈（约瑟芬在传记里说她竟没法让他上床就寝——因为他晚上花很多时间强记士兵的名字），还有林肯思虑国家，歌德思虑人性，都是例子。

这些例子中的人物内心有一种柔情，类似母亲看着自己的婴孩，渴望去爱抚他那样的情感。——同样的行为还出现在英雄被追随者抛弃之时体现出来的一种不可思议的自恋。纵然百

① 或指本杰明·罗伯特·海登（Benjamin Robert Haydon，1786—1846），英国历史画家和作家。

般挫败，他仍必须去爱。我还想说由于个性的匮乏，所有的人看上去都变得十分相似，这种情况如此明显，以至于我们除了彼此发生争论，或彼此想要训练对方，便对对方再无别的兴趣了。生活失去了神秘，也找不到需要同情来理解的场合。这种现象用来描述当下的美国和美国的女性是再恰当不过了。

/ 第五十封信

致 W.B. 叶芝

1913 年 3 月 8 日

纽约，29 街西 317

我亲爱的威利——我越想《凯瑟琳伯爵夫人》这出戏，越坚信它最终会在受观众欢迎程度上扬名——但我不觉得到剧院来观剧的都是该来的那部分人。我们都知道纽约人受教育程度高，又很活跃，但他们的活跃不反映在诗歌上。美国的知识分子是不讲究艺术激情的——他们非常忙碌；而这份忙碌多半以不切实际的理论方式结束。诺伊斯[①]会适合他们——他们选择了游走在修辞的迷宫里的抽象概念。知识分子阶层不过尔尔。贩夫走卒则喜欢那些双关噱头和荤段子——我指的是在纽约。

美国优等学校里的教育体制对心智专注的培养简直是破坏性的——所有学科都是浅尝辄止。我求学的年代只学拉丁语和希腊语，学得非常精细，经历各种道德教育和体罚，课程也是尽可能设置得困难重重。我们的语法课用的是贺拉斯读本，而语法课贯穿了整个求学的始终。

你有没有注意到人们忙进忙出，眼中只看到丑的东西。对

① 或指阿尔弗雷德·诺伊斯（Alfred Noyes，1880—1958），英国诗人和作家。

于他们，现实真的就是散发着恶臭。要转而欣赏美的东西，必得花上长得多的精力和闲暇时间。现代教义中艰苦劳作这个概念受到民主社会的普遍欢迎，但这对于审美是致命的；说到这些社会主义者——我也是个社会主义者——他们贬低审美的地位，对它横加践踏。在他们眼里，艺术家和诗人都是自我主义者，——“士绅”这个词令他们厌憎。然而，一个贫寒的士绅群体有时间供他们消磨——这对于文学艺术来说绝对是一件好事。称得上士绅的人，应该是清楚如何有尊严地消磨时间的人。因为他们身无长物，便省却分心的诱惑，以使他们得以专注思考生活和真理。思考生活的人最终会成为诗人；思考真理的人最终会成为理科生。有了这份悠闲，每个人得以循从自身的才具；因为这份悠闲，每一种情感都值得发掘探索，每一种念想都值得殚思竭虑，每一件事都值得精确无误地做足功夫。而对于一个努力工作的现代人，特别是尔等社会主义者来说，走进花园后除了粪堆的味道什么都闻不到。惟有那些无所事事的善感的自我主义者，才会听到鸟雀鸣啭，嗅到玫瑰芬芳。——至于管家的夫人，她也是忙碌而务实的，不管多有钱，她都会保证她的花园像她的衣着一样打扮得恰到好处。闲暇在市场上是稀缺之物。

在英格兰，还算是保留了一个贫寒的士绅群体——乃学者和一部分文人；引用艾尔顿信里的一句话，这也说明为什么“日薄西山的英国还一直笔耕不辍”。

我着手写这封信是为了建议你读一下司汤达的《红与黑》[①]（你可以读英文版的）。这本书拓宽了我的想象力；它是一出悲剧。你当以一种非常严肃的态度去读，便不会感到费劲。

格雷戈里夫人告诉我你身体好了许多，体态也相当不错。——你的亲爱的—— J.B. 叶芝

---

① 原英文作《红与白》（*Red and White*），未知是叶芝笔误还是英语翻译问题。也可能指司汤达第二重要的小说《吕西安·娄万》（*Lucien Leuwen*），其中译本即译作《红与白》。

致 W.B. 叶芝

纽约，29 街西 317

1913 年 4 月 6 日

又及（如果此信字迹不清，可打字。奎因把我的信都用打字机打了出来。）

……。我确定爱德华·道顿[①] 现已去世；在他的家族和小范围朋友圈中，这委实算一件大事了。羸弱的身体使他早早从现实世界中隐退，他的神秘教义对此也起了推波助澜的作用，故而他的文字显得很疏离，或显得单调。要从燧石中燃起火焰，必得经过猛烈和持续的撞击。这些日子的爱尔兰他本该写诗的。

关于教授职位？他以他的好心角度，力劝你不要接受，除非有约定在先，能答应让你免教古代英语之类食之无味的课题——所有与文学无关的课题，言下之意他似乎暗示他的那些优秀教职员也在作出牺牲。[②] 他坚持认为这些教务应该延聘专家来做。关于你作为一名真正的教授的资格，他倒是不遗余

① 参见本书序言中的注释。

② 曾经有人建议 W.B. 叶芝应该取代道顿担任三一学院英语文学的主任。——原注

力在说项。玛哈菲[①]曾坦言道顿以其教授职务计他的工作算不上努力；玛哈菲有几件事令朋友和同侪颇有好感，此言即属其一。

我正在读《雅典的泰门》[②]，里面没什么标新立异的东西——每个情节都取材于古代的日常智慧。这儿思路活跃的美国人从早到晚寻思如何别出心裁，但你面对簇新的街道、城堡、教堂甚至花园，都难以变得很诗意的，对新颖的想法也是一样。新奇之物之于诗性是可厌的。我们如果的确钟情于任何新东西，究其竟是我们认得艳丽的新衣下的旧形骸，有如新的一天的黎明，或一位少女——相貌酷似她的母亲、外祖母或女性的祖先夏娃，又或者酷似某人的初恋情人转世投胎。我刚写完一篇文章，此文中我坚持认为艺术代表的不是这种或那种情感，而是一个完整的统一体——包括七情六欲，直觉本能，凡此种种——当我们身体内部的全部情愫都表露无遗，即是和平与美降临之时——这种统一体就是个性。如此说来个性中一个最具影响力和最复杂的部分就是情意，而且情意只能直接从记忆深处迸发出来。为此，不论在观念上还是现实中，新的东西都不能成为诗的主题，虽然你可能将新的东西在修辞中描述得天花乱坠——但华丽修辞是表达别人的情感的，诗则表达诗人自己的情感。

另一个原因也使道顿疏离艺术和世界：他非常享受和他现

① 参见第十二封信的注释。

②《雅典的泰门》(*Timon of Athens*)，莎士比亚戏剧。

任妻子的幸福生活。有一只金丝雀曾不停歌唱，与其他金丝雀不同，他的鸣啭低沉圆润。现在这只金丝雀娶了太太，他只是偶尔扇一下翅膀，不再引吭高歌。——夜莺啼啭时将它的胸脯压在一根荆棘上。个性是从苦难中诞生的。那是被困在燧石里的火种。

/ 第五十二封信

致 W.B. 叶芝

纽约，第 29 街西 317

1913 年 7 月 2 日

……。诗是从不完美到完美的反应——在辛格的《骑马下海人》[①] 中演变为某种十足的悲哀，或在你的早期诗作中演变为某种十足的欢乐。——萦绕在反应过程中的旋律，无论是散文的还是诗的，均为努力保持心灵柔软和警醒，而在艺术或诗里的肖像画法，均为努力保持苦痛的鲜活并不断使之强化，因为心灵之痛产生慰藉，好比一个修士通过折磨自己来进入欣喜状态。前不久，我看见一位年轻的母亲，怀里抱着一个病怏怏的婴儿。我不需要细述其详，但我知道我问了她很多问题，数日来我都为我见到的和听到的心绪不宁。为什么我要问她那些问题，为什么我要不断忆起那一幕，并在我脑子里反复激活那个场景？我很后悔没有将画布带在身边，不然我可以将她和孩子画下来。她是爱尔兰人，年轻清秀，说话轻声细气，以前住在道尼布鲁克 [②]，生下的几个孩子全都在襁褓中就夭折了。她对怀中的病孩感到惭怍，设法把小孩藏掖着不让我看见。她到这儿

---

① 《骑马下海人》(*Riders to the Sea*)，1904 年首演的独幕剧。

② 道尼布鲁克 (Donnybrook)，爱尔兰都柏林市的一个区。

来没几个年头，父母在她离开爱尔兰以前也都撒手人寰。这是一张慈眉善目的脸——如果这个形象在我脑海中消失，我会非常难过，会在心里狠狠谴责自己。中世纪画家的生活中耳闻目睹的尽是这样的形象，他们的精神难以得到安抚，惟有诉诸他们的艺术和他们的宗教；除非他们像拉斐尔一样，将眼光投向别处。……

/ 第五十三封信

致露丝·哈特

纽约

1913 年 11 月 22 日

……。我只听说了一点儿霍斯那边人们的喜事；其一是瓦莱特·詹姆逊小姐要嫁人了，或者是她已经嫁给了一位医生。她是位秀外慧中的好姑娘，我相信她将来的生活幸福美满。记得约翰·奥里尔瑞曾说，“我认识人中的最优秀者，不是在做医生就是在做牧师”，他是个芬尼亚会员，对牧师这个门类颇不待见。我本人亦认为医生和神职人员是最友善的。我最好的朋友是一位主教，高教会派的主教，我和他的观点可谓合拍得毫厘不爽。[①]

我的朋友们总在敦促我回家，我的女儿们则在恳求了，但我有各种各样的理由怕回都柏林。鸟为什么迁徙？为生存觅食。我羁旅此地之原因亦同——此地给了我足够的工作机会养活自己，而回家则难免债务缠身。最近我运气不薄：受财力雄厚的经营剧院的鲁伯勒和合伙人之托，为一位俏丽的女演员画了一张大幅的半身像；这幅画像挂在他们其中一个剧院的入口大厅里，画框的装帧也极其昂贵。我现生计来源主要靠写作，

---

① 约翰·道顿。——原注。

但与肖像绘画相比，写作乃我所不喜之事也。

那幅半身像画得匆忙，除了脸部，其他地方的细节都仍远未修饰到位，但鲁伯勒称之为“漂亮的画作”，不理会我对他陈情画得不够好。你该知道的，我永远都对自己的作品抱有未臻完美的沮丧，这种情绪不可救药，以致我常常诅咒自己出生之日，或至少诅咒自己成为一个肖像画家之日。

一位著名的美国肖像画家——同行中出类拔萃的佼佼者，他的钦慕者们认为他比萨金特高出许多——整个夏天都在爱尔兰西部作画。他去了都柏林，在那儿逗留了一个星期，就我所知，他花了很多时间看我的画，比如在阿比剧院和现代美术馆。就在我收到女演员肖像画酬金的当天，我邂逅了一位画家，他刚收到罗伯特·亨利[①]（那位著名画家）的一封信，信中说我是他所见的最谦虚的肖像画家。因为出乎他的意料，他发现我的画作在都柏林是数一数二的，“比奥彭[②]的好十倍”。你该想象得出听到这番话时我的精神是何等鼓舞，何等欢欣。这位画家回来后，我与他有过一次晤谈，他当着我的面将信里的意思又复述了一遍，而且他对我最近的这幅肖像画也极为满意；我听他说他有意写信给鲁伯勒和合伙人，对此画给予高度评价。我今年已七十五岁，但好像感到生活才刚开始。四十五年前，一位精于预测的女士[③]对我说，我的“大器晚成”要到

---

① 参见本书序言中的注释。

② 参见第十五封信的注释。

③ 指埃德温·埃利斯太太（Mrs Edwin Ellis）。——原注

耄耋之年，那是一种全方位的成功。当时我猜不透她说的全方位成功指的是什么，但现在我知道了——因为我有时画铅笔素描，有时画油画，有时开讲座，有时又写文章，得到的报酬也是时好时差——遍尝生活中酸甜苦辣各种滋味。

每年我都向自己承诺翌年定将归返——我已经感到有点心焦。去国六载——我并不想客埋他乡，无缘再见故土故人。

若我终得还乡，那该是一场何等欢聚——但你也定然知道这中间隔如天堑。我见到詹姆逊夫妇真是喜不自胜，更不说得知大家都还惦记着我，简直是受宠若惊地开心哩。

恐怕在我的朋友中除了我一家就再无人对美国有多大兴趣了，所以我大概没机会以旅行者的身份讲故事，但是如果有人乐意听，我倒是有一肚子见闻呐。这里我周遭的人物和主张千奇百怪，异彩纷呈。过去我们觉得石破天惊的事儿，到了这里才知是司空见惯。

教士汉奈[①]和他妻子现在此地出席他的演出活动，他的戏剧《奥瑞甘将军》大获成功，此地一切都令他们心旷神怡，特别是气候和几乎永远灿烂的阳光。我说等你待到冬天你就知道滋味了，可说话时还像夏天似的。前几天气温竟有七十二华氏度。明天或后天将会迎来降雪，届时道路变得阻滞，两旁堆压

---

① 指小说家“G.A. 伯明翰”。——原注

詹姆斯·欧文·汉奈（James Qwen Hannay，1865—1950），爱尔兰神职人员，小说家，笔名乔治·A. 伯明翰。叶芝在此信中提到的戏剧名《约翰·瑞甘将军》（*General O'Regan*）似应作（*General John Regan*）。——译注

着清扫出的积雪，伴随着刺骨寒风——雨雪时几乎没人打伞，因为雨伞根本抵挡不住凛冽的风势。我曾亲见道路两旁的沟渠里横七竖八躺着被风扯成碎片的雨伞。而在夏季，这里又变得热浪滚滚，连马匹都会成群死去。…… 去年夏天我的一位朋友在短短一小段路上就看见三十四马因太阳的炙烤而毙命道旁。这儿也有不法分子和亡命之徒；我认识的人中就有不少目睹谋杀案的，若论亲历剪径打劫之类就更多了。但是纽约依旧令人流连忘返。法国人，德国人，意大利人，英国人，爱尔兰人，都回过国，又都以各种不同方式再次来到纽约，我也一直在苦苦思忖，它的魅力究竟何在。大概其中一项原因是容易交友吧，即便在饭馆里，在电车上，你都很容易交上一个朋友，你可以从他身上了解你想知道的每一件事——

初来乍到的英国人总是郁郁寡欢。他们发现自己很不讨喜。——未几，他们意识到寒暄应酬和对人亲切随和乃社交场合之义务，纽约的魅力也感染了他们。我自己就帮助过好几个人度过了这些下船伊始的艰难时期。

请转达我对令堂大人的问候并问候埃塞尔。我很高兴沃恩已为人父。我还听说你的另一个妹妹也已步入婚姻殿堂并有了两个孩子。祝福他们所有人！我念兹在兹的还是你的终身大事。——你的亲爱的—— J.B. 叶芝

/ 第五十四封信

致 W.B. 叶芝

纽约，第 29 街西 317

1913 年 12 月 25 日

我亲爱的威利——我得再提笔写一些话，我觉得我的理论值得阐述并寄给你探讨：我认为美的事物是可以感受到的可爱事物（我们有五种感官，全部五种或任其一种都能感受美的影响）。万物生灵费尽心力去做的正是这种孜孜不倦的对可爱事物的追求，这也是一切存在物能够激发人们同情心或悲悯感的力量所在。而因为诗蕴含了这种“悲天悯人”的情怀，且能够滋养这种情怀，现今的诗可以行使过去被誉为“科学的皇后”的宗教［神学］的责任。另一个我一直以来都在激发你的卓见的重要问题是：诗和艺术所要处理的，是在行动中或思想中不能清晰表达的部分，有如妇人分娩时含混的呼号——这对于美国人而言是不可理喻的，他们读的多是些大众文学，早早养成了一个习惯，即拒绝相信有些东西是不能平铺直叙得跟算术那般清楚，由于无法令人心悦诚服。此外，他们还养成了另一个习惯，即检验每一件事都以它显现的效用为准则，看它能不能解决坎坷人生中遇到的麻烦。在英格兰，你有一个文学的贵族圈，这些人站在一条阵线相互支持，奉行一种有别于一般民众的他们自己的准则。而在这儿，大众是老爷——在某种意义上是一个高贵的受过良好训练的“老爷”，像德国的皇帝，不入流的诗人。在表明一种作为政治力量的民众能做什么和不能做什么的问题时，我总是想到基督教的救世军，这是一个很好的例子。它的政治力量立竿见影，要达到的目的也是种种最为良性的功用。但它的宗教是无稽之谈——即便它通晓易懂，髫龄小童但解无妨。而天主教会由单独的个人和贵族凭了他们的卓尔不群和智性文化创立，其布道的教义神秘艰涩，无人能解，这些宣教活动亦不允许大众——那些急不可耐的大众——染指，——但它却也能自行其是，因为不能解释一件事并不妨碍无知的人欣赏它，好比几千年来所有人都欣赏彩虹，并不需要等到牛顿去解释彩虹是什么。

新教教育人们务实和兴旺发达，因为这是一种容易理解的道德观，靠浅明的逻辑和地狱苦难的威慑推而广之，且它容不得所有宗教，也就是诗，因为诗会削弱务实的意志。民主党人对自己的推理能力感到非常自豪，他们也的确有理由自豪，但问题是这变成了他拥有的唯一的能力——当他试图写诗，写出来的东西通篇都是说教和雄辩。他们滔滔不绝赞扬什么？责任，品行，提高道德水平，——这些概念无论多有价值，它们肯定不是诗。一个人舌灿如莲并不能达致美——审美必须拉开窗帘，对眼前景色说得越少越好。否则就是一块“绊脚石”了。

如果这些想法能融入你的系列讲座“改变必定发生”，我会很高兴，不过你在讲座中不必提到我的意思。我的个人观点不应成为“绊脚石”——讲课人和听众之间不应存在任何障碍，而你我之间更不应存在任何自我中心的问题。——你的亲爱的—— J.B. 叶芝

/　第五十五封信

致 W.B. 叶芝

纽约，第 29 街西 317

1914 年 1 月 6 日

我亲爱的威利——恐怕你有时会觉得我过于自负——事实不仅因为我是一个老年人来日无多匆匆行事，而且因为我这一生一直在幻想我正站在发现“原动天”[①]的边缘。当然，美的含义比“可以感受到的可爱事物”的含义要宽泛得多，但是当枚举出美的所有标识后，除了令人感到神妙、吸引、惊奇等，美也还总是令人感到可爱的。华兹华斯的《鹿跳泉》[②]中这一节，想必你有深刻印象：

在他一侧躺着那头牡鹿四足伸展，
鼻孔触到了山坡下的清泉泠泠；
他的呼吸合着最后一声深深喟叹，
那片泉水漾起一阵颤栗的宁静。

后两行爱作“美，令人觉得可爱”的例子。

① 原动天（primum mobile），托勒密的天动说的第十层天体，比喻行动的主因。

②《鹿跳泉》（*Hartleap Well*），华兹华斯的长诗。

我刚读完《拉尔夫神父》①，颇有快意——特别临近终篇章节。全书充满艺术激情，却又不失细腻和克制！我希望他能在希尔达这位母亲的形象上再多落笔墨——我的意思是在主教和神父们完全占有她之前的一些章节，他只交待了关于她的生活的一个大致轮廓，很明显没有细节跟进描述，或不想透露。

——我的画酬还未到账——最后的消息是画在剧院里被盗走了——我希望不是画框惹的祸。

家中音讯好像中断了一些日子，以前我总是收到每一封信的。

我希望你赞赏杰克为汉奈的书所作的插图。我对它们之赞赏日甚一日，从未看厌。这些插图为书大大增色了。汉奈乃忠厚人士，我想他一定很清楚这一点——他在我这里的确对这些插图热情称道。——你的亲爱的—— J.B. 叶芝

① 《拉尔夫神父》(*Father Ralph*)，一本爱尔兰小说，作者是一位后来离开了教会的神父。——原注

/ 第五十六封信

致莉丽·叶芝

纽约

1914年3月10日

昨日我去了大都会博物馆。你该记得过去在那儿展览的巴比松画派的画屈指可数，且都是些小幅画。现在则有着多不胜数的系列展室——此地的发展的确有目共睹。下次我去伦敦，要去的第一个地方就是国家美术馆，我肯定能看到新的展品，但不会增开新的展室。正是因为纽约这种各个方面持久高速的进步和变化，它成为了一个如此妙不可言的风水宝地。

日前我遇到一位博学的德国年轻人。我倒希望你当时在场听听他是如何揶揄美国大学教育的，他的妻子在一旁啼笑皆非，脸色尴尬，但条顿人的铁石心肠可不管她是否泪汪汪。他还提到都柏林三一学院出品的书几乎要占到目前出版的四分之三。我是在贝林格博士的公寓楼里见到他的，贝博士聊起不久前他受邀参加的晚餐，来的客人清一色都是哲学家（即从事学术的人），结果整个饭局几乎鸦雀无声。我们聊到后来，贝博士的邻居不由得说他应该留在家里的，因为他正在做蘑菇雌雄实验，他那些样本要干死了。这话招来那个德国年轻人的一顿斥责。他说美国就是这样，每个人都是专家，除了他专业课题上的数据，其他一概不知不晓，没有一般的推理和知识，也就无法驾驭一般的对话。贝林格博士亦是德国人，他亦娶了一位聪明的新英格兰女士为妻。这两个德国人就在那儿咯咯大笑！我当然也因为他们恭维都柏林而颇为受用。待我们聊到英格兰和英语，才发现我们原来见识如此相同。当然我们也没发表任何不公正的言论，好歹两位太太忘记了先前饱受美国大学之讥而面露不豫之色了。

/ 第五十七封信

致莉丽·叶芝

1914年3月27日

……。几天前弗莱明太太用纸牌预卜了我有不期而至的好运，果然好运说到就到。昨天上午我花了约三小时给诺德勒和合伙人，大名鼎鼎的画商公司，写了一份惠斯勒画展作品目录介绍，他们极为满意，答应付给我三十五美元，而我收到支票时，金额显示五十美元，我随即向他们询问，他们回说“是的，因为写得实在太好了”。同一天下午威利答应帮我偿清裴蒂帕斯的欠款，并说下周四带我和他一起回家。弗莱明太太已经预测到了有人会送我一张回家船票。说起来我接受诺德勒这项任务完全出乎意料。我带弗莱明太太去看奥彭的画展，他们就当着她的面给我这个报价，我还很自然地准备谢绝，她“插了一嘴”——用美国人的话来说，坚持要我接下这个活儿。

昨天晚上，威利和奎因晚饭后到我这儿来了。如果光从他们的谈笑风生来判断，以及两人待在一起的时间（我坐在桌子的另一头）来看，他们芥蒂已除，相处甚欢。——未几，他们分别起身跳舞。——威利是所有人里跳得最认真的，奎因和弗莱明太太两人在一起单独安静地待了半个来小时。奎因显得很沉默，我觉得他［对弗莱明太太］很投入。她不久前嫁了一个比她年轻的丈夫，应该还热恋着她，我想这对于任何男人都不足怪。她是个走南闯北的人，法语说得和英语一样好。她的算命方术是从中国人那里学来的。那位刚去世的法国诗人米斯特拉尔[①]向她叙述过他的整个人生经历。她一手带大最小的弟弟，供他上学，使他成为费城最有成就的医生之一。她还得照顾自己的母亲，脸上总是洋溢着愉快和亲善的表情，实属精力充沛的类型，仿佛可以将一百块铁放在火里锻，每块都烧得通红。她从不把人往坏里想。失落、担心、疲倦，这些恶劣情绪与她无缘，看戏则一场都不拉下。所有时髦的派别她都能驾驭。就凭着好脾气、好心肠，凭着温软而足智多谋的手段，再混乱的场面她都能收拾得妥妥帖帖，还帮助所有那些失意的“跛脚鸭”，不论是名流，或仅仅是少女和她们的母亲——后者现在是美国最迷惘的人，也是被监护责任弄得筋疲力尽的人，你大可以想象这番情形。

威利要我随他回国待上一季，然后再回来。但我对他说：“不行，如果我回国，便是一去不复返了。”与此同时，我想在这里待到秋天结束。有好几件事情是要善始善终的，其中一件是我的自画像。另外我希望有机会在回国前挣得一点积蓄，这样回国时手头可宽绰些，或至少不至于阮囊羞涩。说到底我的健康日下和抑郁寡欢都是因为钱物上的窘迫造成的。《哈泼斯

① 费雷德里克·米斯特拉尔（Frédéric Mistral，1830—1914），法国诗人，获1904年诺贝尔文学奖。

周刊》[①] 的出售成了我所有烦恼的根源。它过去一直是我喜爱的常备读物，是黑暗里的一盏长明灯。

昨晚有个人上我这儿来小坐，他认识我在里约的弟弟。他对我说："他是我的经纪人，我曾经单单一年时间就和他做了三十万美元的生意。"言下之意是做经纪这份职业有这个数字的交易额是骄人的业绩。他还说威利和他叔叔长得很像，我倒也常常这么认为。他说他 [J.B. 叶芝的弟弟] 是"城镇上的灵魂人物"。我几个月前就见过这个人。他看上去像是个正派人，受人尊敬，穿戴亦光鲜得体，但就像全世界各地的商人一样，交谈起来相当乏味。虽然他一年到头都和我弟弟见面，看得出来他也很佩服我弟弟，但他说来说去就是我弟弟的投资和他们之间的生意，其他则一问三不知，而生意上的事在我耳中又如听天书。——事实上他跟我详尽地描述了他们的生意经，只是我不开窍而已。他似乎不认识我弟弟家其他人——也许你叔叔也觉得他除了会赚钱，其余比较寡趣。…… 奎因在巴拿马提案这件事上拼命反对英国立场。我听弗莱明太太对他说他绝不可能如愿以偿，我知道她指的是在巴拿马提案这件事上的心愿，我也认为他输定了。总统和选举团都站在他的对立面。

① 《哈泼斯周刊》(*Harper's Weekly*)，由哈珀兄弟印刷公司在 1857—1916 年间出版的周刊，主要刊登国内外政治新闻和小说随笔等，插图精美。

/　第五十八封信

致 W.B. 叶芝

纽约，第 29 街西 317

1914 年 4 月 20 日

我亲爱的威利——想到一个定义供你参考——幽默是幽默作家仗着一群人在背后支持他去攻击某一个人，一个不幸的犯了错的人，这个人不知哪里来的蛮勇，抑或他因了某些天性的堕落，敢将自己与别人分开，故意与众不同；——而机敏，则是同一个人手中挥刀舞剑冲向幽默作家和他所有的支持者，冲得人群怒号着四散，所有人都受了伤，有些人还一命呜呼。莎士比亚随他高兴既可以是机敏的人，亦可以是幽默的人。幽默作家的刻毒其实存有相当的善意。而数量上占着优势的意识给了他们很大的安全感，以至于当机敏的人以无善意的刻毒攻击他们时，他们的善意也随即消失，于是我们看到的就变成了法国大革命的放纵。一般说来，机敏的人是绅士，受了绅士的教育，我们佩服他用剑的技巧——论到勇气当然他配得上所有荣誉——而且他的刻毒也不像他们［众人］那样羞辱我们的智力。

我刚读完费列罗[①]的萨伏那洛拉[②]生平——写得极为引人入胜，他不仅对神学了如指掌，对艺术也绝不含糊——笔下关涉的艺术家、诗人和哲学家丝毫不亚于托钵修会修士。诗人追寻的荣耀和赞美总是希望蕴含在其运用的艺术手法中，而不是在其论述的主题上——他以这个正当的理由讨伐论述宗教的诗人。惠斯勒指出瑞士没有产生风景画家，因为山色是一个过于庞大的主题。风景画家，惠斯勒说，来自那些景色比较温和淳化的国度。而根据萨伏那洛拉的说法，一个女人跪下虔心祈祷，便是宗教情感流露的最佳形式。你是不是会认为弥尔顿的乐园里没有宗教情感呢?

米开朗琪罗有一封文字细腻的信，他吐露了自己作为艺术家所怀有谦卑感的心声：赞美会激怒他。“的确，他们不停赞扬我，若是驻在胸次的是一座没那么多谀辞的天堂，我会更加满足。我想你大概觉得我在完全按照上帝的意愿行事。其实我是个可怜人，不值得赞美，我只是在上帝赋予我的艺术之路上跋涉，穷尽我的一生。”这种谦卑是面向艺术而生的，而演说家却因他感到表达了伟大的思想而意气风发——这些思想得有着排山倒海的气势因为它们汇聚了他的听众的思想，谦卑在这个时候于他不合适，会显得不够真诚。我引用你在诗歌协会午

---

① 或指古格列莫·费列罗（Guglielmo Ferrero，1871—1942），意大利历史学家，小说家、记者。

② 或指吉洛拉莫·萨伏那洛拉（Girolamo Savonarola，1452—1498），意大利天主教多明我修会布道家，主张教会改革。

餐时演讲[①]中的这一观点。

诗是那些与演讲礼堂势不两立的最后一处个人庇护所和收容院。

希望你给我写信谈谈你的身体状况，是否已经完全康复。我现在神采飞扬，你可以想象免除思想负担简直在我身上创造了奇迹。

已有夏天的味道了，虽然树木还未抽芽。

一场四月雨浇退了一点今天的燠热。——你的亲爱的——J.B. 叶芝

---

① 指 W.B. 叶芝在纽约的一次演讲。——原注

/　第五十九封信

致 W.B. 叶芝

纽约，第 29 街西 317

1914 年 5 月 10 日

我亲爱的威利——我刚在四月号的《英语评论》[①] 读到一篇题为“论立方体随笔”的文章，很有意思。看得出作者奉行 M. 阿诺德 [②] 的理论，即诗是生活的批评——我认为这是谬种流传——不过作者很有生气，虽然这种活泼颇有恶意在焉，不如歌德那么温良。

你在很久前说过，诗属于缔造；意思是说，诗的源头蕴含在——且只蕴含在——想象力中。这位作者是有想象力，不过他的想象力只开启了一半，他逸出并背离了想象力，破坏了批评家的规则。如果他有想象力——我相信他有——为什么不让这些批评家去解决他们之间的争端，由他自己一意孤行？一首诗，比如像你的《两个国王》，是值得引发大量批评的。如果玫瑰对它应该如何生长这个问题在脑子里纠缠不清，那么它不

---

① 《英语评论》(*the English Review*)，1908—1937 年间在伦敦出版的英语文学杂志。

② 马修・阿诺德（Matthew Arnold，1822—1888），英国诗人、文学和社会评论家。

可能奇迹般地长得如此妖娆。

诗关乎天堂的缔造。“天堂”这个词我用了它的复数形式，因为天堂的数目取决于独立的个人的数目——还不止如此——应该取决于每一种分立的情感。几乎所有最优秀的画家都画过圣母和圣婴的画像，这些画出现在各个地方：每一座教堂、每一户人家都能看见这位“中古时期的悲泣母亲”（米什莱[①]语）那双渴念的眼睛。当然还有体现快乐情感的天堂，比如新娘、情人、博弈中的胜利者，等等；又有充满同情的天堂——一座薄暮朦胧的天堂，是不想让强光灼伤虚弱的目力。

［詹姆斯·］史蒂文斯[②]究竟是一位诗人还是散文作家，关键是他是否有足够的以自我为主的意识去进行独立的思考和体验独立的感受。如果他不能这么做，而必须找到某个人去对他攻讦、谄媚、规劝，那么他只属于散文作家之列——号称诗人只是昙花一现的事。真正的诗人终其一生都是一个充盈着想象力的人，无论是否和朋友在一起，即便形单影只面对灵床也不改初衷。……

我看到史蒂文斯贬低菲尔丁[③]，说他没啥高明，跟一个餐后演讲人差不多。这真岂有此理！他说的都是最深刻的事理，而且他是一个想象力常伴左右的人。他［史蒂文斯］发表了一些

---

① 或指儒勒·米什莱（Jules Michelet，1798—1874），法国历史学家，著《法国史》。

② 或指詹姆斯·史蒂文斯（James Stephens，1880—1950），爱尔兰小说家，诗人。

③ 亨利·菲尔丁（Henry Fielding，1707—1754），英国小说家、剧作家。

对 G. 梅瑞狄斯[1]的见解，这些我倒是颇有同感。在读这篇文章很久以前，我就说过梅瑞狄斯有着那种久坐不动的人的促狭，一如乔治·艾略特[2]有着那种老处女的促狭，我是将梅瑞狄斯和菲尔丁作比较的，后者不但敦厚，而且无畏！——人们并不意识到，也难得记起基督是一个受到各式各样诱惑的人。这样的人寥若晨星。梅瑞狄斯或乔治·艾略特当然不属于这样的人，但菲尔丁则在此列。我有一次在都柏林讲课时，曾建议说“邀请”这个词应该被“诱惑”这个词取代，因为我们来到这个世界上其实是为了经受诱惑的，而且在绝大多数情况下，我们一辈子为之忙碌的事业就是不去抵抗诱惑，反而跟着它走，并接受其后果，哪怕要求有英雄的胆略。圣方济各[3]曾是一个逍遥快活的人，遍尝激情的滋味。所有伟大圣徒都有这样的历史。只有大彻大悟的罪人才能做两件事：一是憎恶罪行，二是怜爱罪人。——其余的人皆只会憎恶罪人。他们并不憎恶那些除了觉得它看上去有些“玫瑰红色”之外毫不知情的罪行——即便像乔治·梅瑞狄斯一样，他们只是有一种执信，且和逻辑认知相互渗透，认定它的表象是具有欺骗性的。

上星期六的下午和晚上我在哈德逊河畔一处豪宅度过，财

---

① 乔治·梅瑞狄斯（George Meredith，1828—1909），英国小说家、诗人。

② 乔治·艾略特（George Eliot，1819—1880），英国女作家。

③ 或指阿西西的圣方济各（St. Francis of Assisi，1182—1226），天主教方济各会及方济各女修会创始人。

力雄厚的该宅第业主是一位姓昂特迈耶的犹太律师。我作为诗社的一个客人和诗社一起受邀，乘坐列车包厢往返。首先安排的是一场肖邦演奏，即便我对音乐是十足的门外汉，也能听出乐曲演绎得惊艳动人。音乐家之后是诗人，诵诗者不拘年龄，男女有之，我们统统报以热烈掌声，一脸美国人的真情实意，毫无批评之念。在我看来这屋子堪称华宇，随处可见精美的绘画和雕像，令我大饱眼福。我欣赏这些艺术品胜过宅第里的其他任何东西，所以对我而言着实享受了一次坦塔罗斯的盛宴①。

奎因以一百五十美元的价格买下奥奈尔小姐②的肖像，莱布勒争议事件算是尘埃落定。他们付给我二十五美元作为素描的润笔。奎因的确是个纾难解围的角色。我现在手头又宽裕了不少——经济上颇感安适，虽则良心上殊难安适。昨晚我做一梦，梦见你的外祖父大驾光临，他责问我还需要他资助多长时间。我觉得我当时是在默维尔。③醒来时我感到万分怅然，即便完全醒透后也许久不愿动弹。正应验了荷马的一句话：神赐的梦依然在我周围萦绕。

当令时节你定会喜欢纽约——气候清新怡人，又尚未招致蚊蚋滋扰。我乐得牖户大敞，昼夜无碍。

---

① 坦塔罗斯（Tantalus），希腊神话中宙斯之子，曾与奥林匹斯众神设宴聚饮，即“坦塔罗斯的盛宴”所本。坦塔罗斯后因狂妄自负招致宙斯和众神惩罚。

② 梅尔·奥奈尔（Maire O’Neill），阿比剧院女演员。——原注

③ J.B. 叶芝在伦敦学画期间屡屡问他岳父借支小额钱款（见《浪父》第66页）。默维尔在斯莱戈的镇郊，波勒克斯芬一家住在那里一幢大房子里。

你目前有何计划？我希望你仍在写诗。在昂特迈耶家的活动中到场的一位诗人对你的诗和诗派作了一番评论，但我回应时指出他对你完全误解了——他说你把事物放在远处隔空赏析。我答说美国的诗作的确有这种现象，但你写的诗是尽可能贴近对象的，促使你下笔的不是歆慕，而是爱。他随即缄默了。之后他也出现在诵诗者之列，我从他念的一首“某个苦难矿工的悲喜事”中，突然找到了他误解的根源。当时和我在一起的有一位年轻女士作家福斯特太太[①]——她的文字极佳，《回顾评论》[②]那些诗歌批评文章均出自她的手笔——她也毫无疑问同意我的上述见解。她曾对我说，你在任何意义上都是唯一的诗人。虽然她丈夫老而体弱，徒剩毒舌，福斯特太太却容貌闭月羞花，聪慧堪比天人。我的邀请也是因她而来。她说她打小就对善意的法术感兴趣，也很想了解巫术。她出身于阿迪朗达克山脉的贫苦人家，因为通过她的丈夫接受了教育，于是嫁给了他。[速写。] 但是后来她丈夫输了钱，身体也不行了，经济上只够勉强维持他的医院的开支。我初次见她也是在这个公寓楼里，这儿每个人都很喜欢她。一个人既智力超凡，又宅心仁厚，实乃非常罕见。她一年前还被派去英格兰、爱尔兰、苏格兰作贫民窟的环境调查。她过去在家的穷困日子里没日没夜地

---

① 她成为叶芝最好的朋友之一。——原注
参见本书序言中的注释。——译注

②《回顾评论》(*Review of Reviews*)，1890—1893 年间在伦敦、纽约、墨尔本创办的评论月刊。创办人 W.T. 斯泰德在泰坦尼克沉船中遇难。

工作，自尊心和判断力都是在这种斯巴达式的磨练里养成并保持下来的。

听莉丽说你已经完全康复，我非常欣慰。——你的亲爱的—— J.B. 叶芝

/ 第六十封信

致莉丽·叶芝

纽约

1914年5月11日

我有没有对你说起我参观了昂特迈耶家？他是犹太律师，极为有钱，——钱能生钱，不信不行。宅邸很漂亮，不是那种大而无当的，饰有精美的画品和雕塑，无不赏心悦目。参加者众，宾客盈门——包了一列火车中的三节车厢才把人全部运齐。——由于人多，我不可能仔细研究任何一件艺术品，不过看得出它们都属于精品。我们欣赏了曼妙的音乐——肖邦——之后又有男女诗人（女诗人非常可爱）朗读他们的诗作。他们创作的诗歌并非我之类型，故非我能评判也。甫抵车站，但见小汽车排着长龙等候接我们这批人；我很快决定步行前往，亦有少数几个人受我影响，勉勉强强迈开步伐（你知道美国人有多么厌烦走路）。那一段步行其实倒是当日活动中最舒心的时光，天色晴和，步道的大部分也在开发了地产的区域。沿途树木虽只见新芽初绽，但灌木丛已经花开烂漫，那是先声夺人的乡村野花——在我眼中几乎一树一草都散发着新意——还看到知更鸟之类的一些鸟雀。宅第的女主人是路德会牧师的女儿，不是犹太人，她亲迎每一位宾客，仪态万方。……

在晚餐时我发现自己在和一些很客气的人聊天，原来他们都是音乐家，还是帕德列夫斯基[①]的朋友。你会觉得很遗憾我们竟然没有聊音乐，我们聊了很多别的话题。三位高大的男管家穿着纤尘不染的黑色套装为我们上菜。我数了三个，也许不止，可能有十来个。……

音乐和诗的表演结束后，我花了余下所有时间在一楼参观，大部分时间都是独自一人。最后遇到一位眼神闪烁着投契和智慧的姑娘，她相貌平平，走路的姿势好像很是不雅——太过做作，太注意控制四肢。出乎意料的是她告诉我她是专业舞蹈家；听她说她在巴黎还获得过舞蹈比赛的最高奖牌，这就更令我惊讶了。我发现她读过威利的诗，她还就势表演起《心愿之乡》[②]的仙女，你知道这部剧中舞蹈是重头戏。她的聪明是实实在在的，并无虚骄。她和我交上朋友后就脱口念出威利的诗。好一会儿我才弄明白她把我错当威利了，她以为正在和大诗人说话呐。

……。不过我很快料到我没有可能从昂特迈耶处获得定制绘画的机会。哎，但愿我有一份合适的样本就好了！如果你有一个像这幅速写中的父亲［插画］你就会变成另一幅速写中的光景了，你就可以买绣品而不是做绣品啦。

---

① 伊格纳奇·扬·帕德列夫斯基（Ignacy Jan Paderewski，1860—1941），波兰钢琴家、作曲家。

② 参见第八封信的原注。

/ 第六十一封信

致莉丽·叶芝

29 西 317

1914 年 5 月 27 日

……。外面的公众不再允许入内午餐，所以我只得和一位同辈一起用餐，没别的饭友了。他已经八十四岁，但看他的饭量你以为他才二十四岁［速写］。他耳朵很背，但尚能交谈，我得一直朝他扯着嗓子嚷嚷，他才嘟囔道，呃，先生，呃，先生，翻来覆去这几个词。他是个画家，在美国［文理］学院中是排名第二老的画家了。在我看来，他的画很是儿戏，但却卖得不错，这儿的每个人都喜欢这些画，我只是说我喜欢说说而已。他很勤力，想是有来日无多的感觉罢。…… 五十年前他发现《圣经》非神圣，牧师是骗子。他说这番话时咯咯地笑，觉得我们大概对他的口无遮拦大惊失色，怕是会咒他天打五雷轰。他直到六十九岁才结婚，妻子是个红发女，孩子也都成人了。……

……。他属于那种单纯的好心人，从来不曾受到外界诱惑行恶，也没什么事能让他动怒，但他固执得一塌糊涂。裴蒂帕斯姐妹操着不标准的口音笑说他真是让人“隐无可隐”——“忍无可忍”。他的记忆老是停留在年轻的时期，我常能听到他以前一些有趣的事，但他太过热衷于寻找假画赝品。你会觉得世界上名家的画没一件是真迹。所有柯罗的画，提香的画，等等，全部都是伪造的——他一旦打开这个话匣子，我就觉得他特烦人。他长得很矮小，但曾经在摩门教的人中挣过大钱……。他画过杨百翰[①]众多妻子中七个妻子的画像，有真人大小的全身像，也有脸部肖像。他还画过黑王子[②]——他见过所有的人，但我还是那句话，他的思想停留在五十年前。当然他没听说过切斯特顿，而且把奥斯卡·王尔德说成是江湖骗子，美国人好像从一开始就把王尔德看透了。他愿意听别人说话，可就是任何人说任何话都改变不了他的任何观点。

我想他是新英格兰人自高自大的一个例子，五十年前他们就都是这副德性。……

---

① 杨百翰（Brigham Young，1801—1877），美国摩门教会领袖，犹他州第一任州长。

② 此处未知所指，原文为 Black Princes，似为专有名词，但无冠词，又是复数形式，难以确认。

/ 第六十二封信

致 W.B. 叶芝

1914 年 6 月 22 日

……。在我看来，现代派运动正朝着使艺术创作局限于某种单一激情的方向发展——这实际上是难以成就的。艺术，不论取得成功大小，都必须源自所有情愫的综合——单一的爱便成了肉欲，这与原始的动物本能无异，而单一的愤怒难道不会导致命案？艺术使我们升华，摆脱低级的兽性。艺术是一位音乐家，他在人类的竖琴上触摸着每一根弦——换言之，单一感觉演变为一种情绪，艺术家则自然而然倾向将每种单一感觉转化成对应情绪——他是喜怒哀乐情绪多变的人。布朗宁算不上伟大诗人，因为他有意背离了作为一个整体之人的真实情绪，而去青睐理念上的虚无缥缈的情绪；当然他不会在动物本能的层面徘徊，然而读他的诗，我没有那种自由酣畅的感觉，他总是把我束缚在逻辑、哲理、观念的镣铐里——他让我匍匐于满是荆棘的大地，而非拥抱有血有肉的大地。

我又在读荷马史诗——在他的魔力感召下我在各种欲念中无拘无束地穿梭。他常把各种风拟人化：南风和东风有时一起发力，有时各逞其威，像两条猎狗追逐一只野兔。我的各种情感也像这些风一样被他调动飞舞——我的情感纷至沓来，不胜枚举地交织在一起，又在一种喧腾的享受中得以独立存在。而那只被它们追逐的可怜的野兔恰恰就像那种单一情感，它胆敢跳将出来说它是独立存在的——好比某个脾气火爆的女仆在发怒时大吼一声，将沉寂之夜中整户人家全部惊醒，连戴着流苏睡帽的户主也不能幸免。此间，请别忘了这位可怜的女仆只是依附于这个家庭中一个人。她很快会恢复她的常态和义务——平息下来，听话干活——她甚至会因她能引起轩然大波而感觉良好，也会因为得到宽恕而庆幸。这种地方不难找到“振奋”的身影。

致莉丽·叶芝

纽约

1914 年 7 月 29 日

很高兴听到穆尔的书[①]的趣闻。很久以来艾利广场就是一个亚杜兰洞（圣经里的典故）[②]。G. 穆尔就是一位持不同政见派的头儿，麾下有罗素［AE］、马基和一干支持者在激励他。他们有一次甚至把苏珊·米切尔也拉了进去，按天性说来，便是在都柏林这批同道人丁兴旺的地方，她也算不上一个持不同政见者。威利对成功的关注远远不及这批人中任何一位，但他取得了成功而他们没有——于是问题出在……

我昨晚去了剧院，坐在舒服的包厢里，同座的人有英格索尔和他太太，两位凡英恩，还有金等人。格雷戈里夫人在我们后排坐了几分钟。她脸上一副高冷表情，所以我不想冒昧引见任何人，只是介绍了一位前一晚会议任主席的人，我在那晚的会议上念了《花花公子》剧本。…… 演出结束掌声雷动——

---

① 指《欢迎与告别》。——原注

参见第二封信的原注。——译注

② 亚杜兰洞（cave of Adullam），《圣经·旧约·撒母耳记上》（22:1），大卫等人避难逃入此洞，喻退出一派另组一派。下文中的“持不同政见派”，原文为 Adullamite。

亦有抗议呼声。约翰·德沃伊[1]在剧场正厅前座区域带领抗议，在穆雷[2]的剧作上演时，兄弟中的一个憋得说不出话，另一个则叫嚷："婊子养的，那不是爱尔兰！"那个老混蛋……

---

① "盖尔宗族"（Clan-na-Gael）组织领袖。——原注

约翰·德沃伊（John Devoy，1842—1928），爱尔兰反叛派领袖，流亡美国。——译注

② 或指T.C. 穆雷（Murray，1873—1959），爱尔兰戏剧家。

/ 第六十四封信

致 W.B. 叶芝

1914 年 8 月 30 日

纽约，29 街西 317

如今特别在美国（这个国家领导着世界潮流）人们的生活大多很肤浅，到处是纸醉金迷的浮华世象。即便婚姻，也不过是爱情的一段历程，一旦冲动的激情耗尽，关系也随之终止。婚姻曾作为一对男女决定共同生活的开始，虽然他们得等上二十年，才能在婚姻中找到夫妻情谊的珍宝。萨尔蒙[①]博士的 …… 妻子去世时，他对约翰·道顿说："年轻人的妻子去世不算大事——与一个老年人的妻子去世相比是不足道的。"道顿与这对夫妻稔熟，可据他透露，除了听他们谈过一次家务外，他从没见他们交谈过。他们找到了婚姻的珍宝，但不能告诉你这珍宝藏在哪里，其他婚姻幸福的夫妻也不能。因为人们只生活在表面，婚姻注定是失败的，它变成一种光怪陆离的荒诞，现在这儿很多人都这么说——谈到这个话题，婚姻已经失

---

① 都柏林三一学院的一位教务长，也是一位有名的数学家。他写书反对教皇无谬误的论断，格莱斯顿（Gladstone）认为是无法回应的。——原注

乔治·萨尔蒙（George Salmon，1819—1904），爱尔兰数学家，英国国教神学家。——译注

败了。

莎士比亚那个年代的人生活肤浅么？不！表象上虽然他们也有各类悲剧和与悲剧相差无几的喜剧，但他们的物质装备是相当匮乏的，与现代生活的丰足不可同日而语。即便他们生活中有着各式各样闹哄、背叛、通奸、亵渎行为，他们的生活仍是清苦端肃的；他们是一个个孤独的人，他的左邻右舍会通过死亡、疾病、犯罪等形式对他们构成威胁，他的兴趣与其说在生活本身，不如说在思考生活究竟意味着什么这件事情上，因为不论对生活的厌恶到了何等程度，它本身都显出一副悲苦、困顿的景象。积极果敢的精神也许使人自我感觉良好，像在一场混战的足球赛中的情形。但其他人——思想家，艺术家，那个遗世独立的人，他洞若观火，却因他的敏感或其他不相容不得不作壁上观。——那么他能得到什么慰藉？他无法像现在的美国人那样去赞美生活——虽然在偶然的情况下他也可能赞美生活的某个片段，总体而言他是退避三舍的。如果他想要生活下去，他就必须逃离生活的表象，于是他在自己的梦想中寻得庇护；这是他修复生活的工场车间。如果他是一个哲学家和学人，这就是他的神谕之所和聆听先知预言的洞穴。现代生活中没有神游之梦境，所有的一切无非是金玉其外的强大现实和维持其运作的逻辑关系。梦工厂早已抛荒，亦无人造访神谕之所——人头攒动的地方是商业大街。伊丽莎白时期另有一个现象值得关注，那就是谋生相对容易。当时人们的工作不至于忙到占据他们的梦想时间。让我再不厌其烦地重申这个观点：一个民族如果没有梦想夙愿，那么它就无法达至内心的真诚，因为只有在梦想中一个人才是真真实实的自己。一个人唯一负责的是他各种梦寐以求的东西——他的所有行动都是他必须采取的。行动是一个私生的族类，一个男人尚不足以完全行使他的父权。

如今这个民主年代人们已经学会了如何相互吹捧来感到欢欣鼓舞，所谓赞美生活——然而赞美不等于热爱——吹捧恰是被爱剥离出来的东西。遁世的米开朗琪罗大概鲜有赞美生活的时候，他的头脑中生动盘踞着一套人类堕落的理论和萨伏那洛拉谴责的意大利的邪恶。从他的艺术中人们看不到浮华，也看不到赞美，人们看到的是他满腔的挚爱以及对已经堕落的人类深深的柔情。米开朗琪罗这种以爱和悲悯低下头颅的姿态，是因为他受了神圣道义复活之梦和天堂之梦的感召。毫无疑问如果我们欲在诗和艺术中恢复此种激情，我们就必须重新发现这套人类堕落的理论（可以从战争和德国皇帝及其兵团开始）。当你赞美伟大的女王，你无非是在凸显她那个旧时代的垂悯——犹如米开朗琪罗思考人类堕落其实是在缅怀人类的冰清玉洁。只会赞美的艺术家是低廉的艺术家——我们大可以凭各路肖像画家得出这一结论。

你还记得中央公园进口处那座谢尔曼将军[①]的雕像么——

① 威廉·特坎瑟·谢尔曼（William Tecumseh Sherman，1820—1891），美国南北战争时期的著名将领。

出自杰出的雕塑家圣-高登斯[①]之手——他是美国最杰出的雕塑家。从中你可以一窥生活在表象的民族的艺术特征。将军和他的坐骑雕刻得栩栩如生，足见雕塑家本人的极度遵奉之情。——胜利女神只是一位美国少女，修长的腿和手臂，英气逼人的造型，以一种效仿吉布森[②]的风格夸张地出现，这正是高亢的美国思维的产物——个中颂扬和赞美一览无遗——且胜利女神的双翼完全是赘生的，突兀不相协调，除非人们刻意把它们想象成巴黎女帽商的最新发明，总非我辈所能适应。我们知道在中世纪艺术家眼中，胜利女神是统摄一切的——而谢尔曼将军和他的坐骑只是附属之物。米开朗琪罗会多么醉心地赋予胜利女神坚实的肩胛以支撑起一双羽翼丰满的厚重翅膀啊，他会把她塑成运动健将、女性和不朽者。米开朗琪罗在型塑和凿刻人体时，使之带着七情六欲的心在悸动，这份对生活的热爱世人有目共睹。古希腊雕刻家就缺乏这份悲悯——埃尔金大理石雕刻艺术品[③]是个例外——至少古希腊作品中的悲悯部分和醉心于能量和力量部分相比是不足道的。——你的亲爱的—— J.B. 叶芝

又及：遇到个曾在英国海军服役叫弗里曼上校的爱尔兰

① 奥古斯塔·圣-高登斯（Augustus St.-Gaudens，1848—1907），爱尔兰出生的美国雕刻家。

② 约翰·吉布森（John Gibson，1790—1866），英国新古典主义雕刻家。

③ 埃尔金大理石雕刻（Elgin Marbles），伦敦不列颠博物馆收藏的古希腊雕刻艺术品。

人，他兴高采烈地预测英帝国的衰落。此人驻守在巴尔干十八年，声称天下大事无所不晓。他为英国的《旗帜报》[1]当了十二年的外国通讯记者。他说阿尔斯特[2]人也都醒悟过来达成这一共识。我当然厌恨所有的帝国，不论是德国的，还是英国的。[速写]

---

①《旗帜报》(*Standard*)，1827 年在伦敦创刊的报纸。

② 阿尔斯特 (Ulster)，爱尔兰古代省份之一，后成为爱尔兰四个传统省份中最北的一个，泛指北爱尔兰。

/ 第六十五封信

致 W.B. 叶芝

1914 年 9 月 7 日

纽约，29 西 317

我亲爱的威利——人们不理解艺术中精确画像的重要性和意义。在每幅图画中，在每首诗里，总有一种精确画像的影子——否则就没有艺术品存世了。

去年夏日里有一个正午时分，骄阳炙烤，空气里没有一丝风。我正开始每日的例行散步——没有这套运动，我就没有健康可言——在西岸尽可能靠着哈德逊河行走，河水光影摇曳，颇为提神，沿途行人寥寥（炎炎夏日看到别人汗流浃背往往使我心情更为烦躁）。走着走着来到一处空地，有些小花园，聚了好些小孩，正开心嬉闹，全然不受酷暑影响；我很好奇想知道他们从哪儿来，于是走到他们中间停下脚步。我四下看看能不能找到一个大人一解心中之惑。我近处站了个年轻女子，她刚开口回答我的问题，我便从她的口音听出她是爱尔兰人，原来她过去竟然住在道尼布鲁克[1]。她长相俊美，说话时带着一种悲哀的眼神，在纽约这样表情的人不多见。随即我注意到她怀

[1] 参见第五十二封信的注释。

里抱了个婴儿，当我回望过去时，她试图用手遮住婴儿。婴儿正睡着，羸弱憔悴，一脸病容，胳膊和腿都细得见骨不见肉，反倒将手脚衬得大一些，消瘦的脖子上还有好些肿起的斑块。我忍不住问她问题，这才知道她先前已经有过两个孩子，都夭折在襁褓中；她说她在爱尔兰的父母均已弃世，所以她也再不想回家了，她丈夫是个健康人，云云。她说话的口气完全是无可奈何的，仿佛上帝，或命运女神——我也不能判断是哪一个——主宰着她的一切。她说婴儿的病是由出牙引起的，好像这么说她就能盼到病情早日过去。作为对比，周围一群健康的孩子叽叽喳喳，活蹦乱跳，精力旺盛。她看着这些孩子，视而不见。

我离开后，那种哀伤的情绪，那种痛切的沮丧——那些在我和这个可怜的年轻女人交谈时突然袭来的感觉——持续几天几个星期一直萦绕和压迫着我，几乎到现在这一刻都不曾消退。如果我是一个脑筋活跃的慈善家，或是一个对男人统治世界感到义愤的主张妇女参政的活动家，我恐怕会忙碌得无法歇息，必施以援手方能纾解心中块垒。至于我自己，我就像一位中世纪画家那样感到无助——虽然我不愿意说这些人间苦难是由一位公义的上帝施予的惩罚——但作为这些受难人中一位感同身受的无助者来看，我的心理过程其实和他们并无二致。为什么我这样一直盯着她看，不愿意移开我的目光？为什么我不停向她提问？（如果一个不那么友善的女人早被我的盘问惹恼了，她大概因为我也是爱尔兰人的缘故，必须对一个处于垂暮之年的老者保持尊重吧。）为什么我离开她时好像懦夫般地不想再见到她，此后却又不断尽我所能在记忆中唤起这一场景中我所说的和她所告诉我的每一个细节？答案是，每一种情感，尤其是苦痛的情感，都会力图使自己永远鲜活，不仅如此，它还试图增加它的强度。这是人性的法则，——若用另外的词语表达，或可称作生长的精神。我应该不惜代价把她和她的病婴仔仔细细画下来，把这幅画一直藏在身边，使我的忧愁永远不会消泯。此处我们就在将艺术作为精确画像处理，这是一种重要的艺术存在方式。个中有着不同的情感碰撞——婴儿阴森得令人退避的病态，母亲散发内在魅力的容貌和身形，原应作为母亲的自豪而今变成的愧怍，她的无奈但又努力相信孩子只是出牙的期盼。这种期盼，明白无误是有意识的谎言，也许只出于她的社交本能，这样我们谈话的内容可以不那么沉重；而更明白无误的是她对孩子的爱，她投在睡婴身上的眼神，祝福他睡得安心。诚然，这一幅画像作为艺术仍不够完整——这也是为什么旧时的画家和诗人必须创造出怀抱圣婴的圣母形象。但在这个例子中，在现今的情景下，没有怀抱圣婴的圣母，画家在完成肖像后就得抽身离开继续过自己的日子，除非他真的去拜访慈善家——在这个特定的例子中，慈善家也无能为力。画家如果作这幅肖像时添加些许修饰的笔触，比如大众喜闻乐见的元素，他是应该得到原谅的，——就算慈善家们有钱有教养，他们也还是会挑战画家，质疑他的真实性，最终使画家画出的作品变得凡俗和平庸。

无论如何，在所有艺术都应始于精确画像这个观点上，我是不是表达得很明确了？这是一件关乎现实主义的情事，以现实主义的情感为标识，只有在现实基础上，以现实为缘起，才能构建美的华厦，完成这个宏大的反应。——你的亲爱的——J.B. 叶芝

我记得我已经给你写过一信，阐述的观点正是由于丑才孕育出美。那种纯美的东西只会令人产生慵倦或疲劳——以至空虚。

致 W.B. 叶芝

1914 年 9 月 9 日

纽约，29 西 317

我亲爱的威利——希望接二连三的信没有使你厌烦，并能否祈求你每一封都仔细阅读呢？否则可能再没其他人会去读它们了——我会感到失望的，虽说那也不是什么大不了的事情。但我所作的一些观点分野还是值得思索的。赫克托耳是一位英雄，是有着好几种单一情感和某些独到见解的人——卓越的正派公民，正人君子——而阿基里斯作为英雄则只是偶尔出现在某种模棱两可的概念中，在另一些场合，他更像疏于付诸行动的画家和诗人，他可能在以自我为中心的孤独处境中生活在自己的意象里。从这一分野引发其他问题，比如画家和诗人按他的本性应该和他的同辈人的行为和思想有所抵牾，因为如果不能有别于他们，则他难以保存自己，这种抵牾不是旨在使他们受益，也不是旨在宣传，其目的仅是为了让他保存自我。

强调演说家和教师的作用和强调诗人的作用不但完全是两码事——而且二者水火不相容。如果罹病的患者故意在人面前呻吟，我们的怜悯程度就会有所保留。夜莺一旦意识到有人侧着耳朵在听，它就不再鸣啭——每个在农场长大的小孩都熟悉这个情景。艺术家在尚未形成自己特色的最原始思维时就已经这样训练自己了。人在社会上的表现的确魅力四射，在社交场合，大家交换意见，表达同情，谈论美好设想，提供坦诚的相互帮助。社交场合能找到所有美德。我们不断寻求完善这种社会交往，这样社会的奖惩系统就有可能按照一种天衣无缝的规则运行。艺术则是人孤独的一面，这时的人处于他最深刻的内心世界之中，处于最大限度的屏障之下。这也是为什么和真正的诗人在一起，我们关心的不再是他的信念、观点、主张、宗教、道德，——我们但凡有辨识力，就大可以穿透所有这些概念直接听到这个人以他本真发出的声音。那些概念不过是夜莺赖以栖身歌唱的林木枝叶。话说阿基里斯把他的密友召集在军营帐篷里陪他发泄愠怒，并不是想让他们分担他的孤独，只是有他们陪着可以增加他面对孤独的勇气——况且他们还能照顾他的吃喝，因为孤独的情绪削弱了他日常饮食的意愿。

在我不烦详述画像的重要性时，我认为我的观点是中肯的。肖像是为了保存情感，并在专注之中赋予它艺术激情。激情本身不是艺术，但它是艺术之母，也是艺术的根基。然而在此过程中艺术家仍必须像一个孤独的隐士一样工作，否则这种艺术激情会被异质侵扰摧毁。它在一个人身上出现时并非每次都能发挥那种陌生的奇妙意识，——这是一种既陌生又熟悉的感觉——好似一个人内心暗自与它唱和，使用的竟是儿时习得但在成年已忘却的语言。这是一种天真质朴的品性，在一些古典的拉斐尔前派画家的大师佳作中呼之欲出——比如米开朗琪罗，在拉斐尔极少的画中也有，但拉斐尔的画总体上确实缺乏激情。赫克托耳从来都是高尚正直的，但他有魅力是因为他的行止易懂可学。阿基里斯从来都是错误悖谬的，但他却总是很深邃，在他的深邃中听不到一点回响。其实最高尚的宗教和最完美的道德，都没有人的心灵和意志那么深邃。

我写这封信遣词造句很粗糙，希望你抓住我说的大意。

目前这个时代善于交际者的代表无所不在。他不但侵扰了我们的生活，占据了所有的地位，还俘获了诗人。在这个人口稠密的城市，我们仿佛十五个人睡在一张床上。艺术是孤独的人。

我到处在找爱伦坡诗集的普及版。我想象他在他的艺术领域中，以及面对自我的时候，都是一个孤独的人。

近来我又读了一遍你的《玛瑙的切割》①，惊奇地发现我于此书受惠良多——事实上，我吸收了它的诸多影响，我都弄不清究竟我在为你的思想代言，还是为我自己的思想代言。

在纽约，我想大概除了几个桥牌迷之外，我是唯一没有将全部时间和精力都放在思考眼前战争的人。——你的亲爱的—— J.B. 叶芝

① 《玛瑙的切割》（*Cutting of the Agate*），似应为 *The Cutting of an Agate*，是 W.B. 叶芝 1912 年由麦克米兰公司（The MacMillan Co.）出版的文集。

/ 第六十七封信

致格雷戈里夫人

纽约，29 西 317

1914 年 11 月 19 日

我给威利另纸发了一信，想来他是和您在一起。希望您能读到那封信，并赞同所述观点。我的女儿心情都不佳，健康堪虞，很明显是战争的因素在各方面造成的影响。莉丽对战争恼怒难安——表现为某种冷笑的愤懑。

在我居停之处，战争已经不是什么带来神经紧张的阴影了，战争直接成为了造成苦难的实质——裴蒂帕斯三姐妹有三兄弟上了前线，堂表兄弟就更不用说了，有些已经阵亡。三兄弟既已离家，赡养父母和另一个年幼弟弟的责任就自然落到三姐妹肩上。祸不单行，她们在这儿经营的执照又出了麻烦，本来以为给街口警察一点好处就能大家心照不宣，现在她们屡被骚扰要补办原想规避的营业执照——执照费要花一千两百美元——这么丁点儿大的地方居然不比一幢大旅馆所付的执照费少一个子儿。她们的法国思维认为这太不公道，我也站在她们一边。这样一片愁云惨雾，她们还得强作欢颜，否则房客有可能另觅他处。——所以呵，战争造成的神经紧张对她们来说又算什么呢？我没法描述她们眨巴眼睛的怨怒。上帝看住德皇吧——倘若这几姐妹逮住他，她们会一不做二不休送他见阎王的——她们看上去面色苍白，黯然神伤。……

/　第六十八封信

致 W.B. 叶芝

纽约

1914 年 12 月 21 日

需要知晓并谨记的重要事情是：艺术是一片梦乡，诗人但凡认领了提升伦理道德的义务或以科学的方法去思考问题，他就离开了这片梦乡，丧失了他的所有玄妙乐音，不再是一个诗人了。梅瑞狄斯是有着悦耳之声的，前提是他得留在梦乡里——布朗宁亦同。当他们背弃了梦乡，讨论起实际生活，正如他们常常这么做的那样，他们的诗行就变得粗厉刺耳——他们的歌声止息了。莎士比亚从来都不曾离开过他的梦乡。赫伯特和亚瑟那番对白——关于烫瞎他的双眼的场景[①]就全然是梦幻之境——在现实生活中这样的对话肯定闻所未闻。我们所有人若在梦乡，都会活出我们最好的意境，也就是活出我们最好的自己。一个男人和妻子或孩子在一起，对他们爱意融融；一个男人肝肠寸断，却必须向哀伤低头；少男少女翩翩起舞，孩童宴乐嬉戏；——这一切都属于梦乡，梦乡，梦乡。学子遨游书海；士兵征战沙场；朋友聚首月旦；——这仍然属于梦

①《约翰王》第四幕第一场。

乡——现实生活在遥不可及的地平线之外，渐行渐远。当生活最重要的元气被愤怒或仇恨钳制，我们会猛然意识到所处的现实，美妙乐音在我们的心田和嗓眼戛然止息——愤怒不知不觉占据了道德思想——在大部分的争论中都可以找到它的身影；多少诗歌愿意使愤怒匿影藏形的呢？……

诗人是魔术师——他的职业是持续地激发梦境，并凭他自然的禀赋和习得的技能，将这份工作做得出神入化，以致他的梦境具备了对现实四面出击的效力。然而这里亦有一个非常现象：诗人，还有我们这些傻瓜同道，都清楚美梦难留——很容易逝之杳然。我们得开阔眼界，调动我们的意志和选择能力，大家都在兄弟友爱的旗帜下共同缔造这个梦乡。[若] 宣称这是现实生活，你就得运用逻辑和机械的感官推理和其他平铺直叙的能力，那么你会发现自己又被招呼着回到了囚房，梦乡不知所踪——它像一具凄厉的鬼魂。

/　第六十九封信

致 W.B. 叶芝

1914年12月22日

探究莎士比亚想法的来龙去脉是很有价值的，但关键的事是厘清我在读莎士比亚或其他任何诗作时自己头脑中的所思所虑。如果我弄明白了莎士比亚的思路，且为了更好理解其作品，我也让自己熟悉他生活的年代，这是有益的，如此一来我就有可能很快看清楚自己的思路——我专门研究他以及所有其他我能从中发现自己的诗人。这就像对待自然界本身。作为艺术家，作为人，苦苦寻觅我称之为“梦乡”之境，我的着眼点仍是发现自己和洞察自己的灵魂，只是在此过程中顺便也关注到大自然的“意图”和她的灵魂。在这个意义上，我和从事历史研究和科学研究的学人背道而驰。他们关注的全都是自身以外的事物。但我们中的艺术家，全人类中的艺术家，都是求诸自身。科学存在是为了使人能够发现自然，掌控自然，为他自己建造各种居所，并在其中安适惬意地生活。而艺术存在则是为了使人离开自然，凭着他的自由意识，为自己建起比这些居所更为阔绰和富丽堂皇的大厦，里面有着装修精美的回廊、壁柜、闺房，环绕着绿叶婆娑的花园，他欲念所及的事物应有尽有——我们在精神的磨难之中建造这座广厦——它的一砖一瓦如果没有人间苦难的黏合和榫接，是无法承载这一切的。那些生活在另一个平面的其他人不必经历那么多的痛苦，他们亦不能体验那么多的快乐。那些人像做一份日工一样劳作，洒下诚实的汗水，挣得一份薪酬；大自然母亲对他们微笑，称他们是乖孩子，因为他们将自然界的规律研究透了，顺着她的性子，并从她那里索得许多回报。而艺术家则得不到这些由黾勉劬劳而来的礼物——他在大自然母亲那里是失宠的，他只能退避静思，在羞耻中生活，以他的痛苦和谦恭，筑造自己的栖息地。如果大自然母亲一巴掌将他的栖身之所夷为平地，他也只能从头来过。他的快乐主要体现在建造这一行为的过程中，他不在乎过多久他又必须重新开始。从事科学的人厌弃我们，斥责我们，他们对我们大发无名火，因为我们在他们眼中是没有回报的，懒散的。虽然我们有悲切之容貌，但我们顽强而难以屈服，没有什么能诱使我们加入他们的行列。我们身上有其他的一些特征也让他们困惑和着恼。他们总是一帮一伙地工作，大家在一项任务上合作出点子；而我们则单打独斗，不去和同行结伴，每个人都建造属于自己的家园——我们认为只有这样我们才能住得安生。可是接下来他们就将自私的个人主义、无礼、傲慢等恶名扣在我们头上，我们纵然有嘴，也很难说清我们其实用最谦卑的心在工作，因为我们不够强大，难以完成他们的任务，又因为看到我们母亲的愤慨而承受着巨大痛苦——我们无意冒犯深爱的大自然母亲。他们是一群具有坚强意志的能人。我们则柔弱似水。柔弱恰是我们存在的理由，我们经常看到当强人崩溃后，他还是会来找我们，那时我们也许能够给予他安慰。我们甚至可以一起寻欢作乐，因为我们爱我们的伙伴更甚于爱我们自己。——你的亲爱的—— J.B. 叶芝

/ 第七十封信

致 W.B. 叶芝

1914 年 12 月 23 日

纽约，29 街西 317

我亲爱的威利——我昨天写的笔记表面看思维似乎有些混乱。我先是提到艺术是一种手段，利用它一个人可以探索自己，发现自己。之后我又说艺术家全心从事建造栖身之所，在这个家园里，他的灵魂得以生息并享受一种处于完全活跃状态的生活。实际上我的思维并不混乱。一个人在造房子时，如果选了一片景色怡人的土地，将这所房子建造得魅力四射，美奂美轮，他也因此发现了自己，并让自己的灵魂找到一个安适的归宿。但如果他选的场址靠近他的工厂和所有的设施，他生活在那里仅仅是因为占有这些设施上的便利——而除了他赞赏这些便利的设施之外，他对自己的家没有其他的感受，没有其他的情结，那么他就属于科学人的类型或腓力士人的类型。他在通过艺术寻找自身这件事上毫无体验，他可怜的灵魂，倘若他有灵魂的话，一直在外游荡，找不到一处家园或栖身之所。已故萨尔蒙博士是一位了不起的人，大数学家，但人们也很清楚，他虽然对每一种投资都判断无误，却从来不会在乎其分毫的艺术价值，他是个纯粹的科学人，也是个腓力士人。数学家和惯常的腓力士人一样，都倾向认为生活中只有能用的东西才体现价值，人类各项功能的主要作用就在于提高效率。我的一位朋友，一位优秀的古典学派学者，对我说在他的经历中，和数学家说一样东西只能谈论它价值几何——比如告诉他们你的靴子多少钱一双。我有一次晚餐时见到萨尔蒙博士，他把我拉到一边，当时我有点受宠若惊，殊不知他问我住的地方付多少租金——我还一厢情愿以为这位大人对我本人有兴趣呐。道顿教授是他的亲戚，也是我的朋友，他一语惊醒梦中人，说这就是萨尔蒙博士的一向风格。其实萨尔蒙博士一生都在追求科学和实践的真理，也在身后留下了英名美誉。但如果在餐桌上，他愿意听我讲话，我就会对他描述另一个可能会令他视野大开的世界，这个世界他从未梦想过，也许他会承认有形的东西之所以有价值，是因为有了那些无形的东西的存在。伦敦有太多的街道，太多的住宅区，住在那里的人就像一个个囚徒，每人住在逼仄的格子间里，从他们身边走过简直能嗅到监狱的味道，因为他们的住处没有丝毫典雅的气息可言，建筑没有魅力，装修没有韵致，除了有用途的物品外，生活中见不到任何能提示他们或令他们回忆起美好的东西。——到处都是房子，但就是没有家园，没有安置情感的庇护所；——在这样的环境中人道主义精神日渐枯萎。艺术家的使命，是要在那些大城市里着手这种亟待开展的“监狱改造”——让这样的住处消亡。

我上面提到的有形的功用是为无形服务的——这个意思是说我们滋养身体是为了我们的灵魂得以安生。

我其实注意到了这个事实，即这些札记的内容既不深刻，也没有什么标新立异的地方，但我还是认为这么区分有助于让事情看起来更清晰。我们艺术家对自己的立场解释得不够，我们并不会看轻用品的价值——而是想让人们看到用品本身只是手段，不是目的。一个富豪要什么有什么，可是他真的生机勃发么？一个穷人也许没几件用品，但他的人生体验却可能赡足丰盛和异彩纷呈。——你的亲爱的—— J.B. 叶芝

/　第七十一封信

致 W.B. 叶芝

1914年12月24日

纽约29街西317

我亲爱的威利——有着艺术气质的人总在孜孜以求地发现自己，这点千真万确；我们的爱人更是如此。艺术家，不论男女，一朝坠入爱河，全部心思都会放在探索他或她本人和他或她所爱的人身上。——但讲求实际的人，不论男女，对此态度是不一样的。他们［谈恋爱］只是设法求得便利宜适，即婚姻，这是最安全的结合，不管它是否沉闷乏味。艺术家爱上一个人，则变得激情洋溢，血脉贲张。一时间他发现，在他的情人眼里、心中、灵魂深处，满满都是自己反射的影子，比在他自己身上发现的有过之而无不及。——他一蹴而就地登上这座艺术家的天堂之后，却感到无能为力，或者他自己觉得败下阵来；和弥尔顿在跌落愤怒和绝望的深渊时感情相类。

在她的眼睛里我发现
一个奇观，或是美妙的幻象，
我的影子，荡漾在她的秋波里。

我声言从不曾爱恋自己，
但如今看着被嵌入的那个我，
在她双眸的平面上顾影自怜。

——《约翰王》第二幕第一场

也许对我们凡夫俗子而言，最幸福的一类婚姻就是艺术家娶腓力士人——无论如何，婚姻对身为腓力士人的一方来说总能维持着舒适便利。虽然腓力士人不能使婚姻达到一个完满的状态，但在腓力士人的一方，不需要轻蔑地拒绝，也不会出现这种情形——只要婚姻仍是一个大家认可的便利。娶了腓力士人太太的艺术家是快乐的。他像一只笼中鸟，不再如往昔大展歌喉——因为这个鸟笼里的舒适便利应有尽有。当然，这是一种麻木的快乐，弥尔顿不会想拥有一点儿这样的快乐，他高傲的灵性鄙薄自由之爱中的那种松弛散漫和权宜便利，在这种状态中，没人能够发掘自我，因为只要看到些许失败的端倪他就急于放弃了。

我相信所有伟大艺术家的天赋都是从严苛的自律精神中发展起来的——否则我所说的触发痛苦的感应机制就不彰显意义了。让那些小才子过他的轻松日子，享受他的安逸吧——志存高远禀性的人是不会对此心向往之的。即便他常常像小孩和年轻人一样，在阳光明媚的早晨，在路旁采撷一扎野花，将它们束成花簇或编成花环，但是他从来都不曾生活在一种虚度宴乐

的情绪里。——你的亲爱的—— J.B. 叶芝

记不得法国哪一位愤世嫉俗的人说过，情人们可以一辈子没完没了地聊天，因为他们都在各说各的。

/ 第七十二封信

致 W.B. 叶芝

纽约

（未具日期，可能是 1915 年）

……。在萧伯纳攻击莎士比亚的最初的文字中，他把他的观念叫作“陈腐的”。当然那是“陈腐的”，其他别的也是入不了现代纯粹诗家法眼的。缪斯都是记忆女神的女儿。若将一位老人带去他出生的地方，给他展示“种种改善”，他难道不会瞠目结舌？尽管有了卫生管道等最新的改善设施，他就一定欣然接受一切改善了么？……济慈对雪莱说，“摒弃优渥的姿态”，…… 他这里的“优渥姿态”，当指那种新式的抽象哲学，甚至雪莱都无法让它斑斓地发出诗意之光，虽然它有着彩虹的颜色 ……，这个自由体诗一直像谜一样萦绕着我——目前看来发展得还不错。我觉得在较弱的韵律中突出重音，我们所有人在日常交谈中都会用到这个技巧，但是对于摒绝较强韵律这个问题，……。在莎士比亚的十四行诗中，我们看到无数的弱韵和强韵［配置］的例子，他一次又一次将它们放在并列和对比的框架下。自由诗体运动是民主运动的厚积薄发，但拥护它的大众认为只要韵律弱的诗就是好诗，而不能欣赏诗意美学中的更为柔和婉约的韵律——这些韵律会加入沉默和奇异的元素，这类情绪在大众看来是讨人嫌的，他们喜欢的是絮叨和嘈杂的白话。而不露锋芒的韵律诗是从安静的心灵发出的 ……。法国大革命带来知识界的觉醒至今尚未结出任何诗性的果实，无论影响有多大，无论它是一件多么与磨砺心智结缘的事，总之它还未能与诗结缘，一如过去未能与华兹华斯和雪莱结缘。雪莱将它转化成诗的努力是失败的 ……。雨果与他们完全不同，当他远离大众，并用我的话来说赋予体验以一种荣耀（我对这词之定义）时，他的诗歌就像淬砺到了最佳时机的刀剑，只要一首抒情诗就能刺穿我怠惰、傲慢、冷漠的厚重盔甲，一直刺到我的骨髓。……

/ 第七十三封信

致 W.B. 叶芝

（1915 年）

“沉溺的技巧”在我看来是个蛮恰当的说法，应该会流行起来。一旦一个画家画出来的画并不是他真正感兴趣的东西，他就会转而求助他的纯熟技法，这时他制作的画是以“高端人士认可的惯常思维表达模式”为依归的。我记得赫尔科默[①]画过一些被称之为“抽象美”的人物画，埃德温·埃利斯对此大为激赏。埃利斯本人是极聪明的人，聪明人会对同类惺惺相惜，而聪明这个词的另一层含义是有技巧。德国的雕塑和建筑属于我所归在沉溺的技巧之范例，因为艺术家生产这些作品是循规则秩序而来，作品里不含任何其他情趣。如果在狄更斯时代也有伊丽莎白一世这样的君主，如果女王下令让他创作一个美人——凭他过人的聪明，肯定能完成任务，毫无疑问他的崇拜者仍会认为他实现了自我超越。因为人们打心眼里崇拜沉溺的技巧。埃德温·埃利斯绝不是一个孤例，特别在操着伦敦腔

① 或指胡伯特·冯·赫尔科默（Hubert von Herkomer，1849—1914），德裔英国画家。

的拥挤城区，没人真有闲暇对任何东西发生兴趣。G.B.S. ① 大概不会尝试这个任务——事实上他也做不到——他会因大笑和自嘲呛得透不过气来。

① 或指萧伯纳。

/　第七十四封信

致 W.B. 叶芝

纽约，1915 年

……。数学和科学之外，再无所谓实证的信念了，但是的确有某种强烈的情感——无论是爱，希望，还是悲伤，或恐惧——我们将其冠以信念之名；对一个孤独的人来说，这依旧只是情感，且非常私人化，因而正可作为诗的本质。对一个善于交友的人来说，这种情感具体而成意见，变为散文的本质，它又以一种求得名声的方式或以乖张竞技的方式来构思和发表。卡莱尔为了使得他的信念长久不衰，终其一生都不得不持续着一种斥责的、预言的、对人说教的态度。考文垂·帕特摩尔[①]是一位善于交友的人，结果他也不见得相信自己如此偏执地表明信仰的各种教条。于是乎他总是在一种“苦大仇深”中写作，这是所有情感中最喜欢搭伴的。有怨恨的人是绝不能独处的人，他必得让他的怨恨对象如影随形，无论是真实地出现在他眼皮底下，还是缠绕在他的脑海里。我曾经认识一位受过良好教育的漂亮女性，她待客一向殷勤有加。为什么这么殷勤？原来她极为迫切地要与人过招，这样她可以找到与她有矛

---

① 考文垂·帕特摩尔（Coventry Patmore，1823—1896），英国诗人、评论家。

盾的人，可以不断抬杠争执；我们都受到过这种喀耳刻式[①]的款待。在“可怕的夜”[②]的诗人那里，我们看到了一个真正的孤独者；兰多也是这样的隐者，虽然在他的例子中这种孤独可能是刻意为之。布朗宁则是善于交友的人，一个吸引公众注意力的高手，他有着洪亮的嗓音，有时说话前后矛盾，却总因为他的精力和学识而具有慑服力，在公众眼里因也更显得突出。每个人一生中都有可能不时受到一种孤独精神的造访，所以便是如布朗宁，偶尔也会吟唱悠扬悦耳的乐章。柯尔律治[③]是孤独的，他写作也罢，谈话也罢，总像是在内心独白：他的这种人格魅力似乎倾倒了所有人，却不受易怒而任性的卡莱尔的赏识。

旧时的隐士喜欢荒漠的直觉是对的，因为它意味一种自处的生活方式。但他们如果认为在荒漠中，听不见人声，看不见人脸，不管男女老少，将人类这种植物从自然环境中连根拔起，这种观念则是错的。……

你有没有读过哈代的小说？从我刚读完的他的小说中的一部来评判，加之看到他的画像中的眼神，我会认为他是一个真正的孤独者。梅瑞狄斯在我眼中则可归入善于交友的人一类，他的神经总能触到社会的兴奋点，他的情绪或被周遭的人

① 喀耳刻，希腊神话中的女巫，能将人变为牲畜。

② 或指威廉·布莱克《摇篮曲》中的一句“可怕的夜就要破晓”。

③ 萨缪尔·泰勒·柯尔律治（Samuel Taylor Coleridge，1772—1834），英国诗人，评论家。

激怒，或被他们平抚，于是他与人交往时总是忙于辩驳论证。他很少踏上那条诗歌蒙选者的羊肠小道，而是英武地和他的同伴们在康庄大道上行走，他是能言善道的人，一位演讲师，也是一个说话一针见血的好手。在哈代的句子中，总有一种压低的声音，有如诗歌中的沉吟，又或如大海拍击远处巉岩立礁的回响。

综观诗歌和艺术的世界，如今我们难道没有发现大量的词语仅能表达贫乏的意境？难道这种现象不是因为我们有太多的善于交友的人，而太少的孤独的人了么？善于交友的人采用的方法是找到某个人人都认同的真理，通过反复强调这个真理，激起他同为人类的一些人的精神上的兴奋和知识上的功用。比如卡莱尔，深谙人人都厌憎谎言，于是乎大谈特谈这个世界是如何靠着各式各样的假拟妄称心满意足地行骗。卡莱尔的全部思想观念和哲理的意思可能只有几页纸就能穷尽，但他洋洋洒洒写着长篇大论来铺陈这些意思。反观布莱克和所有伟大诗人，意义的丰赡远胜用语的丰赡——即使词语被强解到它们最大的极限，节律、诗行、声调、神韵、姿态的每一种变化都被列入解释之列，人们也只有在悉心研究之后才能悟出其道理，而且即便如此，也难以穷尽其意，除非我们和诗人共同的情绪心有灵犀地点燃起来。因为诗意不是一件可以交流或解释的东西，它只能被揭示，它是一种幻象，一种梦境，仅此而已。我们看见了，或看不见，就这么简单。——能够交流或解释的东西叫作散文。

/ 第七十五封信

致伊丽莎白·叶芝

纽约

1915年2月17日

……。至于睡眠，我只悟出一个有助于睡眠的方法——通过走路锻炼。现在在纽约，我简直到了不走路就无法入睡的地步，所以我每天要走很长路——哪怕积雪泥泞，寒风刺骨，我也会拖曳费劲的步子，踏上令人生畏的街道。夏天同样苦不堪言，大汗淋漓，衣衫透湿。此外我将自己的肉类摄入量降至了最低——只吃一个鸡腿，天天如此；早餐是煮沸的牛奶加少许咖啡，面包，黄油，一个橙子；午餐是蔬菜，肉汁，一个橙子；晚餐就是刚才提到的一只鸡腿，一些蔬菜，沙拉，苹果或橙子；晚餐我会喝一瓶加州产的红葡萄酒。就是这样的食谱，我也必须走路。美国人从不走路。冬天嫌太冷，夏天嫌太热，——但我得走——我母亲的一个固有观念是行走包治百病。如果你说眼睛痒，她就担心地看着你说："这是胆毒发作，你必须出去走一圈。"在她年轻的时候，医生就发现了散步的好处。伦敦的名医艾伯内西[①]——（他祖籍

---

① 或指约翰·艾伯内西（John Abernethy，1764—1831），英国外科医生。

德里[①]，是个不拘的粗人）会对一位时髦的伯爵夫人说，“卖掉你的油壁香车，太太，去买个铁环滚起来。”艾伯内西应该转世到纽约行医，那么我们现在听到的所谓“美国神经紧张症”就会少很多。我知道如果我放任自己，也会得这种神经紧张症的。我太清楚了。

……。上个星期一我去了某某路上的一所“艾家”[②]，令我大为讶异的是某某竟如此无聊——至少接触下来是这样——我简直不能相信这些人的无知。某某本人声称自己是泰戈尔的热烈崇拜者，然而当她从我这里得知泰戈尔是一位印度人，她变得呆若木鸡，惊愕不已。她们全都在谈论文学，谈论戏剧，但涉猎其中的主题就知道她们对此没有最基本的知识。她们真正喜欢的只是日常生活，只要聊到身边的琐事，她们就眉飞色舞，倒也显露出她们心本善良的最堪称道的气质。这种气质她们每个人身上都有——不管她们换成美元的价值是多少，她们有大把的美元。

某某很能说，合了她的良好感觉时也不失为有趣的人。如果我们在敦德兰的时候遇到她——没准她倒能成气候。她告诉我她敢打包票伊莎多拉·邓肯[③]已经精神失常了，她是从伊莎

---

① 德里（Derry），正式名称伦敦德里（Londonderry），英国在北爱尔兰第二大城市。

② 艾家（At Home），直译为“在家”，未知是何性质的场所，从本文及第一百三十二封信的语境看，似为“女子俱乐部”之类的营业的会馆，并有多处分馆。姑且音义兼顾地译作“艾家”。

③ 参见第二十九封信的注释。

多拉对她说的话中得出这一结论的——当然是因为她失去了她的孩子。老人在这些“艾家”里看上去就像人形冰柱 …… 我心绪这么悒悒寡欢也许全都因为这个事实——这些“艾家”里的女子都这么年轻，她们根本不听我说话，甚至都懒得正眼瞧我。在纽约，人们先是对你的年龄大惊小怪地恭维一番，让你觉得自己老态龙钟，然后有了这一层“敬老”的铺垫，人们就可以理直气壮地忽略你的存在了。这件事上倒是在旧大陆感觉好些。——你的亲爱的—— J.B. 叶芝

/ 第七十六封信

致奥利弗·艾尔顿

纽约

1915年12月17日

很早前你就催我写信，出于我们多年情谊，我也一直很想写信给你。但是信中能说什么？——我正住在（某种意义上所有人都如此）一幢慢慢燃烧的屋子里，消防员也在，因为他们慷慨地为我冒着生命危险，我就不得不忍受他们飞扬跋扈的方式和野蛮的手段。——我在求生，他们随时为我赴死，所以我必须屈从——假若我终能苟活下来，是必须以放弃一切值得生活的理由为代价的。这就是战争呈现在我面前的印象。我对这些消防员表示赞赏，为他们的英勇行为唱颂歌，激发他们再接再厉——我甚至对他们说战争本身有其益处，我们会因此变得更好——但我真的不相信这个道理。…… 至于［战争］对文学本身造成的影响，倒应该是微乎其微的——只要目前甚嚣尘上的乱象平息不复返，知更鸟仍会引吭啼鸣它的芦笛小调，黑鹂和画眉仍会在枝头啁啾，它们的歌声骄傲而炫示，而夜莺则在茂密树林深处发出激越的颤啭——诗人就是这些鸟儿的化身。诗人面对的，在我看来，是终极的人性——它一直下沉到深不可测的地方。毫无疑问，社会结构将会发生变化，其间会涌现大量以散文和诗文的形式写作的雄辩家，但真正的诗人会避开领一时风潮的、转瞬即逝的现象，而去关心那些值得恒久关心的话题——终极的人性。

你也许会问什么是终极的人性。记得《钦契一家》[①]的结尾么？那些女人有一搭没一搭说些不着边的琐屑事，仅仅是为了分散彼此的注意力，以免直接面对等待着她们的死亡。《哈姆雷特》从头到尾的主题都在谈论终极的人，——人们也会联想起匿身于大洋深处的海盗头子和女妖塞壬。士兵是不真实和不自然的人，他们为某种目的存在，世间多数人亦相去不远。——诗人是仅有的真实的和自然的一类，因为他们怀揣着美妙乐音的秘密，有如漂亮的孩童，他们嗔怪的模样也妙不可言。为什么生气的孩童的举止在我们眼里无可厚非？因为我们能辨认出他们的智慧。最伟大的圣者也不可能更聪明，因为智慧这件事，在我看来，就是真实地面对自己，真实地面对你的知识（知识在孩童那里是有限的，在圣者那里依然是有限的）。根据大众的智慧，士兵如果骁勇善战，就够聪明；相类的聪明还有演说家在演说中苦心孤诣营造出的一众喧腾。而诗人们必须对另类智慧——真正的智慧，人性的智慧——保持一种抗辩的声音；这种智慧不能落入虚荣的窠臼——这种虚假的荣耀其实是耻辱，导致身败名裂；——他们必须追求展示真我的自由，如此每一个直觉，每一种本能，都有可能孕育花蕊和

---

①《钦契一家》(*The Cenci*)，珀西·雪莱作于1819年的一部五幕悲剧。

果实。……

某某完全是自我的，彻头彻尾的自我，体现得一览无余。如果他的妻子是知性的，且爱着他，我倒是很想听听她是如何看待他的。因为爱，真爱，就意味着真知——不是普通人想象的带了亲情的偏见和任性的无知，虽说谈到所爱的人，很可能意味着没有是非判断。一个深爱丈夫和孩子的女人在这个意义上有点儿像诗人。她对一切都心有灵犀；她永远都嫌了解得不够。艺术激情如何在诗人身上体现？难道不是体现在他对有限情势的深刻认知上么？我们聆听他，是因为感到他心有灵犀：在同样的行迹中，我们认出充满爱意的妻子和充满爱意的母亲。这些人不会赞美她们所爱的人，也不会景仰他——她们做不到——她们不像那些自我赞美的愚蠢的人。一个人当然可以自恋，但上述强大的爱如此澎湃，它完全不能容忍自恋的矫情。

/ 第七十七封信

致约瑟夫·霍恩

1907年阿比剧院上演《花花公子》一剧后引发骚乱，当时J.B.叶芝是辩论中的一位主要发言人。他的儿子在《美好崇高的事物》一诗中对此亦有记录，但所述内容颇有不同：

我父亲立于阿比舞台，眼前的人群沸反盈天。

“这片圣徒林立的大地”，等到喝彩声渐渐平缓，

“而圣徒却是一尊尊石膏”，他将优雅而狡黠的头甩向肩后。

纽约

1915年12月29日

……。我当然没有发表什么同情杀父[①]的演说。这怎么可能呢？当时情形是这样的：一开始我讲了几句关于辛格的介

---

① 辛格《西方世界的花花公子》的剧情为一农村青年在陌生的村子里向人吹嘘他杀了自己的父亲而成了英雄，但他父亲活着出现在那个村子里，于是此人失去了村民尊敬。此剧在都柏林阿比剧院1907年首演时引起骚动，观众抗议此剧对爱尔兰人喜欢自夸和美化暴力倾向的无情描写。且此剧在1911年纽约首演和之后波士顿及费城的演出，都引发类似骚动。

绍，这引起了听众的兴趣，随后我说："我当然明白爱尔兰是一个圣徒之岛，但感谢上帝它也是一个罪人之岛——不幸的是，在这个国家里，人民的生杀予夺都必须躲在一张欺诈之幕的背后进行。"刚说到这里，主席和我儿子都同时喊道"时间到了，时间到了"。我看见了群起的迹象，就像《失乐园》里的魔鬼那般逃之夭夭。次日晨报说我是被吼声轰下台的。其实更糟，我是被拉下台的……。那个"欺诈之幕"是瞬间闪现在脑子里的句子，我觉得是个恰切的表达，但是用在当时明显地铸成大错，虽然我还是很欣赏这个意思。…… 我的祖上有一名为沃伊金[①]的先人，准是一位法国胡格诺派教徒——这大概是我不知哪一辈谋过面的人，他将整个家族染上某种温文儒雅的福音主义的色彩；否则我也不能解释像我父亲这样以智性见长的家庭何以存此遗风；[将此遗风] 指向一位法国先人也算是彬彬有礼了。

您会与您的堂兄纳特·霍恩[②]见面么？他是一位了不起的画家。您如果与他见面，请转告他，我在约翰·奎因这里常常看到他的作品，他的作品和许多名画摆放在一起，如一些著名的法国现代画家和美国现代画家的作品（约翰·奎因的艺术知识无比扎实），但我觉得他的画在情感的深度和诗意上比其他那些画更胜一筹。我经常去造访观摩，时而喜欢其中一幅，时而又喜欢其中另一幅。最近喜欢的是画中有虹霓的一幅，在棕褐色的大海海面一抹若隐若现的色彩。

① 参见第四十四封信的注释。

② 纳撒尼尔·霍恩（Nathaniel Hone，1831—1917），爱尔兰画家。

/ 第七十八封信

致 W.B. 叶芝

纽约

1916 年 2 月 2 日

……。我的看法是我们总在做梦——以不同形式、不同影响力呈现的桌椅、妇孺、妻子、红颜、街上的行人，都是梦的起点。倘使我们入眠，梦境就不克控制，也不能纠正那些与记忆和希望的世界不符的事实。——漫漫长夜，在睡神云雾笼罩下，在我们的黑甜乡里，尽是那些深深藏匿在我们潜意识里的意象。待我们慢慢恢复意识，半梦半醒之间我们注意到了梦的情景，细细回忆它们，玩味它们，直到完全的清醒使我们彻底回过神来，复与现实世界续上联系。睡寐中的梦远离实况，但清醒时的梦与实况有着千丝万缕的联系；因为实况催生我们的梦境，为梦境添加养料，如果我们足智多谋并天生感觉敏锐，我们就能极为接近现实；又因为某些实况，或以某种特殊角度观察的实况，的确可能伤害我们的梦境，使我们备受煎熬，所以我们要获得某种驾驭它们的知识，这样便能消解它们可能对我们施行的伤害力。一位恋爱中人追求他的心上人，既有成心自欺的一面，巧言诡辩的一面，同时另一面则充满知识的渗透和力量。所有人从早到晚都是艺术家，连整个夜间也都是，他创作着一幕幕梦幻；我们作为艺术家的创作是刻意的，带着科学和意识的目的，加上某种雄心壮志，而普通人的创作则可能在不知不觉中就完成了。不论清醒的时候，还是睡寐的时候，我们的行为，我们的思维，其实都被我们的各种梦境裹挟着——只有当我们咽气，灵肉分离，梦弃我们远去，这一切才告一段落。

所有伟大的诗人和艺术家在他的极限之内都是极具才华的——他们口中的艺术和其他事物一样不断发展——但我要问，是朝着哪个方向发展？——应该是朝着逼近那个极限的方向发展。

在过去，人的脸和手足等都只是以轮廓表示；不久以前，作画中阴影部分也还总是用褐色调制。经过长期的辩论，人们现在意识到阴影部分应该是蓝色和紫色的，——为什么说这是审美上的发展？因为这种观察更逼近真实，更逼近那个极限。米开朗琪罗因其大理石雕塑中人体肌肉的那种悸动的质感而远胜他的前人。

那些声称再现事实会拖了艺术后腿的艺术家得罪的是艺术的开宗明义的法则——艺术是一种模拟——所以艺术是具象的，因为你只能模拟具体的情事。……

/ 第七十九封信

致 W.B. 叶芝

1916 年 2 月 10 日

纽约，29 街西 317

我亲爱的威利——在美国，最受欢迎的道德说教是用服务这个词来解释的。不论男女老少，每个人都成长于服务这种意识，它足以扼杀真诚。在美国，没有那种可以称之为真诚的事物。民主的作用是每个公民，凭着他的公民权和选举权，都将自己视作拥有某种公共地位的人。苏格拉底在他的自辩书中说道，他很快发现在民主的雅典，如果他窃据着一个公共职务，他就无法为真理效力；职是之故，他放弃了所有公共服务的机会，使自己完全投身于私人生活领域，在那里，他可以切切实实探索真理。铁路公司或其他大商号的负责人——如果他要对客户尽一己之责，就得放弃某些讲信誉求诚实的良善主张，转而采取见怪不怪的贪污受贿等手段，做出一些他也不愿承认的［字迹不可辨］。一家报刊的主编，若被社会主义宣传或哲学上的无政府主义思潮收编，会发现他不得不用有失偏颇的态度看待真相，就像那些人在诚信上的作为，他不惜对一些问题夸大其辞或含糊其辞，这种方式最终导致他们丧失了所有感受力，而感受力对人们精准行使酌处权是至关重要的，它亦是培养诗性灵魂的激情的根柢。如果一位诗人完好保存着他对真理的感受力，诗性的激情就会一直安抚他，启发他，即便他不具备所有其他懿德。我对你描述的阿瑟·贝尔福[①]颇感意外。因为你描述的是一位群体领袖。民众认为领袖人物应该是献身公共服务的，而服务在民众眼里意味着领袖人物必须迎合追随者的需要。在这类领导人中，威尔逊总统几乎不能作为此等典型特征的一个佳例，因为他过于明显地、坦率得令人难堪地表达了他欲服务追随者的愿望。真正的领袖人物只服务于真理，而非人，亦非他的追随者，他不在乎权贵，也不在乎自己行使权力，他拥有的权力仅限于他求索真理之用；而我们追随他，当我们的注意力被引导到这方面来的时候，同样是为了达到求索真理的目的——这是人性的一个根本的法则，可惜我们常常因为受激情或私利误导，而对这个法则存有贰心。在我看来你的外祖父波勒克斯芬可算是个领袖——他不是那种具备大规模知识能力的人，因而只是个领袖的雏形。但他生来就对权威及其行使的权力轻蔑不屑，而他的诚意是满分的——这样一些人也能获得踊跃的听众。他们的指令没有耀武扬威的成分，因为促使我们与之面对面的不是一个人的“自我”。他们和我们所有人都服务于一个情人，这个情人发布的所有命令我们都必须遵从。如果威尔逊总统是一位真正的领袖，他就应该像苏格拉底

---

① 参见第九十八封信的注释。——原注

阿瑟·贝尔福（Arthur Balfour，1848—1930），英国保守党领袖，曾出任首相和外交大臣。——译注

那样致力于公众行为中的真理，这些真理若填充到了思想振幅的最大部分的曲线，美国人就会像羊群跟着牧羊人一样跟着他。当然我这里说的真理，不是逻辑学上或科学意义上的真理，而是属于个人的真诚的某种内核，某种只有在艺术行为或艺术作品中方能揭示自身的神秘之物。逻辑和科学是公共稽查员，他们做的是分析和核准的工作。诗人则必须在本性上具备这种真诚，培养这种真诚。否则魅力和凝聚力就会弃他们而去。

服务的教义之所以盛行，我认为大部分原因是女性的原因，虽然女性在美国的影响力强大到可以发表诗作，但她们目前是，将来几代人仍可能是，一个顺从男性的群体；而作为归化于这套教义最有代表意义的女性，恰恰是知识女性，那些被称为解放了的女性，她们将迄今为止仅仅作为女性心照不宣的处境变成了清晰可见的东西。按照她的处世之道，女性很难把握属于个人的真诚的概念，且因为民主和大众的焦虑，她的嘉言懿行的理念就是提供服务——无论是作为主人，还是作为仆人——提供某种简便易行的方式去形成和品味意见。我们向来奉理性或逻辑为主人。但理性成不了主人，它的职责是个批评家。一个人爱他的母亲，理性告诉他，他的母亲不如其他女人漂亮，不如其他女人聪明，不如其他女人有成就，但他内心深处仍有一种情感在回应横亘在喉的理性，或如果他倾听——他很可能这么做——他会发现他并不因此摧毁了孝心和偏爱，而有一种超越他理解力的珍贵的神秘力量默许这种情感。在行为问题上，比如在爱国主义或家庭亲情，在有着千百种不同方向的问题上，完全遵循理性的人会在一条崎岖的小路上徘徊，如果诗人这么做，无异于向枯井中汲水。

现实中，立体主义画派和运用自由诗体写作的人在这一类异端的路上走得有多远？——这些人背离了真正的诗和艺术的深沉秘密，而去主张一些保证他们与迷茫的对手进行的混战中能唾手可得地赢取胜利的东西。他们为逻辑的胜利而战，如果我们不能应战，[至少] 我们知道他们是错的，我们憎恶他们，并将（老天有眼!）一直憎恶下去。一个诗人首先必须是真理的仆人，他们是仆人而不是那种逻辑的斗士。只有在与真理进行的熟悉的对话中——这种对话是奔放而不受约束的，赤裸且毫无顾忌——诗人才能畅快地呼吸。他必须，如其所为，迈着热忱的步履，挽着她的手臂，这才能写出诗来，这诗是心跳，是温暖的气息，是她芬芳的存在。我走笔是不是有点儿过于狂放了？其实不然。要描述诗人与真理的各种关系，修辞比喻是必不可少的笔法。——你的亲爱的—— J.B. 叶芝

你是否注意到，我们谈论一位天才，就有人试图解释他曾失败？而有人说起某个身手不凡的人，我们就得试图历数他是如何成功的，这对于我谈及道顿的时候也是颇为贴切的。

/ 第八十封信

致莉丽·叶芝

1916年3月6日

……。我出去散步时，总要在离此地不远的宾夕法尼亚火车站待很久。我在里面待着感到很是惬意自如，车站巨大，全部用电供暖，商店林立——而且看不到火车，听不到汽笛，这些景象都发生在地下，那要走一大段台阶才能到达。人们上下车永远行色匆匆——不管有多少人，都很快消失在宽阔的空间里。黑人搬运工在人群中穿梭找提行李的活儿，人们的脚步泛起一阵欢快的熙来攘往。……

/ 第八十一封信

致 W.B. 叶芝

1916 年 4 月 28 日

纽约，29 街西 317

我亲爱的威利——人们觉得诗人的生活杂乱无章，而且得靠着这种杂乱无章才能写得出诗来。果真如此，也仅仅是因为失序的痛苦激发了诗人的智力，一心想要让他们的世界恢复秩序，这样他们可以在其后的沉静和安谧中，获得歌唱的许可。诗人是一个有秩序的人，因为他不能容忍单一的情感永远保持单一的状态，他要强迫单一情感与其他所有情感建立和谐关系。他是一个完整的人，其他人倒有可能是片面的；他的义愤出自于一个完整的人的义愤，他的爱情也出自于一个完整的人的爱情，他的内心生活是充盈的，复杂的。

自我控制是诗人存在的精髓。从海洋和船舶大学毕业的水手成为大副和船长通常都有过人的个性。他们在船头前甲板上经历的严格训练，即自我控制的训练，培养了他们以正确的方式成长。在一个凡事都必须通过自我控制才能完成的环境中，孤独寂寞和自我交流造就了他们的人格，这是一种真正的人格，即便是至为朴素的人格。

要能够让水手有效工作，不论船长或大副甚至只是同事都必须意识到——且其他人也必须同样意识到——他的一切言行都受着他自身每一部分的约束，如果一个人发现自身有一部分脱离了这种约束，他的性格就是不完整的，忽略的部分对他的影响力会产生滋扰乃至彻底损毁他的影响力。约翰·波勒克斯芬[1]的海上故事就很有意思，因为它们揭示并阐明了上述原理。他有一次对我说起他觉得自己常常为一件事困扰，那就是他想清楚一个问题得花时间，但思考对于他从来不是一个逻辑的过程，而是一个咨询的过程——他向构成他个性的各种直觉讨教，让它们帮他定夺。如果这里尚有逻辑成分，那也是事后才显示出来。他首先得“作出决定”，也许这之后才用到逻辑去自圆其说。如果没有个性支持，单凭逻辑推断，他大概能成为海洋法的律师，他的意见不论在朋友中还是在对手中都无足轻重，正应了哈姆雷特台词中的“那都是些空话，空话”。

昨天我去了一所女校的排练现场，她们在排演你的三出戏剧，看到好些可爱的青涩女孩，歌喉脆如云雀。《黛特》是其中之一，看她们漏了台词，蛮滑稽的。几年前她们演过你的《心愿之乡》，有八百美元的门票收入，她们把这笔钱捐给了一家医院，还帮出版商卖出了一百本诗集。

女校由两位女士管理，这是最人性的设置。女孩们的排练很认真，我毫不踟蹰地表达了我的感受，但她们每个人都还是

① J.B. 叶芝的内弟。

热切渴望得到指点和建议，因为她们谁也没见过爱尔兰的戏剧究竟是怎样演出的。我觉得她们唱得相当好。——你的亲爱的—— J.B. 叶芝

/ 第八十二封信

致莉丽·叶芝

纽约

1916 年 5 月 17 日

……那么说霍尔姆斯法官[①]去世了。[很久的]若干年前我们还住桑迪芒特附近时，他和我吃过一餐饭。1867 年我离开都柏林前往伦敦前，他请我和其他四个人到他住在纳尔森街的小宿舍里见面，除了我之外，那天在他家的其他人日后都成了爱尔兰最高法院的法官，——还有一人是牙买加法院的法官——他们都收入丰厚，车马财帛应有尽有。但这几个人，除休·霍尔姆斯之外，都早已作古，不复为人缅怀，只有他们的儿孙记得他们。和他们相比，我是不是有资格认为自己是成功的呢？至少我倾向于认为他们中的任何一个人可能放弃他的荣华富贵来换取我活得更久的岁月，更不提我有这么优秀的后代了，当然包括你。要是我能见到孙辈就更完美了……！[原编者按：他果然很快就见到了。]

奎因说即将到来的选举可能难以撼动威尔逊，他担心罗斯福不会得到提名。他[罗斯福]是历史的宠儿，才智出众，但

① 霍尔姆斯法官（Lord Justice Holmes），或指休·霍尔姆斯（Hugh Holmes，1840—1916），爱尔兰统一党国会议员，上诉法院法官。

他使他的国人担惊受怕。美国也许会出兵打仗，但永远不会投票赞成战争，如果投票支持罗斯福，选民可能会觉得投票支持战争了。我个人认为，和平在罗斯福手中可能比在威尔逊含糊游移的手中更有保障。……

这些处决[①]在我们这里也掀起了不小波澜。这个国家最强盛的元素是人道主义情愫，而非“懦弱的”南方对黑人处以私刑所能代表的。

① 指发生在1916年都柏林复活节一周起义之后［对起义人员］在都柏林进行的处决。——原注

/ 第八十三封信

致哈特太太

纽约

1916年5月25日

我亲爱的哈特太太——接读露丝来信并看到您的附言何其会心，必得援笔给您亲自回复方能表达谢忱。重返桑梓之事时刻挂在心头。一年前威利访美时就希望我随他一同归还，他说为我偿付所有路费，而这只是回家度假，之后我还可以再来。但我对回家顾虑重重。谋生太艰难了——在这儿至少总是有些事情让我忙碌着。我开讲座，写文章，画肖像——即便我的本性缺乏在现实生活中追求成功的因素，但在这儿我还是备受激励的。我画得比大部分人都好，只是“大部分人”都能将他们的既有才华变作成功的现实。如果我年轻些，通过阅读和积累知识，准备妥当，相信我会在讲坛上做出更大成就。我的禀性中蕴含着某种传教士的热情。我会高声说话，肢体语言灵活，辅以恰当的手势、自然的微笑，穿插着一两桩奇闻逸事，总之在讲坛上感染听众的各种能力我都不差。我去年圣诞在匹兹堡开过讲座，主持人（一位女士）之后写信来称我的讲座是当年举办的最出色的讲座之一，可以和梅斯菲尔德[①]，诺伊斯[②]等人媲美，事实上这都是些来自英格兰的杰出人士。之后我在纽约又开过一场更为成功的讲座，好评如潮。我还写了一本书，或在圣诞节前后由我女儿在她“卓越的”印刷厂——夸拉印刷厂出版。

我饶有兴致地品读露丝的来信，欣慰地看到您的儿女们一个个家庭生活幸福美满。我离开都柏林的时候，他们都还乳臭未干呐，最大的也刚成年，现在他们都已为人父母，成了肩负家庭责任的公民；露丝还说，您的身心健康，精神爽利。如果我在国内，我一定说服您给我时间让我为您画像。美国最好的画家看过我在现代美术馆和阿比剧院里的作品，他说我的肖像画比奥彭或萨金特画得更好（他在巴黎和马德里待了很多年，研究过他们两人的画——他本人在评论界也享有很高声誉）。

虽然仍很茫然无绪，但我确有认真考虑过待战争结束后叶落归根，或也许有可能的话在下一个冬天到来之前。每个冬天我都觉得过不下去，我不愿客死他乡，无缘再次踏上爱尔兰故土。我很遗憾地获悉休·霍尔姆斯的讣闻——说来也是奇怪，我和他已有三四十年没通半个字的音讯，但我好像能感知他的去世。在我成家的头两年，他时不时和我一起吃饭——他属于那个时期，我的青年和结婚时期，回忆起来恍如隔世。那时我住在桑迪芒特的一间小屋，威利还在襁褓中，当时我们两人生活都很窘迫，他则更是拮据，住在纳尔森街的宿舍里。我去伦

① 或指约翰·梅斯菲尔德（John Masefield，1878—1967），英国诗人、作家。

② 参见第五十封信的注释。

敦数日前的晚上曾和他见过面，我们一共五个人，除我之外其余人后来都当了法官，一个是大法官，——如今这些人中只有我还幸存于世——这是不是让我觉得我有功在焉？活着的画家是不是就比入土的法官好？那倒不见得；但如果说一息尚存仍可算作某种不起眼的满足，于我乃是差强人意的。退一步说，若非因为我在事业上这么不顺，默默无名，威利和杰克也不会成为这么努力奋斗的人。女儿们则又是另一回事。梅斯菲尔德对我认识的一位女士说起我的女儿是他见到的最有意思的女性。我希望能给您看这些信。……

想来霍斯美丽依旧——战争是否打下去又有什么关系呢？即使国内发生了可怕的悲剧都柏林起义，它也显得波澜不惊吧，玛哈菲最终当上了教务长就更不是什么大事了。但是雄心勃勃的建设者却使它如临大敌。我一旦回来，就要先留意他造成了多少破坏。事实是这个世界上人太多了。战争不会莫名其妙打起来，都因德意志民族的对外扩张到了这样的程度。——霍斯还能独善其身，都柏林就开发得太快了。

我们都对总统极为不满。用我的一位爱尔兰朋友的话来说："他造成了美国公共舆论的堕落，把一个国家变成了懦夫。"——我的希望寄托在罗斯福身上。——你的亲爱的——J.B. 叶芝

纽约的妇女界如今谣诼漫天，言总统夫人身怀六甲。她很富态，徐娘半老。女士们都热衷八卦而非战事，这是女人的永

恒话题，想必不久也会从纽约永远销声匿迹了吧。

这一任总统是不折不扣的多愁善感的人，于是乎大家记住了他的言论，“美国太傲气了，不能打仗”，还有一则，“欧洲为战争而狂”，——为战争而狂——这是历史上一场为最重要的问题进行的最重要的战争，英国加入的也许是它有史以来唯一一场受到称道的战争。

永远不要相信多愁善感者。他们都很相像，外表看上去个个道貌岸然，实则自私的伪君子和好色之徒。我们支持的罗斯福和他形成鲜明对比；罗斯福是一位浑身散发出勇气和热忱的真诚的人。

我听说所有南方人都胆小怕事，他们在南北战争中败下阵后就再没缓过劲儿来。罗斯福引证说威尔逊家族来自弗吉尼亚，一向明哲保身，他们在南北战争中骑墙观望，两边都不得罪。所以我们现在有了威尔逊；一个多愁善感的胆小鬼。我还听说他很懒——一个代理法国政府法律事务的律师告诉我的。我是一个以貌取人的相术家，从面相开始就对他看不顺眼。

/ 第八十四封信

致杰克·B. 叶芝

1916年8月19日

纽约，29街西317

我亲爱的杰克——今天一早秋高气爽——秋日时节总有几个星期这样的好天气；我将窗户全都开了，房子的背面很安静，没有尖声怪叫的孩子，因为［这个时期］整个纽约都没有孩子。我的心情自然变得舒服，很适宜思念家人，由此想到你和你完美的妻子。务请多给我写信。在我百年之后变成了一个沉默的、只存在记忆里的故人的时候，想到你给我写过很多次信，你也会非常欣慰的。所以请给我写信吧。

一个老人怕是只配回忆往事，但我对未来仍憧憬在心。我看海报，存着念想委托绘画的业务会随时出现——在匹兹堡的成功使我又看到了希望，我仍相信自己。你知道吗，我在情绪低落的时候，就取了你为哈尼图书作的插图把玩，每次都因其可爱和真实获得新的感触——你的画里有某种诗意的真实，谑而不虐。你知道约克·鲍威尔曾说你的精神里有着莎士比亚的遗风。——我还喜欢你的“百尺竿头”，你从来不让自己停顿——有天赋的人应该一辈子都像小孩那样日增夜长，永远永远不要进入成年。他必须怀抱新风格、新方法，不为赶时髦，而为不断从旧式样中夺胎换骨。有些人对威利颇有微词，因为他没有继续写［字迹不可辨］和抒情诗。这些人的埋怨是愚蠢的，我打心眼里对他们反感。我希望你处世也悠着点儿。我失败是因为我过去工作得太辛苦。让自己被那个丑陋的心魔驱赶，惴惴不安，换言之，我被恐惧攫取，它是生活中的妖怪，所有的或几乎所有的罪行和罪犯都能在某种恐惧中找到根源。我自从来到纽约，开始学会轻松处事，只要我内心觉得对一件事没有兴趣，就不会再为它多花一分钟时间。这是秘笈——永远不要强迫自己对不喜欢的事情发生兴趣。这未必是行为的金科玉律，但绝对是艺术的金科玉律，适用于埋头创作的艺术家。

我还有两场讲座的邀约，其中一场确定在专门的演讲厅进行。奎因承担租金。斯隆先生负责协调活动，处理一切问题。美国人是非常人道的民族，他们极为友善，富有同情心，助人为乐，天下一家，——的确，美国的“天下”含义是要多广有多广，一亿人皆有手足同胞之情和［字迹不可辨］。英国人不会在弘扬人道上下功夫，他根本不知如何去做，他已经忘却了。他只想——上帝保佑他单纯的心思——脚踏仅与他一己之任有关的小径，不管路是不是越走越窄。他一本正经地和妻子说话，一本正经地管教孩子，一本正经地支付账单。

这里的三个法国女人做事任劳任怨，比我见到的任何人都勤勤恳恳，但她们像孩子一样容易相处，我要是撒手人寰，她们会来痛哭流涕吻别我，悼念我，送我一程，祝我安息，她们身上充满人性，也惠及其他人。她们有过一位女房客，现在医院里，我们从她的浮肿看来已是弥留阶段了。她在这儿住了很长时间。裴蒂帕斯姐妹平日没有紧急事由是从来不离开这幢房子的，但她们常常前去探望这位前房客，怕她在医院饿肚子，给她捎去食物和水果。

/　第八十五封信

致奥利弗·艾尔顿

纽约

1916年9月25日

一位我有过半面之雅的年轻女士曾在晚餐时对我们几个人说起她和她丈夫加她的朋友和朋友的丈夫一起在森林里赤身裸体地小住。——我问她，是一丝不挂的裸体么？她答是的，一丝不挂。我问她为什么这样，她说下到湖里洗浴多方便呵！

/ 第八十六封信

致苏珊·米切尔

纽约

1916年10月12日

……。我好像在返老还童——或想来应该如此——如果我唠唠叨叨，你得报以宽宥态度。我又在读《大卫·科波菲尔》，便想再写几句狄更斯。那本书完全是梦境之说；里面的故事在现实中全无可能发生。它完全是根据欲望编出的；如果有什么与现实有联系——这样的联系不少——那也仅仅因为欲望必须依靠手头现有的材料酝酿梦想。你是否记得里奇[①]有一幅漫画，一间卧室的门外有一群人——气宇轩昂的管家，着装齐整的男仆，还有门童和咋呼的女佣——而这个家庭的主妇拖曳着撑开的繁复的裙裾（那个年代的时尚，裤衬长及鞋面），坐镇指挥这一干人忙里忙外，将一桶桶水搬来晃去。图下配的说明文字写道，因为杰基现在是海军军官学校的学生，听不到大海浪涛的声音就睡不着。这种漫画就是饶有智慧趣味的构思，因为现实中这是不可能发生的事。牧师布道时说浮世虚空——似乎也不尽然。上帝创世，世间就变成了真实，而艺术与诗反倒是虚

① 或指约翰·里奇（John Leech，1817—1864），英国漫画家。

空的；这个意思是说它们除了在人的想象中存续，再无容身之境。但凡不在这一类虚空中的，就不是诗画，不是幽默，也不是其他那些重要的东西。我们在逻辑和理性中一步步僵死，唯有凭藉想象，我们才有生机。一个爱他妻子的男人——他爱的是那个真真切切的女人么？他已经很久没有看到那个真切的女人了，虽然其他人眼中那个女人是现实中人，但在他的眼中他有一个梦中的妻子，也许在她的孩子的眼中那是一个梦中的母亲。

你比我更清楚——我认为某某小姐赶走了爱神丘比特，有如贝奇·绰特伍德[①]赶走她的地块上的那头驴。我对此深感惋惜。人的初尝幸福，他或她的追求梦想，都是从爱上一个人开始的。拷问一下你自己的内心就知道我说的是不是实情。假设你不是女性，不曾遭遇只有女性才会遭遇的传统约定，你会写什么样的爱情诗篇！我是怎么知道的？因为我是个相术家。我看见你笑了——我自己也笑了——我们一笑泯恩仇，所以你不要介意我的莽撞才好。——你的亲爱的——J.B. 叶芝

你是否仔细观察过某某小姐，她很了解什么叫作悲哀，也的确亲历过悲哀，但她从来不去了解什么叫做快乐，她好像从来不知道世界上还有快乐这回事，仙女的那根魔杖还未触及她聪明的额头，这也许是她不愿和我们这些人为伍的原因吧，在她眼中我们都傻乎乎的。

---

① 贝奇·绰特伍德（Betsey Trotwood），《大卫·科波菲尔》中的人物。

/ 第八十七封信

致奥利弗·艾尔顿

纽约

1916 年 12 月 6 日

为什么梅瑞狄斯这么艰涩难读？——首先他的评论非常广博深奥，摛翰振藻，语出奇崛，大肆卖弄高头讲章之学问。再看看他评论的对象，多是他书中的人物。那么这些人物究竟是谁？你只能看到他们模模糊糊的轮廓、花边、魅影——人们从未见他亲自与这些人物中的一个有过交集或体味过他们的生活——我们就更不曾有了——所以说对人物的评论变成了无中生有的东西。狄更斯用他的呼吸往他的人物角色身上吹了口气，使这些人物角色，他们所住的房子，他们常去的街道，都注入了生命、现实和力量的鲜活元素；反观深沉的乔治·梅瑞狄斯，他的浩瀚卷帙中，哪一个人物有着诚实的米考伯[①]一样明朗的个性？这才可以有的放矢地去评论。至少对我而言，我会将他归为“诚实的人”这个类别。狄更斯的所有人物都可以找到相应的属性。《大卫·科波菲尔》穿透着一种爱的气息——爱真实的人——这爱活灵活现，因为阿格尼丝、朵拉、

---

① 米考伯（Micawber），《大卫·科波菲尔》中的人物。

老姨妈佩葛蒂、大卫的母亲、特拉多斯，这些都是现实中看得到的一群人，他们的作息、精神和存在回荡在人间烟火中——就像莎士比亚笔下的芸芸众生那么真实。

/ 第八十八封信

致奥利弗·艾尔顿

纽约

1917年1月21日

我很有信心地期盼一个新盛世的到来。人类驾驭其命运和财富的能力不可限量。有朝一日生产的能力会强劲到这样一种程度，人们谋生度日易如反掌。这时孩子们完全按照他们所需要的那般生长，大家不再拥挤地窝在城市——我戏称为十五个人睡一张床——而是分散在更容易成长教育的环境里。人要达到一个自我的高度必须处于一个有质量的孤独环境，群居则不然。——与其做满嘴利他高调的演说家，或挑三拣四的慈善家，毋宁做清唱的夜莺。在实现这一场高歌猛进的梦想过程中，恐怕你和很多人都看到，两性问题也会悄然发生变化。在某些事情上，比如婚姻之类，我算是一个老朽的、灰头土脸的保守派人物了。婚姻是文明的最初果实，也是最近的。我认为一男一女选择了对方应该厮守一辈子，道理很简单，一生虽漫长，但期间会发生无数意外，几乎不够时间让一双男女去了解对方。在夫妻关系中，了解意味着爱。彻底了解了一个女人的男人有资格说他几乎参悟了世间所有其他情事。

致奥利弗·艾尔顿

纽约

1917 年 4 月 24 日

爱默生说一个人只要有这样的意识，每个人都可以是天之骄子。这套说辞对美国文明的影响其实很有害——像是新教教义走向疯狂的地步。于是我们心中那个小小的自我有时膨胀得有如歌利亚[①]，特别是艺术家这个群体，以为他们约定俗成地具有以自我为中心的权利。艺术家圈中主张非战的大有人在——这些非战主义者没有受过正规教育，没有独立思考能力。他们鼓吹和平主义就像一个小孩手里拿了一把子弹上膛的老枪。……

情绪主义是很糟糕的东西，它缺乏严肃性。——沃尔特·惠特曼说的有一半连他自己都不相信——都是些华而不实的大话。真正的诗人更像政治家，尽管他有着持久的激情，表现得却是铁石心肠。小诗人则黏乎伤感，英雄也是——他们都没有诗性和治国方略中那种高度严肃的东西。

① 圣经典故，喻庞然大物。

/ 第九十封信

致 W.B. 叶芝

1917 年 7 月 2 日

纽约，29 街西 317

我亲爱的威利——我认为群体意识是一件很邪恶的事——它把一个大度的人变成一个严厉的人，约翰·奎因就是个例子，有时像［此处原文漏字］粗暴倔强；原本英国人是敦厚实诚的，一点点古怪，但有着莎士比亚年代的神韵，现转而成了死气沉沉的不耐烦的人和伪善的人，如我们在最近这几代人中看到的样子。我刚认真读完屠格涅夫关于一个猎人的回忆录，惊叹于一个事实，即俄国农民和爱尔兰人非常相像（各个类型和阶层的爱尔兰人，不是西部英国人）。这些人，俄国人和爱尔兰人，都是个人主义者，他们感兴趣的只在个人身上，诗人，斗士，情人，插科打诨的人，歌咏的人，他们其实对任何与众不同的人都感兴趣。我觉得对爱尔兰来说这是个重要的现象，她是片蕞尔岛地，不想掺乎大英帝国那些惊天动地的事务。她像个在大集市里走散的孩子，淘气地东闯西闯，一点不感到害怕，甚至有点庆幸和大人走散。于是我们得以逃离群体意识，这种意识这些年来将英国过去的多彩生活变得黯然失色，它的诗坛的光芒也被掩蔽了。我很好奇，俄国革命以及创建一个俄国民主是否会戕害俄国文学。我还很想弄清古希腊文学的伟大是否由于雅典的规模比较小，且它的公共事务规模亦小的缘故。可堪对比的是诺曼人[1]总是在进行大规模交易，他们被迫就公共律法、义务和国家事务形成群体意识，个人意识无法彰显。大民族的群体意识在令人压抑的同时因各项责任的激励振兴得以取代了个人意识，个人意识则在四散的个人生活小历史中自生自衍——它很容易被吸收和宽容，不像群体意识，难以宽容和兼收并蓄，——他们唯一感兴趣的就是无情地强迫所有人都过着那种沉闷寡趣的就业生活。

你应该承认我们爱尔兰是没有群体意识的。英国人谴责我们缺乏庄重——所谓的缺乏不过是缺乏群体意识罢了。随便哪一天我们都更喜欢看鬼故事或童话，而不喜欢看《泰晤士报》，对了，也不喜欢正儿八经的好书，比如麦考利[2]的历史。——无疑过不了多久我们也会被群体意识俘获，看看人们劳作的愁苦，看看那些伟大的改革家推波助澜，就知道我们很快也会像英国下院那么乏味，像英格兰银行那么严肃。亚里士多德所谓诗出自模仿之说，意思是指生活中那些可以看见、感觉、参与的东西——比如意象和音乐——是必须随时存在的，伟大的诗体现的正是意象的极致和音乐的极致。在惠特曼的诗中，我们

① 诺曼人（the Normans），北欧维京人的一支，10 世纪在法国建诺曼底公国，之后扩张到意大利、英格兰、苏格兰、威尔士、爱尔兰等地，并对上述地区的政治军事文化产生影响。

② 或指托马斯・巴宾顿・麦考利（Thomas Babington Macaulay，1800—1859），英国历史学家。

几乎看不到意象和音乐，他受到欢迎是因为他的诗代表着为提振群体意识所作的努力，但他的意象是模糊的，飘忽的，他的音乐也很微弱，很单调。如果他是爱尔兰人或雅典人，他就不会致力于培养群体意识的宏大观点，反之会从个人意识出发叙述他的某些独特的自身历史和体验，而被灌输了群体意识的美国就不会认为他是重要的诗人了。——荷马史诗从头到尾，你都不曾瞥见一丁点儿群体意识的苍白面容。

这里的寓意是说——让大帝国消亡，让小民族兴盛。设想一个学童放假回家，发现全家都在全神贯注讨论一桩诉讼公案，他就得板着脸，抑制他原本的奔放，将他的对话变成大人的凝重口吻；如果这个学童打板球，他就得把这项运动当作任务，而不是纯粹玩乐，因为只有把它当作运动才能证明这是一件大事——总之这个学童得培养起他的群体意识，让大家觉得他是一个正经的小孩。这种意识扭曲了他的脾性，连他的母亲都不敢去亲吻他，他总是紧锁双眉，弄得人人都不想亲吻他——但这不要紧——他是个正经的小孩，将来会成为一个正经的大人——言必谈大事；我们爱尔兰人会对这张正儿八经的脸感到可笑，恐怕希腊人会同样笑罗马人的吧。

群体意识还在一个主题上泛滥——那种论争的诗和巧辩的诗，那种带着不宽容的情绪而进行的不宽容的抗衡，以各种虚假的方式和不真诚取代本该流露的真情，让恚怒来左右情绪并最终将情绪窒息为仇恨，而在这个地方情感是缺席的，关乎个人意识的对负罪和命运的沉思是缺席的——集体观念的东风劲吹，风干了充满渴望的个人灵魂中的温润和独特，也藏起了一首异质诗的花蜜，勤劳的蜜蜂可能采集到，也可能采集不到这些花蜜去贮藏在蜂巢里。……

/ 第九十一封信

致 W.B. 叶芝

（1917 年）

我亲爱的威利——奥菲利亚满脑子幻象。我遇见不少开口便飘飘欲仙的女性，但她们冒出的怪念头无非为了让谈话和表现给人更深的印象罢了。奥菲利亚的幻象是真实的，因此她也变成了一个孤独者（她记住别人只是因为她的善良天性和温顺的教养），远离了所有人的亲近。她也总父亲长父亲短的，但父亲的名字只在她幻象的表层漂浮，“她悲伤得失去了理智”，当然她不是自寻短见的。她根本还没有和生活发生足够的联系以致到想离开它的地步，这样才凸显她的悲伤心绪的痛彻——经由孤独，她达到了美丽和爱怜的顶点。她摆脱了苦难，一切都过去了。为什么一种非由痛苦伴随的孤独会牵动每个人的怜悯心，我很难解释——甚至很难揣度。“下贱的教士”非得给她按“残损者的葬礼”办，这倒不奇怪——无非是暴政下的毁灭本能而已，暴君总是仇视那些他们迫害的人。…… 也只有一个教士能对这样惊为天人的妙龄女子产生怨恨。对这个教士来说，因为不能为男人所为，——她的美丽就成为肉体上的冒犯，变成一句咒语，一股诱惑。有意思的是哈姆雷特也充满了类似奥菲利亚的幻象或迷痴，只不过奥菲利亚的疯是医家眼里的疯和诗家眼里的疯，而哈姆雷特的疯则尽是诗家的癫狂。欧文[①]对此有所不察，福布斯-罗伯逊[②]亦有所不察，——他们两人都小心翼翼地演绎，让每个观众都看出哈姆雷特其实并没有疯。我对欧文的表演记忆犹新——对罗伯逊的印象则不太确切了。现在我要是能回到年轻时代当一名演员就好了，因为我会赋予哈姆雷特一股迷幻的力量，定能俘获街头巷尾观众的谈资。欧文让哈姆雷特停顿下来，显示出太多的伤感悔意，这和哈姆雷特那种被幻象攫取的思绪大相径庭。他是绅士和王子，对游离于宫廷礼节之外的举动可以有一时的悔意，但即使是这样的悔意，也只是表面的。他的身心已经深陷一发不可收拾的梦幻世界，清醒反倒只是片刻。他还具有幻想之人的欲望，令其梦魂牵绕的念想显出现实的感觉，这也解释了他之前告别奥菲利亚时叫她进修道院的怪诞之举。和奥菲利亚一样，哈姆雷特也是“悲伤得失去了理智”的人，在幻象中所有人的行止都会如此怪诞。我觉得哈姆雷特有板有眼拘于礼貌形式，对干巴巴的逻辑一派若有所思的样子，都很好抓住了幻象状态的特征。真正的幻象特征是一个人坚信与他梦境完美契合的事就一定确有其事。

---

① 或指亨利·欧文（Henry Irving，1838—1905），英国舞台剧演员。

② 或指约翰斯顿·福布斯-罗伯逊（Johnston Forbes-Robertson，1853—1937），英国演员。

/ 第九十二封信

致 W.B. 叶芝

纽约

1918 年 1 月 23 日

……。我很高兴你在俱乐部讨论这一类的信，而不是在你的早餐餐桌上。在俱乐部里一个人总是倾注了智性的一面，而我觉得在与妻子共进早餐时则不尽然。那时智性不在其位，展示智性的机会只是一片荒僻的旷野，如果男人不承认，他的妻子也会承认，尤其她本人就是一位知识分子的话。……

我说过谦恭是艺术家的命数——如今每个人都陶醉在民主热情高涨的无畏之中，要为谦恭这个词辩护似乎还得先拱手谢罪一番。…… 谦恭不仅是艺术家的命数，而且是每个人的命数——只要他有着健全的身心和判断力——因为一个艺术家，如果首先不是一个具有自我意识的人，那他是什么呢？（我们知道，一个人只有爱尔兰人的名分是不够的。他是爱尔兰人，必须具有他是爱尔兰人这样的意识。）谦恭是每个真正的人的命数，也是每个真正的艺术家的命数。至于大人物和大艺术家身边常常围着一大群扈从清客，他们在哪里都是炙手可热，充满仪式感，但这只是“显摆”，令凡夫俗子说服自己这些人像神一样高不可攀。每一位国王的宫门内，每一位要人的侍从中，都有一位诚实的不愿一味阿谀奉承的参事，某一位霍拉旭[①]，或某一位肯特[②]，正因他们不愿仰视，才可能被认作友人和爱人。我每每见人活在一种赞美的生活里——比如某丈夫赞誉他的妻子或某妻子赞誉她的丈夫，或某位俗不可耐的有钱人向我们堆砌言不由衷的溢美之词，或某位亨利·欧文，无法忍受身边任何不景仰他的人（即便是他，也有一位忠诚的顾问艾伦·特里[③]）——就会觉得他们毋庸置疑全都遭受着丧失意识的折磨，因为在内心深处——只有他们自己清楚——他们是卑微的人和学生。（你难道不认为一个自负的人也有某些很动人的地方么？他的全副身心都在期待你的赞扬，为此出让他的灵魂也在所不惜。——当然你不能信任一个卖身求荣的人。）

①《哈姆雷特》中的人物。

②《李尔王》中的人物。

③ 参见第三十三封信的注释。

/ 第九十三封信

致奥利弗·艾尔顿

纽约

1918年2月23日

直到有朝一日人们宣称诗就是生活本身，而我们的生活走出自己的阴影和拙劣的模仿，世界方才变好，但此等良辰何时降临？俟我们生活是为了玩乐之时，然则此等良辰又何时降临？俟科学、密集农业和密集产业取得重大进展，或许还要加上计划生育的实施，使贫困像中世纪的黑死病那样远离我们。

我们生活是为了玩乐——这是我杜撰的口号——在这个理念下，我们将着手体验生活中的真实要素，我们忙碌的精神状态堪比一个春日清晨中生机盎然的天地万物。我们将以人的身份存在，而不仅仅以医生、律师、商人的身份存在：爱人，丈夫，妻子，孩子，父亲，朋友。这些是我们将升华的角色，整个文明与它们同行。我们的生活情绪自豪而欣喜，面临死神召唤时这种情绪也未见稍减。我们对生活中的事物有着深厚的兴趣，以致我们无暇顾影自怜。你知道不管人的身体如何衰退，精神是可以永葆青春的。这里所说的一切都不是恣意妄言，我对此充满信心，时光女神会为我所预言的这一切盖上一个实现的印记。

/ 第九十四封信

致 W.B. 叶芝

纽约

1918 年 3 月 12 日

……。欣赏埃兹拉·庞德的诗人们厌倦了美，因为他们觉得戏剧、诗、小说，乃至于生活中的美太常见了——这些美感大同小异，他们对它扮演的作用了然于胸，或他们以为如此。它不再是需要花时间去理解的东西，于是自然而然且不可避免地，他们转向诉诸丑，在对各种丑的形式的拟仿中欢闹。他们还会继续这一类效仿，直到掌握了扮演的把戏。诗人说，我那位叫作“美丽”的太太被我看腻了，还是来欣赏一下这个叫作“丑陋”的妖艳情人吧。我将和她生活在一起，我们会闹出多大的宣泄的动静啊——每天能迎来一场新的恐怖战栗。普罗米修斯离开他的岩崖和三位复仇女神同居了。

因为每一位诗人首先是肉眼凡胎，所以当他模仿和集结丑陋的东西时，填塞他内心的是怜悯，这点是不可回避的。他以美激发的热情，也就是爱，去换取以丑激发的热情，也就是怜悯。但怜悯不是爱。埃兹拉的诗人们好比那些舔拉撒路[①]疮的

① 拉撒路（Lazarus），参见《圣经·新约·路加福音》（16:20）。

狗。怜悯只能是怜悯。…… 你还记得巴尔扎克的《幽谷百合》么？小说女主人公无法接受她情人的建议将她可怕的丈夫置于她意志的道德约束之下，以她的强项来攻击他的弱项，以她的善对抗他的恶，这在她是不可能做到的。

“我不就得欺骗我的心，掩饰我的声音，板脸蹙眉，使我的行为变得败坏么？别要求我作这番假罢。”

“可他要是杀了您怎么办？”他的情人说，而她却回答道：

“上帝的意志谁也挡不住。”①

…… 。广袤宇宙中，只有人类才有能力做不真诚的事。为什么人类的真诚这么有力量？一旦找出这个神秘答案，我们就能通晓所有的事理。仅仅这个问题的指涉就使我们眼界大开。为什么人类的真诚总是能唤起爱？是否诚如诗人们所暗示的，在终极解析中，真诚本身就意味着爱？

允许我再加个附言：我觉得必须承认我们不愿意模仿任何我们看得很通透的东西。那引不起欲望。耳鬓厮磨的情人肯定是有所不知的；而且女人，她们藏着多少秘密！她们中最单纯的，也会有所保留；如果一切都被洞察，她就变得手足无措。这才是她收敛的意义。作为公众人物的男人也深谙此道——尽管有时也犯差池。格莱斯顿动辄作大量辩白，不如含蓄、滑头的迪斯累里②。皇族成员不动声色的作派如一门艺术般炉火纯

① 以上三段为法语。

② 参见第三十六封信的注释。

青，诗人则与逻辑水火不容。四月天的妩媚在于它的荣耀稍纵即逝。在一个四月天，我的灵魂总是燃烧着模仿的热情。……

我们有意模仿那些我们了解得很少的东西。一位妻子大概常常会笑着面对那些模仿她丈夫的人，因为她丈夫对她就像一本熟读的书。

人人都喜爱的和蔼之人反倒没人模仿。…… 一旦了解了就不再稀罕。我们只模仿那些难以捉摸的东西。……

致 W.B. 叶芝

纽约，第 29 街西 317

1918 年 4 月 13 日

我亲爱的威利——我很高兴乔治是个渔夫——我们都是钓鱼好手。我的一个舅舅亚瑟[①]平日在爱尔兰银行做职员，他只要有一天假期，就二话不说步行十四里路[②]到山间去钓鱼，日暮时分再步行十四里，带着他的渔获回家，第二天一早又去银行上班——这在他是家常便饭。我的表兄老弗雷蒂·比亚迪住在丹恩湖[③]，在湖边有一幢漂亮的房子，还有一些属地。当年我可没少去他那儿垂钓。亚瑟舅舅会在夏夜一口气走上十二里，为了不打搅他的家人，他就在暖棚里美美睡上一觉，第二天赶早晨七点的车回都柏林。

亚瑟舅舅总归感到失落——他的三个兄弟都是军官，其中一个还带领敢死队参加过占领仰光的战斗，之后成为了槟榔屿的总督。亚瑟舅舅因为口吃无缘同袍，这才做了银行职员，而且他的口吃也妨碍了他在银行的升迁。凭他的出众才华，他本

---

① 他母亲的兄弟亚瑟·科比特。——原注

② 爱尔兰里。下同。

③ 丹恩湖（Loch Dan），在爱尔兰威克洛郡。

该做到合伙人了。他的头脑中存有很多诗意，所以这么热衷钓鱼；——他还是个好射手呢！每年有两个星期他在位于多尼戈尔[①]的威廉·斯图亚特的山地度过愉快的狩猎时间，为此他还养了条狗。这条狗与他相依为命。他脾气躁，说翻脸就翻脸，也好动感情。我是一时烦他，一时又愿意为他做任何事。他真的会较劲得很招人嫌，而后他又结结巴巴说出一些叫人捧腹不已的话，俘获了每一个人。在捕鱼的时候，他的嫉妒心会莫名其妙发作。我记得我父亲在丹恩湖时偷偷向一个用蚯蚓钓鱼的小男孩买了他钓得的鱼，去和亚瑟舅舅一比高下，激发他的嫉妒心。我觉得他大概有点嫉妒我的绘画。嫉妒心是一个爱自我折磨的人的标志。他读伦敦《泰晤士报》简直可以用孜孜不倦来形容。年轻的时候，凡决斗场合，他都会成为最受欢迎的助手，他执行任务章法严谨，一丝不苟。——你的亲爱的——J.B. 叶芝

① 多尼戈尔（Donegal），爱尔兰最北部的郡。

/ 第九十六封信

致莉丽·叶芝

29 街西 317

1918 年 5 月 29 日

…… 没有收到威利的信，当然也就没有关于我那部剧本的只言片语了。你确定已经将剧本寄达他的手上了么？……威利我是知道的，他有一种奇怪的念头，觉得他是才智非常的人，我和其他人都可以像木偶一样在他才智的引导下移来动去。他不发表意见有可能出于某种更全面的处世方寸的考量。也可能他认为如果给予赞美，我大概又会着手写另一部剧本，而不抓紧写我的自传。……

/ 第九十七封信

致 W.B. 叶芝

1918 年 6 月 10 日

…… 这实在有点匪夷所思。不论在什么场合，我都听到许多声音在咕哝，有如黑夜中发出的喁喁私语，但表达的却是同一个意思，他们说："我所做的一切，如果不是为了战争，就没有意义了。"我遇到一位铁路高管，他一再向我抱怨说他并不快乐，因为他看不出他为战争出了什么力。

感受快乐的方法是忘我。这就是为什么罗伯特·格雷戈里[①]觉得快乐的原因。…… 但其实有两种忘我的方式，也有两种快乐的方式。如发生在战场上的忘我，眼中所见俱是宏大的战争场面，"谨记那些在你之前生活过的人，还有那些将要在你身后继续生活并在和平年代生活的人"，这是马可·奥勒利乌斯[②]的箴言；又如发生在某些改革——社会改革——运动中的忘我，或发生在对自己施加超强压力的博弈中。我可以举出一大堆这种充满献身和舍我其谁的气概的例子。然而还有另一种忘我的方式，毋需大规模机器的推动（比如血腥的战争）即得以完成。那就是弘扬美的艺术。它永远都在确立一种胜利，

① 罗伯特·格雷戈里（Robert Gregory，1881—1918）爱尔兰艺术家，板球运动员，格雷戈里夫人之子，第一次世界大战中死于意大利。

② 马可·奥勒利乌斯（Marcus Aurelius，121—180），罗马皇帝。

即你完全消融在你自己个性的旷阔领域之中——我理解的美莫非如此。

现在你应该看到发动战争的状态和弘扬文学艺术的状态之间是存在对立的。战争提供了一种简单的忘我和满足方式，我们热切地要抓住它；而打赏诗人的则是让他们不断翻越那些崎岖的山路。背上子弹袋扛起来复枪去打仗比作诗要容易得多。有眼光的诗人当不会受［战争］诱惑，阿兰·西格[①]就是个例子。我不知你有没有读过他的踟蹰的诗行。（他战死在沙场，无论如何他是一个英勇无畏的人）在我眼中他绝对比布鲁克[②]更耐人寻味。……

除了在艺术和诗中的忘我，其他的自我丧失——罔象——都是不彻底的。……但对于普通民众而言，战争是如此震撼人心的群体事件，只要战争持续，所有其他活动都可以暂停，遗世独立的人的感受性也相形见绌了。他被裹挟在洪流之中，个人内心展示个性的旷阔之地——也就是美的容身之处——日渐荒芜废弃，而外在的自我正奏凯而归。……

---

① 阿兰·西格（Alan Seeger，1888—1916），美国诗人，第一次世界大战中在法国阵亡。

② 或指鲁珀特·布鲁克（Rupert Brooke，1887—1915），英国诗人，以在第一次世界大战中所写的理想主义的战争十四行诗闻名。

/ 第九十八封信

致莉丽·叶芝

29 街西 317

1918 年 6 月 27 日

…… 我希望威利能接受一个爵位头衔。爵士还不够，最好是伯爵或公爵。这会免除我许多难堪。

昨晚一个从格拉斯哥来的年轻气盛的腓力士人对我说："我听说叶芝先生，你那个儿子，是爱尔兰小有名气的诗人。你的男孩现在在哪儿？"我冷冷看着他回道："我不认为'男孩'这个词是描述我儿子的确切用词。我在爱尔兰有两个儿子。"往前数几个星期，有个男人对我说："我看你儿子捯饬出一本诗集来了。"再往前还碰到一个无赖对我说："我听说你的儿子快要成为诗人了。"我只能应道："是的，快了。"昨晚那个年轻的苏格兰腓力士人和他朋友大聊特聊卡莱尔和萧伯纳，还有其他名人——谈兴一发不可收拾。但这谈兴中并无恣情率性的感觉，而用的完全是评论家的腔调，显出某种知识人的中庸。我近来频频遭遇这一类的对谈，就是因为威利没有

一个头衔。……[①]

① W.B. 叶芝一直想隐瞒此事，不过 J.B. 叶芝还是知道了几年前他的儿子曾经拒绝一个爵士封号。W.B. 叶芝在 1915 年 12 月 1 日写给格雷戈里夫人的信中有如下叙述：

…… 我与丘纳德夫人（Lady Cunard）一起与贝尔福（Balfour）共进晚餐。有三位男士三位女士在场，说来有点遗憾，席间都是我一个人在讲话。我恐怕说不出太多对贝尔福的印象，只能说他是一位极富魅力、能产生共鸣的听众，他的魅力和共鸣能施予如此大的影响，以致引诱着他人高谈阔论，滔滔不绝。后来因为我评论卡莱尔的一番话，大家方才参与话题。当时我在和丘纳德夫人说话，我说："卡莱尔是一个十足的江湖中人。《法国大革命》现在读起来和麦克弗森（MacPherson）的《奥西恩》(*Ossian*）一样不知所云。"丘纳德夫人随后将这句话转述了贝尔福，他表示赞同，特别赞同和《奥西恩》的比较。我说我花了一个晚上仔细研读沃波尔（Walpole）的信札，这才将卡莱尔从脑子里清除出去，贝尔福随即说："沃波尔正是卡莱尔看不起的人，认为他言不由衷，但卡莱尔本人是最言不由衷的人。"我又说了些乔治·穆尔的轶事 ……。与贝尔福的晚餐结束之后，丘纳德夫人告诉我："首相会在新年对你有嘉许之意，贝尔福先生刚才对我说他完全同意。"我刚张口说，"喔，请不要"，丘纳德夫人就打断了我，"你大可以等他们提出后再回绝不迟"。我私下将此事告诉了拜利（Bailey），并说尽管增加铁路搬运工和灵媒对我的尊重会带来真实的满意，[我]还是会拒绝。…… 我对他说如果我接受，我的家人会非常震惊。昨晚在饭桌上（我的两个妹妹加欧文和我和他一起吃饭），莉丽说"他们下次就该指责你想封爵了……"。——原注

/　第九十九封信

致奥利弗·艾尔顿

纽约

1918 年 10 月 23 日

我与奎因刚作了一次愉快的秋日短途旅行。此地冬日一派凄凉肃杀，不忍描摹，但秋季却令人心旷神怡。“通向地狱的路总是容易走的”[①]，此语可作美国秋天的箴言。这儿的秋天不像我们以前经历的那么萧瑟，却是非常绚烂；因为难起大风，非常适宜漫步。秋天将万物裹上猩红色、金黄色、橘色的盛装，在她身后耸现而一览无余的是我所见到的最纯净的蓝。…… 我们留宿的旅馆颇有贵族府邸风范，我们的主人则像一位没有傲慢气息的贵族，既无含蓄的傲慢，更无张扬的傲慢；他是多么会讲故事的人哪，堪比尤利西斯的阅历和睿智；虽然他的行旅总离不开纽约的商务迷宫，但纽约是他日进斗金的宝地；他的旅馆可谓有钱人的好去处，需得接到邀请方能入住。一天付十四美元，吃喝玩乐悉听尊便。物业中还有鱼孵化场、奶制品场、苗圃园林，…… 都不用付钱，每一处都是那么美不胜收，理想的食宿，理想的主人，理想的花园，——甚

① 原文为拉丁语，语出维吉尔《埃涅伊特》。

至服务生都带有理想主义的色彩，将客人变得像家庭成员一样——他们时刻牢记着府邸的名誉。

我们的女侍者［速写］可爱的双眸是蓝色的，上下卷起的睫毛十分养眼。我猜她是苏格兰人，奎因猜她是爱尔兰人。原来她的确是爱尔兰的卡文[①]地方人。她亭亭玉立，腰板笔直，是所有女侍者中最漂亮的……。她本人比我画得要更年轻呢。她的金发熠熠有光泽，双颊艳若刚开始透红的草莓——与之比对的是美国女生苍白的脸。

① 卡文（Cavan），爱尔兰的一个郡。

/　第一百封信

致约翰·奎因

第 29 街西 317

1918 年 12 月 14 日

我亲爱的奎因——来函读罢，旋即作复，匆忙之中竟忘了对你寄我之书道谢。我极享受此一段康复时光，读了很多平时难以卒读的书，这都得归功于这次静养，至少平时阅读没有这么专注。

除了读其他书，我还读了普林尼[①]的信札。我只有他的第一卷。他的信札绝对称得上妙笔生花。人们透过他的字里行间深入了解古罗马的生活，而当时的生活与我们今日之现代生活竟如此异曲同工，甚至以我们所处遥远的现代美国看来都如出一辙。只是他们社会中的残酷有点骇人听闻。杀人不过头点地。他们似乎也热衷于自杀。一群刚烈易怒的军旅之人，暴戾之于他们别有风味，用来提振神经。他们生活在一种相互谄媚奉承的风气当中。军事化的清规戒律使人不敢随意流露情感，于是反面的东西——阿谀奉承的赞美就油然而生。当我看到一个人连连称颂，就会觉得他本是一个感情四溢的人，太渴

① 普林尼（小）(Pliny [the younger]，约 61—约 113)，罗马作家、行政官，死后留下一批富有文学魅力的私人信札。

望爱慕了。——敬此申谢——不论你如何解读我的措辞，我对阁下怀有深切的感激。——即颂时祺——（签字）J.B. 叶芝谨识

/ 第一百零一封信

致约翰·奎因

1918年12月20日

29街西317

我亲爱的奎因——顷接手示，再次感谢惠寄维多利亚风物人情之书[①]。我一口气就读完了曼宁[②]和南丁格尔[③]两篇。当年我作为一个法律学生去伦敦，曾在一所很时尚的房子里用餐，那儿每一个人都有上校军衔，还有一个是海军上将，每个人都参加过克里米亚战争。他们说那时即使是女王的摄影师拍的照片上都能看到总有个把英国兵蹲着如厕，但为南丁格尔小姐拍的照片就没有。因为大兵方便的时间被推迟了。

谈论一个人——作为个人，我不会单单谈论他的智性。一个人很可能智力上表现出一回事，道德上表现出另一回事。君不见一些男人在智力上坚如磐石，而在个性上比女人还要柔情似水？我的老友约克·鲍威尔就是佳例。

---

① 斯特雷奇（Strachey）的《维多利亚女王时代名人传》(*Eminent Victorians*)。——原注

莱顿·斯特雷奇（1880—1932），英国传记文学作家。——译注

② 亨利·爱德华·曼宁（Henry Edward Manning，1808—1892），英国枢机主教。

③ 弗洛伦斯·南丁格尔（Florence Nightingale，1820—1910），英国护理职业创始人。

爱尔兰农民是一回事，年轻人割断所有锚缆出去当海盗是另一回事。后者有些面目狰狞。他像德国人那样挑起战端。如同说起米拉波[①]，他“吞噬了所有的规则”。(这些人中我的朋友科伦[②]是个例外。）而农民是封建的，感恩和本份是他非常可贵的品格。我的伯父曾做过土地经纪人，他对农民的生活有着深切的体验；后来他放弃了这份职业，无论多大的回报都不再染指，因为他不想看到那种艰苦和残酷的生活，他一而再再而三地说感恩是爱尔兰农民最突出的性格。

日前我接到侄女[③]寄自澳大利亚的来信，她在信中提到澳大利亚人的思维有一种惊人的庸俗。在此我斗胆发表我的管见，乞得高人赐教。澳大利亚人思维的庸俗意味着他们的灵魂在赤裸中颤栗——精神层面的赤裸。赌马，打牌，纵欲，逐利，虽然这种声色犬马的生活可以发泄精力，但这种生活是空虚无聊的，有朝一日他们必将幡然悔悟，那时他们会转向追求更好的事物为之奋斗，而不会觉得精力没处发泄。从澳大利亚这种庸俗的生活中会有进步出现的。

反观爱尔兰的农民。他的头脑一点都不庸俗，它储存了各式各样浓郁的生活乐趣。只要不让他饿肚子，他就很满足了；的确他的要求一点都不高，甚至半饥半饱的状态也可以忍受。从澳大利亚和贝尔法斯特人思维中得到的进步是不会在爱尔兰

① 或指米拉波伯爵（Comte de Mirabeau，1749—1791），法国政治家和演说家。

② 参见第二十二封信的注释。

③ J.B. 叶芝有弟妹多人，未知此处的 niece 是侄女还是外甥女。

农民头脑中出现的。

我觉得美国人的生活也有很庸俗的一面——的确，在哪里都会有庸俗的人。这是一种普遍的性格。艺术家、诗人及其同道在漠漠荒野中只是一小方绿洲，得经过艰苦卓绝的努力方能繁衍和维持鲜活的状态。他们时刻受到铺天盖地的沙尘暴的威胁，所以我们常常见到他们离开这个园地，加入“畅销书作家”的行列，或做一名大记者去也。

便中一问，你可耳闻 F. 哈克特几个星期前娶了一位瑞典女孩？…… 科伦说哈克特没有人生哲学，没有相关的生活理念，这可以解释为什么你觉得他的东西久了就读不下去。他认为梅斯菲尔德既有斯多葛风格，又很多愁善感，这是一个很中肯的评论。科伦昨天刚来看过我。——即颂时祺——（签字）J.B. 叶芝谨识

/ 第一百零二封信

致杰克·B. 叶芝

1919年1月4日

我亲爱的杰克—— ……。我深信一些人鸿运连连，另一些人则霉运不断。拿破仑从来都不会起用一位运气不好的将军——他对自己的运程很有把握。他自有福星高照。如此说来，范妮是福星，你的可怜的母亲则一辈子都运气不济。——至于我本人的运气，幸与不幸各参其半。寿至八秩至少是我之幸事，当然也有更高寿者如皇帝，他们在世的日子长得过了头。你听过这种传闻么？俄国沙皇至今仍在世，和家人在某个中立国生活着，同盟国政府中的一个清楚他的下落。如果传闻属实，大众有知倒不乏为一桩美谈了。

我极为用心地读完了莫德[①]的著述《托尔斯泰生平》。如果你能凑出一笔钱，我希望你买一本。我已经三番五次地通读——相信你和科蒂也会喜欢这本书。不论翻开哪一页，我都能顺着读下去，[阅读时] 时间飞逝，而且我还常讶异地发现这是早就读了几遍的段落。托尔斯泰和他妻子的画像，他的

① 艾尔默·莫德（Aylmer Maude，1858—1938），英国翻译家，和其妻子路易丝·莫德（Louise Maude）翻译了多部托尔斯泰作品；《托尔斯泰生平》（*The Life of Tolstoi*）1908—1910年间出版。

家庭画像，他和友人的画像，显示那么亲密无间的关系。他的思考，他的谈吐，他的作品，全都流露出对农民的同情——或者说他并非通过思考，他只是确切地描述了所见所闻——在这点上，他几乎和农民本身一样，虽然可以描述，可以情绪激烈，或充满怜悯，却难以真正地思考。在俄国，每个人都喜欢抬杠——这是我从莎士比亚那儿听来的——他们比美国人还厉害，对托尔斯泰而言，这也不是什么好的氛围——会导致他口无遮拦地说些粗暴的事情。因为这种杀气腾腾的语言现象，他显得和谁都在吵架。表面上他和每个人都过不去，但是他的内心充溢着深切的眷爱。在他年事日高的岁月，更是变得风度儒雅——和他妻子形成鲜明对比。他想身无长物地活着，放弃所有财产，认为这是生活的正道。——但伯爵夫人坚定地阻止了这一行为，她认为必须为孩子着想——所以他们之间总有摩擦。我倒不认为她会反驳——她干脆采取行动。托尔斯泰不知在哪里写到过女性不如男性。男人可以放弃家庭和原则，女人则不会。如今她步入晚年，也在写她自己的回忆录。我希望我还能读到这些回忆录，她是一个能写能做的人。因为这对夫妻之间有真实的爱情，——你在读他们的摩擦时也会感到津津有味。

/　第一百零三封信

致约翰·奎因

1919年1月5日

29街西317

我亲爱的奎因——承蒙惠函，洞悉阁下警戒之拳拳善意；不过就警戒本身而言，我可以向你保证我的身体绝无问题。咳嗽严重时，医生已为我配制了咳嗽药水，常备常服；医生对我进行过听诊，告知现时肺音全清。

欣闻你年迈的叔叔生活安适。以己之见，人越衰老越眷恋生活。年轻时我们有太多情境需要考量思虑。而老年本身就是一场致命的病患。另一方面我觉得残疾人倒总显出一派陶乐的样子。这是他们的一种表现症状。

库恩[①]的艺术宗旨和我的很不一样。我的目的是鲜明的个性画像，如同托尔斯泰的故事。库恩则旨在一个美饰的效果，他创作的东西暗示了一种几乎不可能效仿的生活。当然他这种创作动机自有道理，但不是我的风格。

虽然约瑟芬小姐在我们所有人之前传染了流感，但目前尚未出现第二例报告。我记得她先只是普通的伤风感冒，但不是

① 或指沃尔特·库恩（Walt Kuhn，1877—1949），美国画家。

传染性的流感，她一刻都没停止工作。就在我“被传染”得病的十分钟之前，可以毫不含糊地说是精神矍铄的。最初的症状是我脚步有点儿踉跄。

多谢你提供帮助的盛意，但我并无需求。

最近有两天天色阴郁，我在家中读莫德著述的《托尔斯泰生平》。我现在满脑子都是托尔斯泰的身影。布尔什维克的学说变成了托尔斯泰的学说。有些实干家心急火燎地想在各个根据地将他的理论付诸实践检验，托尔斯泰认为这些人成了他生活中的心病。他们挡都挡不住，托尔斯泰本人说得清楚，他的目的不在于改造社会，而在于发掘生活的意义（见该书169页）。

倘若托氏健在，他定会陷入绝望。他像基督一样在画中看待生活，看待他自己的农民。他不擅长演绎抽象概念，至少没有表现出兴趣。也许这是为什么他和在巴黎如鱼得水的屠格涅夫并不投缘的原因。

托氏如同克伦威尔，是那种《圣经》里的基督徒，亦同克伦威尔那样对个人的正义有着浓厚的关注，只是他对末日审判毫无兴趣。身为一个人却不能成为一个正直而完善的人，这会有损他的尊严。

托氏的不幸在于，和每一个俄罗斯人一样，他所在的民族未臻成熟，这个民族热衷于争辩和口角是非，他难以保持友谊，只有一群愚蠢的追慕者，也就是他所厌烦的那些急于建立根据地的人。

美国人也同样遭受喜欢口角是非的诟病。这是他们崇尚聪明的一个组成部分。其实是浅薄和庸俗。

你发现了吧，我念兹在兹都是托尔斯泰。他至少也是面对死亡毫无惧色的人。他的灵魂犹如一泓清泉。如果他能生活在一个不会动辄剑拔弩张的民族中，比如生活在英国人中，便能更好保持一个艺术家的身份，创作更多美好的形象，从长远来看这要比他所作的任何宣传的效力都要大得多。至于艺术的意图和意义，他和萧伯纳一样谬以千里。这两位都看不清沃尔特·惠特曼在写下“歌是为歌手而存在的”诗句中所看见的东西。——即颂时祺——（签字）J.B. 叶芝谨识

/ 第一百零四封信

致约翰·奎因

1919 年 1 月 26 日

29 街西 317

…… 你订制的肖像画还处于有条不紊的创作过程中，不久就能完成。一旦结束，我就着手一点一点写回忆录。你会对画像满意的。这对我是一件老年得子的事，应该是一个健硕的婴儿，君不见这怀胎期是多么漫长。相信我吧，在我的热情中艺术家的野心一直都只占很小的一部分。也许此后数年你看着这幅肖像，祝福我，你的祈祷会助我度过炼狱煎熬，如果我能到那儿的话。

我通过很多迹象观察到裴蒂帕斯姐妹的经营有点凌乱。她们供应的晚餐质量非常好，但好像收的餐费太少了。她们是天生的旅馆管家，为自己的殷勤好客而骄傲；她们身上法国的社交天赋可见一斑。

/　第一百零五封信

致约翰·奎因

1919年2月1日

29街西317

我亲爱的奎因——每当裴蒂帕斯姐妹中的一个走近我的房间，我总觉得她的行为有点诡异的威胁，我最牵挂的惟有一件事——那幅画像。对它我很是欣慰，就像看着一个受到祝福的鬼魂，一个早已逝去的挚爱的人，却又慢慢长出了肉身。我任什么都抛诸脑后，寤寐思服都是它。我痛苦的时辰现在徒余笔记了。待你得到这幅画，它挂在你的墙上，会产生强烈的现实感，将所有其他画都比下去，包括约翰为你画的像。至少这是我当下这一刻的念想，甫用早餐的这一刻的念想总是一天中最为曼妙的时分，俟夜幕低垂，希望也就消退殆尽。

福斯特太太来过，助我用打字机打了一篇我早前写的文章（我仍认为是得意之作）。事实上，我对自己总的状况都很自豪，健康和精神都在改善，心绪也比过去几年更平和。这一切我意均拜此幅画像之赐。

希望你不时看一眼《论坛报》[①]的最后一页，那儿刊有布里

① 《论坛报》(the *Tribune*)，或指《纽约论坛报》(*New York Tribune*)，1841年创刊，1924年与其他报刊合并。

格斯[1]的漫画。他刚开辟了新的创作领域——婴儿系列，画得和他的小男孩一样好，甚至更好，如果说他画小男孩是惟妙惟肖的丑，他画的婴儿则是惟妙惟肖的美。

我很焦急地盼望着孙辈出生的消息。很快就有消息的，也许是下周一。愿福气眷顾他们。——即颂时祺——（签字）J.B.叶芝谨识

> "一座又一座绿岛的诉求，都必须
> 埋藏在深重的苦难之海里。"

① 克莱尔·布里格斯（Clare Briggs，1875—1930），美国连环漫画家。

致莉丽·叶芝

此信写于J.B.叶芝的第一位孙辈（W.B.叶芝的女儿）出生后不久。

1919年3月19日

纽约，29街西317

……随信附上切斯特顿[①]的文章！是在我衣服的一个口袋里找到的。还有电报。安妮·巴特勒[②]或愿看见这篇文章，这是她第一次出现在通信里，目前看来她肯定得到更好的记载，所以不妨将此二份文字保管起来。我很好奇叶芝家族一百年会是什么样子，就说九十年吧，那时安妮·巴特勒兴许还在。世界近来飞速发展，想想几年后的光景我就目眩不已了。我刚给温斯罗普太太[③]画了我自己的一张铅笔素描。她也许会去复制一下。不论如何，我的后人也许可以看到，或看到某种翻新的

① 参见第五封信的注释。

② 安妮·巴特勒（Anne Butler），指W.B.叶芝的女儿安妮·巴特勒·叶芝。

③ 伊格尔顿·温斯罗普太太（Mrs Egerton Winthrop），叶芝到纽约不久即结识的朋友。她很友善，也有知识分子的好奇心。叶芝给她画过一幅小像，但画得不好。——原注

形式——后人能看出我的什么来呢！我很高兴那两本小书算是为我增添了点光彩，我好奇地想如果将来我又现身了呢。我一如既往相信我们总是现身在尘世的。当然我也相信冥冥中有天意存焉。

不论我们如何斧削出一个轮廓
冥冥中自有天意左右我们的完工之作

我不相信某一个所谓人格化的神，但我相信有一种左右命运的天意——这种天意可能和善或爱同名，而死亡只是一个世界变化了一种方式而已，一个以变化作为存在法则的世界……

致约翰·奎因

1919年8月8日

29街西317

我亲爱的奎因——……。我听说比艾迪太太[1]被捉将治安官府里去了。如果我当时有知，一定援笔写一篇仗义执言的信。[过去这段时间]我逍遥快活地过日子，从早到晚神游八表。

对我的画像，可是丝毫未敢懈怠；不断忙于解决貌似解决不了的问题。言归正传，绘画才是我的本行。某某太太以一种招牌式的得罪人的语气写信给我，言我的文笔胜过我的画笔；请注意的是迄今我完成的画作她一幅都不曾寓目。之后她又对自己的境遇大放悲声。我告诉她不懂虚矫作态的男人最烦弱不禁风的女人。这才让她闭了嘴。她也算是头脑清醒之辈，心肠也不坏，但实在太自恋了，莎士比亚对此的形容是自恋蒙住了她的双眼。她和我相处非常生硬无礼，逼得我不得不以其人之道还治其人之身。前些日子，她对我说她召了一位医生来专治她的神经衰弱，他给她开了处方云云，“但他开的处方究竟能

① 一位行占卜者。——原注

治好我的什么呵”？于是乎我陪她去打电话。路上碰巧有几级石阶，她得提起裙裾迈过去，看到她粗壮的小腿，我对她说她这双肌肉发达的小腿和“一个神经崩溃者”完全对不上号。她气哼哼地说她才不是什么神经崩溃者。她为人其实并没有坏心眼儿，也不是那种居心叵测之徒，她只是有点犯愣犯冲。她是我见到的除了德国之外的最无视人情世故的人。[速写]

你注意到了我的信中提到过一个观点么：只有在幻影中现实主义才闯进来为它自己找一席之地。这一真知并未反映在左拉身上。他是个解剖学家，不是搞创作的艺术家。至于说狄更斯的人物角色都是些“疯疯癫癫的怪胎”，则不敢苟同。在一个没有想象力的人眼中，罗密欧与朱丽叶也是“疯疯癫癫的怪胎”了。[速写] ——即颂时祺——（签字）J.B. 叶芝谨识

/ 第一百零八封信

致约翰·奎因

29街西317

1919年9月9日

星期二

我亲爱的奎因——我读了那段作了标记的段落，的确有一种痛快的惊喜。我对你和法国政府既有的“浓情厚谊”毫不知情。① 错过了上周日的午餐，真是太遗憾了，否则我可以听到所有细节并一起庆祝。不过我那天也的确不能去，那天我的活动也不错。

克利夫兰太太在画像前默默站了一会儿，随即一板一眼说，“画得很像，很像”，——听到这个评价，我悬在嗓子眼的心才放回去，本来还怕她有什么很不一样的判决呐。后来她提了点建议，我一一照办了，最后她说：“这真叫人兴奋。”她请我下星期三和她一起晚餐，我回说不太愿意晚间出门，再者我总觉得晚餐的正式穿戴令我不耐。但我还是决定去；着装的事

---

① 奎因获得了来自法国政府的一项荣誉。他在第一次世界大战中替法国作了高调的宣传，并对法国未能在战后和平中获得应有的胜利份额而表达了义愤。这个时候，只要不是来自法国的东西，在奎因眼中就是不够好的，他还为自己找了个法国情人，他的日本男仆为此极为恼怒。——原注

可以不那么严守规矩。我理解那些高教会派的思维。虽然有其欺骗性，但很人性化。而新教诚实有余，人性化不足，且涉及观点问题便显得刻板而骄矜自负。我最早的朋友，也是关系最密切的朋友就是一位高教会派的大主教。——即颂时祺——(签字）J.B. 叶芝谨识

/ 第一百零九封信

致杰克·B. 叶芝

1920年1月10日（或18日）

我亲爱的杰克——我对你的圣诞礼物十分喜欢，反复诵读。我的外祖母1861年去世，享年九十有三，她生前常常谈起她父亲在世时的爱尔兰岁月，那应该上溯到大约1792年，正是那个爱尔兰人游历的日子，所以我对这本书的兴趣可想而知。

回想我就读都柏林三一学院时，在桑迪芒特的客厅里准备一部希腊戏剧，当时要是我拿个笔记本，记下外祖母和她姐姐克伦德宁太太——我们叫她希丝——向我讲述的那些故事就好了。她们都能娓娓动听地准确叙述那些掌故，尤其是希丝。她简直就是那部家族的编年史。她通晓每件事的来龙去脉，且记得清清楚楚；她毕生都和扬上校生活在一起——扬上校又一直受约翰·阿姆斯特朗爵士的关照，阿姆斯特朗爵士是扬上校的叔叔，也是希丝的叔叔。你记得我有块金表，那就是扬上校的。扬上校从前在骑兵团，后来负责都柏林市的国民军指挥。我毫不怀疑他们所有人都是虔诚的新教教徒，保皇主义者。

那块金表是从扬上校的战利品中买来的。我不知道是哪一场战事。据说这表买了八十镑。我拿给伦敦一个表匠看过，他很兴奋，直呼这是他那个年代里最好的表匠做出来的。它的主人当时展示给他的朋友们观赏并说出它的价格时大概很开心吧。

今天是星期天，我和奎因一家吃午饭——可是天太冷，刮的是南风，我的房间很暖和——我并不想外出。奎因的气色比过往都好，身体也显得健朗，生意应该风生水起。我听说今冬是一个寒冬，但天一直在刮南风，我的房间很暖和，所以我还觉得这是个颇为温和的冬天呢。现在［行禁酒令］每个人都沉静下来习惯不喝酒的生活，包括酒徒们，还真是不错。我想这一招应该向全世界推广吧——多少会有点儿影响的，也许在威士忌和白兰地上会管得紧，而黑啤和淡啤仍网开一面。这一运动在除美国外的世界其他地方都不会显现这么大的功力。美国人是世界上最可爱和最［字迹不可辨］的人。他们对关乎自己的政治不闻不问，一项法律已经通过，他们还一脸愕然。不过那确实无所谓，因为人人都很尊重警察。他是有地位的人，正是他告诉平民百姓什么时候开始实施什么法律。

珍妮给我看了一件很有派头的大衣，如此我便可以在W.B. 叶芝和他妻子面前显得很有精神啦。——你的亲爱的——J.B. 叶芝

/ 第一百一十封信

致杰克·B. 叶芝

1920年2月12日

第29西317

……。随信附上一帧布里格斯的漫画，它大概能博你一粲——艺术，艺术的进步。幽默仍旧处于最前端。——莎士比亚离开我们的已经有些年代了，但现在仍无人企及，爱尔兰诗人也是一样——于是我想到云雀和其他鸟儿的嘹亮歌喉。云雀的歌改进了么？它还是唱着同样的旋律，我们现在听到的，荷马在他的时代就听到了，日后的君王听过，小丑也听过。当然作家在进步，但这只是知识发展上的进步——人性也同样进步了么？人性起伏变化，但它在进步么？荷马时代的武士在争战中的那种厮杀行为，到了现代已经不复使用，但阿基里斯对德国大兵的所作所为也会面露鄙夷之色，…… 而阿伽门农若是见到现代城市中的贫民窟，说不定会更是怒火中烧。我说的这些意思是时代的演变未必都在向前进步，至少不是我们所说的进步。在所有历史时期中，就单纯以诗性传达的美而言，荷马所站立的高度仍使他的后任者们难望其项背——

诚然新技术被源源不断发现。我们画油画，画水彩，涵盖范围越来越广 ……。但艺术的本质——它的内在灵魂，究竟有没有提升？也许到了现代，它真的有点萎缩了——我们充其量说云雀唱着同样的歌，但唱得没有过去悦耳了，好似周遭有无数鹰隼盘旋，云雀不愿使出浑身解数用来唱歌。

变化是艺术的法则——年轻的女士不仅应该穿着有别于她母亲和祖母一代的服饰，她自己的服饰也应该时时推陈出新。但说到进步又另当别论。——意志可以得到关注，健康和道德可以纠正——这些可以算作进步。这类进步可能限制，或者可能扩大了艺术的机会。但它不是艺术本身。——就我们所知，变化是艺术的法则，但它与进步无涉。

艺术的状况无疑是有所改善的，随着它们的改善，艺术家辈出，社会也会出现更加欣赏艺术的氛围——美国当下就有数百位诗人，而二十年前只听说过一两位。但是艺术本身与过去相比仍是老一套。这是说我们虽然增加了艺术家和诗人的数量，我们能提高他们的质量么？

事实上，艺术表达的是未被满足的人类欲望——而千百年来人类欲望从来没有改变——充其量它在力度上有所侧重罢了。我认为，如果欲望强烈，我们就有比较宽泛的容忍度和艺术。当下在美国好像难以举出人类未被满足的欲望。人们都忙忙碌碌，快快乐乐，所有的欲望只要出现，无一不能满足。……

致莉丽·叶芝

纽约

1920年6月11日

我想我应该在昨天的信中说几句关于杰克的事情，如果我是那位尊敬的叶芝法官的话，他现在不知会有多大成就呢。他和威利都很有可能取得律师资格——当然，他们可能从此各自走上很不同的道路；但杰克很可能时不时会回到他的律师协会，成为每一次社交场合的灵魂人物——杰克从我的家族遗传了这样的气质。（我在此地曾晤一人，他过去和我弟弟威利[①]经常见面。整个谈话乏善可陈，但他说了一件事让我感兴趣的，他说威利是“城镇上的灵魂人物”。）话说回来，杰克自己蕴藏着某种抱负，或曰某种自尊自重，他不是那种随遇而安的人，所以即便他成为四法院[②]的能言善辩的律师，他也未必满足。——我真想象不出如果那样他还愿意做些什么。写一本书比独辟蹊径地绘画肯定要容易实现——也许他会从事写作吧。

---

① J.B. 叶芝的弟弟很早以前就在里约去世。——原注

② 四法院（Four Courts），都柏林的一幢建筑，爱尔兰最高法院、高级法院、都柏林巡回法院、中央刑事法院（2010年搬离）设于此。

/ 第一百一十二封信

致伊丽莎白·叶芝

29 街西 317

1920 年 7 月 5 日

我对自己的书[①] 有一种愚蠢的偏好。我留了一本在手边经常拿出来读，仍感到非常有启发。斯威夫特亦承认对自己的作品有类似的感受。

① 《爱尔兰和美国随笔》(*Irish and American Essays*)。——原注

致伊丽莎白·叶芝

1920年8月15日

29街西317

……。新教遵从荣誉感而不在乎权威；天主教遵从权威感而不在乎荣誉——从这个意义上讲倒像是德国人的所作所为：用鱼雷炸沉路西塔尼亚号[①]，使无辜的妇孺平民葬身鱼腹，其他国家一个海军将领定会拒绝下达这样的命令，——法国将领也不可能这么做，虽说他们是天主教徒，但他们却有着军事传统熏陶出来的最强的荣誉感。然则集体意识的教条还是要造就一种普遍的效用，就是抹杀个人的荣誉感。话说一个耶稣会士，不论他是普通人还是神职人员，或一个在耶稣会神学院受训的学童，他们能够具备个人荣誉感么？

新教教义真正的目标是使学童有良好的行为准则，使他们具备慎独的理念。天主教教义的全部努力则在于使学童白天黑夜都置身仔细的审查中，通过忏悔仪式，他们将窥视一直深入到可怜的学童的灵魂。新教与天主教相比更其严厉，因为他们看重的是人的本性。天主教徒显得纵容正是因为他们认为我们

① 路西塔尼亚号（*Lusitania*），英国远洋班轮，1915年7月15日被德国潜水艇炸沉，造成旅客和船员共1198人死亡。休·莱恩亦死于此次灾难。

都是些不可救药的坠落的折翼天使——但在他们眼中仍属天使的范畴，反观新教，在他们眼中我们简直是不折不扣的罪犯，但灵魂是自己的。

/ 第一百一十四封信

致 W.B. 叶芝

纽约

1920 年 9 月 10 日

我越琢磨越感到你的句子的分量。这些观点长久以来也一直是我秉持的观点，我可以称作信念的。

宗教要求观点应该通过证明变成信念，变成绝对真理。艺术则不会有此要求——艺术所要求的，不过是将观点变成人的一部分，变成他的习惯。赞颂特洛伊战争及其大小事端的宗教是虚假的宗教，但战争及其事端却习惯性地变成了荷马的思维，成为他心智和灵魂的一部分；我们遂受他感染，他的故事成就了我们的思想，滋润着我们的想象力。于是我们的整个儿梦想和思维都有了可汲取的养分，并世代传递下去。……

/ 第一百一十五封信

致莉丽·叶芝

赛莱丝汀是第29街西317裴蒂帕斯姐妹中最小的一位。她在纽约结了婚，叶芝常常去她家和她一起吃午饭。在第29街西317由一位耶伊斯夫人接管后，经营上一部分改成了意大利风格，也许不如以前干净，却在供暖等方面比以前慷慨很多。在叶芝度过的最后一个冬天，耶伊斯夫人保证他的房间一直足够暖和舒适。

1920年12月20日

29街西317

…… 我想我这段时间怠慢你了吧。事实是这段时间我的整个思绪都沉浸在赛莱丝汀的画像上。这是一幅大手笔的画——真人等比，她坐在椅子里。她是个很好的作画对象，总能有助于作画，充满希望，敏慧，对事物有着强烈的好奇心，她的批评建议都是极为宝贵的。虽然她只是两个姐姐的帮手，但因为她是法国人，对好的画像会表现出一种天然的热爱——[速写。]

她穿一身浅蓝色的衣裙。作画每天都有进展，一次都没有重新改动。——她已在满心憧憬地想象如何将此画带回法国，向布列塔尼父老乡亲炫耀这一杰作。我也很想让一些目中无人的法国艺术家一睹此画。她真是欢喜无量呵。昨天她冷不防拍了拍手对我说："哦，要是有一个属于你自己的家该多美呀！"——她在两个铁腕姐姐的规矩中度过了十四年艰苦的岁月。"她们挣到了钱，不过我嫁到了亨利"，有时她会这样自慰。这无疑是我画过的最好的画像。……

致莉丽·叶芝

纽约

1921年2月19日

…… 我没什么舍不得放手的——惟抛下友情有些不忍。对贝林格夫妇[①]道别，这将是我们最后一次别过，我感到无比惆怅，与其他一些人的道别亦然。不过我也很高兴就此逃离纽约和它所代表的一切——只有一件事是纽约永远留住我的，就是它向我伸开的一双双慷慨的手——即工作的机会，受雇的机会——你可以开讲座，写文章，画肖像，在这儿什么都可以做。这是一个可以实现雄心壮志的地方，穷途末路者也有翻身机会。这些人我觉得在每过去的一天都在成长。

…… 我有时会见到博艾德和他太太，他俩都深得吾心。——我告诉博艾德，都柏林的每个人都相信我正享受着沸沸扬扬的生活和友谊，他觉得我这么说很逗趣，一脸难以置信的表情。

过去的这个冬天很不错——只穿过一次套鞋。有人在英国问梅斯菲尔德，去美国要带些什么，他只说了一个词，“套

① 贝林格（Bellinger）先生是一位音乐家，他的太太写书和剧本。J.B. 叶芝与他们有多年的交谊。——原注

鞋”。你知道他的言简意赅的缄默风格。

我很高兴得知威利在牛津作了一次关于爱尔兰局势的演讲。

我猜W小姐把她所有闲暇时间都用在诋毁威利、乔治[①]和我身上，而奎因听了她的。她的一个朋友告诉我，威利没有娶她令她大为失望。我回说：“那为什么她不和他约会呢？她只见过他一两次。”我这么说有点轻率，因为可想而知这话传到她的耳朵里的时候——已经被添油加醋得不知成什么样了。W小姐没什么坏心眼，但她总有种种办法将她自己占据奎因的头脑和想象；她在他和他的朋友之间搬弄是非，做这事儿倒不失为一把好手。——你的亲爱的——J.B.叶芝

① W.B.叶芝太太。——原注

/ 第一百一十七封信

致伊丽莎白·叶芝

1921年2月20日

我亲爱的洛莉——你也许不难猜到，我对安妮的星相命理所描述的饶有兴趣。听起来对她的描述和对她父亲的描述很相似，其中不同的异质之混合，无疑源自她的母亲。你和莉丽会非常欣慰地看着她慢慢成长。我想如果我能住在牛津[①]，我的兴趣可能更多地放在她和威利、乔治他们的关系上，而不是放在这个孩子本身。我很想看看威利和他自己的孩子如何玩耍。从一开始美国人就以一种美国方式到我这里“恭喜”：“你对你孙女的一切都很感兴趣吧。”我回答说：“不见得，我只对我的儿子如何做一个父亲感兴趣。”这么说是不是因为我没有机会看着她长大?

① 此时W.B.叶芝住在牛津。——原注

/ 第一百一十八封信

致莉丽·叶芝

1921年3月13日

29街西317

…… 我前段时间写信给威利，说当一位诗人的父亲和做乔治·穆尔的亲密朋友一样糟糕。如果你只听雪莱的一面之词，他的父亲简直就是个恶魔，可是在现实中，他的父亲是位用心良苦的慈爱的人，不去计较他与那个性情古怪的人——他的儿子——相处时发生过多少误会。不论在家还是在学校，抑或在社会，雪莱都是个叛逆者，对谁都没好气，大概所有的诗人都是这般倾向，将事实看得七歪八扭。他们不惜牺牲任何事，只为满足他们的自我表达的霸王需求。米拉波是一个有着诗歌天赋的人，他的父亲如此这般评论他："这个家伙信口雌黄，不为任何目的，仅仅为了编造天方夜谭。"我对威利将在《日晷》① 上刊登的自传感到颇为惶惑不安 ……。近来我在读尼采。他说北方之人——比如英国的工匠，把获利当作动力。他们设法挣钱以使自我独立，…… 但南方之人只想着自己对别人有用 ……。现在经营旅馆的人来自法国南部的马赛，她们的唯一目的就是让别人开心快乐。之前的裴蒂帕斯姐妹来自法

① 《日晷》(the *Dial*)，1840—1929年间的美国杂志。

国北部，她们是逐利的人，没有其他想法，一味挣钱。裴蒂帕斯姐妹整个冬天只烧九吨煤来为整个屋子供暖，现在的屋主三个月就烧了二十五吨。……

/ 第一百一十九封信

致莉丽·叶芝

纽约

1921年3月21日

…… 我在想世界上不少男人死于他们［不理想的］妻子［的婚姻］，更有成千上万女人死于他们［不理想的］丈夫［的婚姻］。但这个结论在美国不成立。在美国，小如放大镜或牙膏这种鸡毛蒜皮的事，稍有龃龉，便一拍两散。当然如果牵涉到很多财产，律师就得插一手了。

/ 第一百二十封信

致 W.B. 叶芝

纽约

1921 年 4 月 9 日

……。我认为我自己在最本质的层面上是与艺术气质有关的。——记得在和那些现实的人讨论现实问题的时候，我有时会激恼他们，自己也陷入尴尬境地，感到茫然——但也就在这种讨论场合，我会说出某个句子，或某个念头，恰恰完美表达我想表达的意思，无疑这使我感到欣快，仿佛我发现了新大陆——而其他人寻找的是一个实用可行的结果。也许我最终的欲望之实用与他们之实用不分伯仲，但他们不能原谅我，不能原谅我在这类无关宏旨的事上浪费自己的时间，也许还浪费了他们的时间。——可是在我对确切表达意思所作的努力之中，有着一股真诚，非他们能及，也比他们追求的要高远，因为我的努力是不妥协的，而他们寻求的实用可行的结果最终是一个妥协的结果。由此我得出结论，如果在现实社会还有什么真诚的话，那么也只有向艺术家中去寻了。于是艺术家和统治这个世界的人们存在着永恒的冲突。如果我们发出声音，我们说的就必须是我们相信的，否则我们的舌头就会麻痹僵硬。由于这个原因，在世界历史上艺术家总是卓尔不群落落寡合的人，如果他们头脑还清醒的话。拿破仑憎恨文人；他说这些只是制造句子的工人。

一个实用的人——拿破仑就是这类实用主义者的天才——无法负担得起真诚，他无法承受事实真相：比如为了虚妄的荣耀，数百万人在战争中惨遭杀戮的真相。“制造句子的工人”看到了这一点，一个作家若要写出隽永的句子，他必须看到这一点，除非他有意自堕，摇身变成记者和制造平庸句子的工人，任假币在市场流通。

如果有人问我怀有梦想的诗人和艺术家有什么用，我的答案很现成——由于他们的存在，真诚才不会消泯。近来我读了济慈：他总是那么年轻，你可以理解他的全部思想——他是透明的，他的目的就是义无反顾地追求真相。和陀思妥耶夫斯基的愤懑情绪不同，他呈现的是恳切的年轻率真。这两个人都在拷问真相，他们的追求缘于艺术之需，而非道德的或宗教的观念所迫。

/　第一百二十一封信

致 W.B. 叶芝

纽约

1921 年 5 月 28 日

…… 没有想象——那种激发创造力的想象——爱心就无从谈起，不论是对女子之爱还是对国家之爱，不论是对朋友，甚或对妻儿之爱。律师，数学家，实用的人，这是一小撮人，他们言必称逻辑，具有破坏力——其破坏能量裹挟的情绪就是仇恨。

在美国指挥处理爱尔兰事务的律师——和所有帕奈尔[①]的追随者——莫不具有那个冷面逻辑学家和政治领袖的秉性，他们内心充满仇恨，对英格兰的仇恨，这些人中也许有个把布尔什维克，不论对谁，不论对什么事，都是一概义愤填膺。只是——他们没有丝毫爱心，一帮作恶的可怜虫，上帝或曾赋予他们的想象已经丧失殆尽。他们好像被某种残暴的生活用锈迹斑斑的刀刃割断了手脚，总之想象力失灭，他们不再会爱。他们余存的狂热就是破坏。这就是他们何以成为那一类具有破坏力行动的人——他们不爱爱尔兰，不在乎摧毁海关大楼，那还

① 或指查尔斯·斯图亚特·帕奈尔（Charles Stewart Parnell，1846—1891），爱尔兰民族主义政治领袖。

是在1780到1800年爱尔兰政府自己掌控局面的二十年间建造的。对每个都柏林人来说，海关大楼几乎成了国家的一处自然景观一样，是“老家”的组成部分。所有走过那座大桥的人无一不爱这一地标建筑。[①] 然而它变成充满暴力和破坏力之人手下的颓垣。英国流氓该得意地笑出声来了。爱尔兰人的心是充盈着爱的，它现在受伤了。

---

① 作为抵抗英国政府统治的行动，都柏林最精美的公共建筑海关大楼被付之一炬。——原注

该事件发生在1921年，内部烧毁的海关大楼后得以重建。——译注

/ 第一百二十二封信

致 W.B. 叶芝

纽约

1921 年 5 月 31 日

……。出于爱，出于为达到宁静的内心欲望而进行的创作，是一件哀伤的营生，给人带来的泪水多过笑容；当然它还是带来笑容——些些笑容。所以说，如果有上帝，他创造了我们的哀伤的存在。因此托尔斯泰和陀思妥耶夫斯基写下他们的哀伤的小说，因为他们有爱，有内心向往，希望得到属于自己的宁静。

英国小说家的渊源则大异其趣，他们的目的是一种道德推论——狄更斯、萨克雷、G. 艾略特，所有这一批人，还有梅瑞狄斯和哈代，因为他们怀有这种清教徒目的的力量和迫切性，必得煞费苦心创作掷地有声的作品，他们心里清楚，整个国家的人都会为他们撑腰打气，给他们掌声。但剧院的观众一心想要的是娱乐。剧院自有其风气，人们从四面八方聚拢来，带着过节般的心情，呼朋唤友，这终归使得推论的目的和道德效力不再显得至关重要，且有点乖谬可笑。这就是为什么英国作家的作品一走进剧院就变得事倍功半的原因。——我们这种纯粹的爱尔兰人，既已逃避了新教的严苛教义，又决意将制造快乐气氛当成一桩非同小可的事儿，所以我们能够在他们写不出好戏剧的地方成功地写出好戏剧来。在剧院中，道德议题是一个不受待见的局外人，而受欢迎的是爱，是那种不在乎道德高下的爱。萧伯纳身上就有大量的爱，尽管他在英国居住了很长时间，而且他还刻意限制这种爱的表达，但我们喜欢和铭记他的剧目的正是这一部分：即不受道德说教左右的爱，它总是悄悄耳语着对“十诫”的疑惑，以及对种种清规戒律的疑惑，在每个障碍中去寻找有力的解决途径——寻找可以去爱的途径——在那里它停下脚步，拒绝被放逐；就算读小说的人对它大肆围剿，它也能够坚强自卫，绝地反击。这就是为什么我对剧院怀有很大希望，并喜欢戏剧胜过其他文学形式的原因。反戈一击的爱可能变得异常激烈，丝毫不亚于道德学家——事实上，它有点寡不敌众，不得不背水一战，它的杀手锏也是夺命的——充满恶意的，甚至是猥亵的——将所有谨言慎行置之脑后，更急于找到敌人而非朋友——实际上爱得满是怒气，写出来的东西就像埃兹拉·庞德和他的朋友们的所为，对好意支持他们的人来说很受刺激，例如我这种又老又胆小的人。

/　第一百二十三封信

致 W.B. 叶芝

29 街西 317

1921 年 6 月 25 日

以你的并不宽裕的经济来源，我对你和乔治变得像一个不合理的负担；不瞒你说我也度过了许多不眠之夜思考这个问题。但从你应承补贴我的生活那时起，我已经将全副身心放在了我的自画像上。故我所有的不眠之夜到头来只是让我继续围着那幅画像转。当你见到这幅代表作，谅你会原宥我。我是说这幅画像比奎因可能收藏的其他画像要好得多，它将安抚着我度过一生中的最后时光。“成熟是一切”……

/ 第一百二十四封信

致 W.B. 叶芝

纽约

1921 年 6 月 30 日

…… 你的诗在什么时候是最好的？我以为是你诗中狂野灵魂的想象力和具体现实结合起来的时候是最好的，若评论家有不同意见，我一定坚持挑战他的观点。如果你我一直生活在一起，你没有离开我去加入格雷戈里夫人和她的朋友诸种社团，你就会对具体的生活心慕手追，我很清楚，你对这种生活是有真情实感的。那么结果会是什么？会产生现实主义和诗意结合的戏剧——这是诗与确凿的现实和复杂的生活之最贴切和最紧密的结合。这个世界期待属于它的诗人出现，迄今仍苦苦等候而不得。我一直希望，现在依然希望，你的妻子能够取代我为你提供我过去为你营造的环境。你的当务之急不是理念，而是对生活的掌控技巧，莎士比亚和旧式英国作家（其翘楚为堂堂正正的菲尔丁），都以此为首要任务。你触及具体现实的那一刻，无论触碰得有多轻，都会引起你敏锐的反应。而且我们作为你的读者，也会感同身受！惠斯勒是位精道的美术家，但作为肖像画家他是失败的。他画的卡莱尔滑稽可笑，只是披挂了一袭先知的传统外衣，整幅画像不外乎一组优雅的雕饰笔法。每一位艺术家、诗人、画家，他的想象眼光必须是多重的——首先是诗和画的本体呈现，在惠斯勒眼中还包括饰框，——其次是画的组成内容，即看到画中的人物或风景的神韵。达芬奇就以他非凡的想象力看到那位名媛的微笑。但惠斯勒过于自恃，或说过于轻慢——我最不喜轻慢的行为，令我想起贵族家的侍应。到了这个份上，他完全没有耐心去做生活本身的一个学生和爱人。卡莱尔其人在画家眼中只是一幅艺术画里的应景之物。在莎士比亚的年代，这一类的轻慢在诗人中是不能想见的。法国不曾予诗人封爵，不曾粉饰诗人，这些诗人的地位无异于贵族的仆人或公众的仆人——所以没有什么能妨碍他们细致地观察生活本身，——他们因也不曾像清教徒和现代英国绅士那么鄙视他们的伙伴。因为要对生活进行详尽考察，必须在本性中具备每一分天然的气质——你的谈吐会暴露出你的本性。你在交谈中描述生活或对生活加以评论时的用词，应该是你最欢快，最惬意的表达。而在你援笔写诗时，则仿佛穿了一件燕尾服，把你整个儿封闭起来，忘记对一个穿燕尾服的人来说什么是俗不可耐的。

也许你很长寿，历经许多变革和朝代。我相信有朝一日你会写出一部真实生活中的戏剧，诗性将是你剧作的灵感来源，就像宣传成为萧伯纳剧作的灵感来源那样。

我是不是口无遮拦？我是不是倚老卖老？应该不是，因为我这二三十年来说着同样的话。生活中最好的东西是促你上下求索的对象，某个诗人终有一日会有所收获。我希望你是那个诗人。写远离生活的诗句是容易的事，但它和写生活的诗句迸发出的那种荡气回肠是不可同日而语的——宛如那头鹿喘息着跃过溪水时，整个世界为其呐喊。我敢说这是你妻子喜欢的场景——不妨问问她。她知道我在说什么，也能解释明白。我对她有极大信心。她会不会没有勇气表达呢？

如果你一直和我在一起，我们应该合作得很好，约克·鲍威尔会助一臂之力。我们本可以抓住一个机会让我们中的一个诗人来处理具体细节，而不是像现在这样，这些细节任由幽默作家和政治家摆布着。

我写的那部剧你应该收到了，也许你不曾寓目，那就是一部处理具体细节的诗意的剧，——虽然远说不上深刻，也颇为老式，但它是我说的类型。

致 W.B. 叶芝

纽约

1921 年 7 月 5 日

……。近来我读了一本不太起眼的书，艾米尔·萨巴蒂埃[①]写的《一个家庭的回忆录》。

我得跳着读它——阅读的艺术也是略读的艺术。此书差强人意吧，它描述了法国生活的一个侧面，而我对法国生活总有些好奇，人们在生活中感觉敏锐，留意着幸福的降临——由爱而生的幸福，由持续的同情心而生的幸福。这也是很久以前在爱尔兰，“良民”人家，即我父亲的族人所过的生活。我母亲的家族继承的是英国血统，崇尚武力，波勒克斯芬家亦然，所有英国人都是这样。武力意味着勇气和忠诚。

在十八世纪，这一偏好表现为某种公开且不加约束的动物性，在斗鸡，斗牛，拳击，以及诸种不敬神的言行中都可以看到它的存在。它是霍加斯和菲尔丁，是嬉笑怒骂的老约翰逊，是像盖恩斯博罗[②]那样的肖像画家，他们“爱”上了所画的女

---

① 艾米尔·萨巴蒂埃（Emil Sabatier），法国作家。《一个家庭的回忆录》（*Le Memorial d'une Famille*）。

② 或指托马斯·盖恩斯博罗（Thomas Gainsborough，1727—1788），英国肖像和风景画家。

人，或像雷诺兹[①]那样对她们顶礼膜拜。

如今我们如何去爱？我们崇尚真理。不再蒙在幻象中，不论是伤感的幻象还是浪漫的幻象，——人们已经奉解放为圭臬。这是一个剥离了虚饰的世界，像僧房那么四壁干净。喔，那么清冷！——但说到底真有那么令人振奋么？在我看来，除了知识的骄傲，我们旧时形诸于身的实质内容已空余绝响。于是那些不在乎虚荣的可怜的诗人和艺术家犯愁了——他们的勇气消失了。他们如何重拾勇气？——请你告诉我，W.B. 叶芝先生。

---

① 或指约书亚·雷诺兹（Joshua Reynolds，1723—1792），英国肖像画家。

/ 第一百二十六封信

致 W.B. 叶芝

纽约

1921 年 7 月 9 日

…… 生活充满好奇。如果我发现自己不断赞扬别人，或总是想着别人身上最美好的闪光点，几乎可以这么说，那我内心一定有什么地方不喜欢这个人，且不足与外人道，所以想偷偷抵消这种厌憎。与此相反的是，如果我孜孜不倦地网罗与一个人相左的事实和争执，那是因为这个人吸引了我。

……

我们受到一整套观念的威胁，这些观点将经济状况铸成社会的基础。审美的观念应该构成社会的基础，因为在善男信女和孩子心中，爱比逻辑重要，虽然爱起的作用难以用语言量化。基督教精神，封建主义，德意志军国主义，爱国主义，所有这些都是关乎审美的。审美这个词本身来源于“感知”这个希腊语动词。爱亦同理，因为爱是由人的直觉本能在起作用，而非通过逻辑推理。我喜欢某位君主，我喜欢某匹骏马，我喜欢旌旗与号角，我喜欢十字架上的人物，背负着世间无数罪恶。……

/ 第一百二十七封信

致 W.B. 叶芝

此信中，J.B. 叶芝影射了他的儿子的自传《四年（1887—1891）》里的部分。

1921 年 7 月 23 日

29 街西 317

……我正在读《日晷》上刊登的你写的章节。关于你对爱德温・埃利斯和内特尔希普的美言，我深表谢忱。我和他们稔熟，且在我的文字中也提到过他们，但和你写的寥寥数句相比，我的文字记述苍白，质量也不如人意；另我认为那句不幸的短语"愤怒的家庭"有可能被理解为和我理解得很不一样的意思。在我的一生中，我见到你的任何一刻，即便在都柏林的街上与你不期而遇，我的内心永远都是充满喜悦的。你应该能感受到，一个做父母的人，见到他的孩子时的喜悦，是一种不请自来的情感，自然而然存在于现实生活中，几乎像动物本能一样不受控制，因为这的确和动物一样原始。我觉得即使在婚姻状态中——这是喜剧的主题，最近一个时期又备受哲学上"妄自尊大者"的轻蔑——亦有同样的动物情欲留存下来；无论如何，如果他们一起生活得足够久，这种情感即会生发出来。……

/ 第一百二十八封信

致 W.B. 叶芝

1921 年 8 月 24 日

29 街西 317

…… 我读了陀思妥耶夫斯基的几个短篇，陀氏属于那一类念念不忘提高读者兴味的作家，不论他穿着插科打诨的装束，还是戴着悲剧的面具，他都迎合着读者。这就是每个艺术家赖以工作的条件，不仅仅为操持一份营生——这只占他生活中的很小部分，而是惟有以此赢得别人对他的知性上的尊重和欣赏。艺术家是一个孤独的人，他来到我们中间使自己感到快乐。他是孤独的人，但非村夫野老。他是，或毋宁说必须是位教养十足的君子。陀思妥耶夫斯基清楚这点，他必须和现实主义阵营的人保持距离，因为现实主义的人——至少他们中有许多人——的品位是不敢恭维的……。那个阵营的人有时会依赖某些感官诱惑的展示，或以煽动仇恨的宣传来迎合贫民窟的口味。……

/ 第一百二十九封信

致莉丽·叶芝

纽约

1921年9月29日

……经过了三个星期的折磨，现在我又活龙活现，阅读工作都不成问题。［病因］是消化不良，加上可怕的燠热。之前我对热浪来袭从不觉得是什么大问题，至多有点头晕——但未曾让我在精神上败下阵来，这次更惨的是我在纽约的朋友个个都不在。以前还有贝林格夫妇，有犀利的裴蒂帕斯姐妹。她们是狱卒，但一个好心肠会照顾人的狱卒比叫谁都叫不应的处境强多了。这次我绝对是孤家寡人，形影相吊。如果我能有家人陪伴那该是多么欣慰的情景。我以为我一个人生活没问题。其实真叫难上加难。也许我应该再婚。还是有很多人可以选择做伴侣的。画几位给你一睹芳容。［速写。］她们在各自的朋友圈中都是美人。你建议我和谁交往？听听杰克怎么说。

/　第一百三十封信

致莉丽·叶芝

此信附了一纸速写，是叶芝画了很久的那幅自画像。他还在末尾就手画了他自己的头肩像。

1921 年 10 月 10 日

…… 这幅画像现在成了我的慰藉而不再是让我烦心的事了。因为这幅画，我整个夏天都闹病，病入膏肓，我对奎因和医生说了这个病因，我想医生未必相信。老夫步入了垂暮之年，精神萎靡，腿脚疲软，不克承重，在街上不拄着拐杖简直寸步难行。我对自己说："衰老就是这么开始的。"现在我又变好了。上楼时脚步还有弹性哩（当然我还是不喜走楼梯），这一改变只因这幅自画像看着顺眼，不单脸部传神，连衣服、身体、双手甚至书架等等都是好的。外套呈深紫的色调，里面的背心则带点褐色，我并非直接画我自己，而是我在立镜中的影像。所以我在画布底端的前景画了瓶瓶罐罐和一块调色板，就像你在这幅速写中看到的。[速写]

如果我这会儿安排将船期推迟到十二月，你可别生气呵。

/ 第一百三十一封信

致 W.B. 叶芝

29 街西 317

1922 年 1 月 10 日

……这一段读来蛮有意思：话说罗伯特·西塞尔[①]，后来成为索尔兹伯里勋，正要同法官的遗孀结婚，他父亲对他说，如果他执意缔结这门不适当的婚姻，他将丧失许多权益，他回说那些对他不重要，因为他从未曾喜欢过什么。说这番话时他二十五岁。

若干年后，他和俾斯麦在一个决定欧洲命运的重要的代表会议上相遇，俾斯麦说他是块木板，涂上了油彩，看上去像块铁。索尔兹伯里勋是一个缺乏活力的人，这才有了画得像铁块的木板的严肃。你记得 G. T. 波勒克斯芬在任何场合都是那种铁青着脸的森然模样。我敢说温文尔雅的莎士比亚并不以他的庄严见长，而且我觉得在他的戏剧里，他不怀好意地密切提防着不苟言笑的人，好像他很不喜欢他们。……

① 罗伯特·西塞尔（Robert Cecil，1563—1612），索尔兹伯里勋爵，英格兰政治家。

致约翰·奎因

29 街西 317

1922 年 1 月 26 日

我亲爱的奎因——承情惠寄三十美元，不胜感激。我的内裤和袜子都已告罄。此亦申谢你关于美国艺术馆画作的提示。我不久前去彼处观摩，得见一幅有趣的哈皮格尼斯[①]。

在贝克太太的劝诱下——她以一种令人咋舌的无知大肆赞美它们——我去诺德勒[②]看了拉斯洛[③]的肖像画。那组闪耀着时尚感的恐怖之作蛮有娱乐效果的。我看了它们，也算有收获。我的自画像靠在房间的墙上注视我久矣，它令我感到沮丧消沉。但现在我看这倒要成为一幅杰作。你只有知道什么是差的，才能衬出什么是好的。看到拉斯洛之后便不难欣赏叶芝了。

昨晚的麦克多韦尔俱乐部[④]，我是十个诗人之一，艾美·洛

---

① 或指亨利·哈皮格尼斯（Henri Harpignies，1819—1916），法国画家。

② 诺德勒（Knoodlers），或指位于纽约市的诺德勒（Knoedler）艺术经纪行（1846—2011）。

③ 拉斯洛（Laszlo），或指菲利浦·德·拉斯洛（Philip de László，1869—1937），匈牙利画家。

④ 麦克多韦尔俱乐部（MacDowell Club），20 世纪初成立于美国各大城市的音乐家俱乐部，参加人后扩展至艺术界。

韦尔[1]也在场。所有人都颇有一方造诣，我也不遑多让。我们读了各自的作品，我读的是我的诗《秋日》，起首一句：

渐入暝色的天空的贵妇

我忘了念《秋日》这个题目。大家理解成什么，或他们意象中的“贵妇”是何许人，我一概无从得知。

周日整个白天我都在画麦克卡洛克小姐的素描，之后去了一处“艾家”，我在那儿待到晚上七点过后，把时间打发在画一个美女的素描上。回到住处和考特尼夫妇坐到晚上十一点。下个周日我准备让麦克卡洛克小姐再来画最后一次。我还给她一张我自己的画像。

她很聪颖，年轻漂亮，自立自持，是芝加哥以远地方人氏，现正在写一本书，内容关乎男演员之温柔魅力的历史。

我是通过她一次来这里就餐而结识她的。年轻貌美不说，她还很精通所有与劳工有关的问题。齐默恩来这儿吃饭时，似乎对她很有兴趣。她的族人都是些谨守安息日教规的苏格兰人。如此说来她更喜欢纽约而非美国西部，也就不足为怪了。但她很通情达理，对自己的父母评价很高。她很自尊，也是见到的最富仁爱思想的人。我很高兴她二月一日就搬来这幢楼里来住。你有机会定会乐意见到她。我会毫不迟疑地介绍你们

① 艾美·洛韦尔（Amy Lowell，1874—1925），美国诗人。

二人相识。她有一种罕见的品质，即她每每三思而后言。如果你与她交谈，她会定定地看着你一秒钟，然后才作答。当然她也会很轻松地和人说笑，妙语连珠。老上校弗里曼曾瓮声瓮气说："任何事的表面价值都不能吸引我。"麦克卡洛克小姐接口道："什么？难道一个漂亮的女孩也不能？"弗里曼上校显得有些狼狈。这些死硬激进分子从来都不喜欢被嘲笑。弗里曼自己发出的嘲笑则带着恶意，我觉得他是我见过的最喜欢直言训导的人，而麦克卡洛克小姐则要循循善诱得多。

得知你患了感冒，我很抱歉。如果我们攻克了防范感冒的难题，我们都能活到一百岁。威利注射了防感冒的疫苗，所以按他妻子的说法，已经有两年没得感冒了。这种疫苗对他有效，但也不是对谁都有效。

我去的那所"艾家"门面在第 136 街西 135 号，靠近河滨。我还走错了，去了布朗克斯区 135 街上的车站，结果在冰天雪地里走了一大段路，还爬了一个令人望而生畏的大坡。那儿的人很正统，是加拿大人，接受《旁观者》杂志[①]的观点，仰慕英格兰。但女主人把我引到了另一个房间，我找了个乖巧伶俐的美国女人，画了她的速写。再次致谢。——即颂时祺——（签字）J.B. 叶芝谨识

① 《旁观者》（the *Spectator*），或指英国保守派周刊。

/ 第一百三十三封信

W.B. 叶芝致伊丽莎白·叶芝

牛津宽街4号

1922年2月3日

我亲爱的洛莉——我认为一切都已经呈现它的最好结局了。我们的父亲仙逝，未经历因衰老而遭致的各种病痛折磨。他给我的许多信，即使是那些两三个星期前的信，都表达出他对生活顺遂的意识。如果他活得更久，他或将生活不能自理，从而生发无助的悲凉。如今他直到最后一分钟都怀着希望和豪情，每每写信说他正在画的画像是一幅传世之作。如果他真的回家终老，他就难以抵御衰老来袭健康变弱的日子，去感受这一番工作和思索的乐趣。我理所当然地保存了他的大量信件，综观他的信，写得最好的基本都在最靠后的一段时间内。他比我们在斯莱戈的体格健硕、精力旺盛的外祖父还要高寿。虽然他一生时运不济，但总的来说，我认为他是快乐的，特别是晚年。一位美国出版人几个星期前和我有过一次会面，他答应一回纽约就会找他为自己画一幅肖像画。他一直生活在希望中，我觉得过去对他是不存在的，他的期盼充盈着全部生活。他数次提及收到你的来信是何等快乐，这种快乐来自他称之为“洛莉的栩栩如生的描述”。——你的亲爱的—— W.B. 叶芝

/　第一百三十四封信

约翰·斯隆致伊丽莎白·叶芝

此信是约翰·斯隆之信的抄本，日期为1922年2月7日。

纽约市华盛顿广场88号

我亲爱的叶芝小姐——那位伟大的人，您的父亲，已经离开我们了。我们过去一直想着他要去的地方——不是迈向冥冥异界的神秘之旅，而是回到他的故乡爱尔兰，但我们也有一种无形的希望，那就是他永远不要离开。可惜他还是走了，走得从容，走得安详，对我来说，世界从此变得很不一样——那一团炽热的光熄灭了。但如果他早早回到爱尔兰，我的感受想必也是如此。只是受到他感染的就是您，而不是我们。而今，他属于咱们大家。

他的健康是突然恶化的——或几乎无法归咎健康问题——他只是那一天足不出户，第二天没有下床，然后就驾鹤与往昔的一流的大诗人们作伴了。

我们真切地爱着他，他亦爱着我们。我们也有通常的遗憾，在他生前没有更多地去看望他，珍惜他。我觉得但凡失去朋友都会引发此等遗憾，这是我们反省自身的时刻，每个人在生活闹剧中都扮演着一个自私的角色。有朝一日我们也许会上演一台正剧，我相信彼时或是一个较为高尚的机缘。

请向您的姐姐和两兄弟转达我最深切的悼念之情。

他下葬的教堂挤满了爱他的友人，约有两百五十人出席(只有二十四小时的讣告时间)，每一个人都和我一样怀着沉痛的心情，他们也同样失去了一位父亲。我可以坦白告诉您我自己父亲的去世对我打击都没有这么大。我和我父亲的亲近完全比不上和约翰·巴特勒·叶芝的亲近，我和我父亲缺乏相互了解，还夹杂着某种清教规矩的冷淡，没有那种爱意的表达，非常压抑。

在一个特定时期内，世间只有几十个人如您父亲这般能够为社会疗伤，可惜我们繁花似锦的文明中，恶臭的花，有毒的花都在芜生蔓长，约翰·巴特勒·叶芝是一个罕见的例外。——（签名）约翰·斯隆代表诸友谨启